हिन्द पॉकेट बुक्स

देवदास

शरत्चन्द्र चट्टोपाध्याय बांग्ला के सुप्रसिद्ध उपन्यासकार एवं लघु कथाकार थे। उनकी अधिकांश कृतियों में गाँव के लोगों की जीवनशैली, उनके संघर्ष एवं उनके द्वारा झेले गए संकटों का वर्णन है। इसके अलावा उनकी रचनाओं में तत्कालीन बंगाल के सामाजिक जीवन की झलक मिलती है। शरत्चन्द्र भारत के सार्वकालिक सर्वाधिक लोकप्रिय तथा सर्वाधिक अनूदित लेखक हैं। 16 जनवरी 1938 ई. को कलकत्ता में 62 वर्ष की उम्र में उनका निधन हुआ।

देवदास

शरत्चन्द्र

हिन्द पॉकेट बुक्स
पेंगुइन रैंडम हाउस इम्प्रिंट

हिन्द पॉकेट बुक्स

यूएसए | कनाडा | यूके | आयरलैंड | ऑस्ट्रेलिया | सिंगापुर
न्यू ज़ीलैंड | भारत | दक्षिण अफ्रीका | चीन

हिन्द पॉकेट बुक्स, पेंगुइन रैंडम हाउस ग्रुप ऑफ़ कम्पनीज़ का हिस्सा है,
जिसका पता global.penguinrandomhouse.com पर मिलेगा

पेंगुइन रैंडम हाउस इंडिया प्रा. लि.,
चौथी मंजिल, कैपिटल टावर -1, एम जी रोड,
गुड़गांव-122002, हरियाणा, भारत

पेंगुइन
रैंडम हाउस
इंडिया

प्रथम हिन्दी संस्करण हिन्द पॉकेट बुक्स द्वारा 2002 में प्रकाशित
यह हिन्दी संस्करण हिन्द पॉकेट बुक्स में पेंगुइन रैंडम हाउस द्वारा 2020 में प्रकाशित

10 9 8 7 6 5 4 3 2

इस पुस्तक में व्यक्त विचार लेखक के अपने हैं, जिनका यथासंभव तथ्यात्मक सत्यापन किया गया है, और इस संबंध में प्रकाशक एवं सहयोगी प्रकाशक किसी भी रूप में उत्तरदायी नहीं हैं।

ISBN 9789353497309

मुद्रक: रेप्रो इंडिया लिमिटेड

www.penguin.co.in

FSC www.fsc.org MIX Paper from responsible sources FSC® C047271

This is a legitimate digitally printed version of the book and therefore might not have certain extra finishing on the cover.

कथा–क्रम

उ
प
न्या
स

देवदास

वैशाख की एक दुपहरिया–धूप का भी अन्त न था, गर्मी की भी हद न थी। ठीक ऐसे समय मुखर्जी परिवार का देवदास पाठशाला के एक कोने में फटी चटाई पर बैठा, हाथ में स्लेट लिए, आंखें खोल–मूंदकर, पांव फैलाए, जम्हाई लेता हुआ, आखिर एकाएक बड़ा गम्भीर हो उठा और लमहे में उसने यह तय कर लिया कि ऐसे सुहाने समय में बाहर पतंग न उड़ाकर पाठशाला में कैद रहना वाहियात बात है। पैने दिमाग में एक तरकीब भी सूझ गई। हाथ में स्लेट लेकर वह उठ खड़ा हुआ।

टिफिन की छुट्टी हुई थी। बच्चों की जमात पास ही बरगद के नीचे हो–हल्ला मचाती हुई गुल्ली–डंडा खेल रही थी। देवदास ने एक बार उधर निगाह की। उसे टिफिन की छुट्टी नहीं मिलती, क्योंकि गोविन्द गुरुजी बहुत बार यह देख चुके हैं कि एक बार पाठशाला से निकल जाने के बाद दुबारा वापस आना देवदास को निहायत नापसन्द है। उसके पिता की भी मनाही थी। सो यही ठीक समझा गया था कि टिफिन की छुट्टी में वह सरदार पढ़ाकू भोला की निगरानी में रहा करेगा।

कमरे में अभी सिर्फ गुरुजी दुपहरिया के आलस में आंखें मूंदे लेटे थे और कोने की टुटही बेंच पर छोटा–मोटा गुरुजी बना सरदार पढ़ाकू भोला बैठा था और कभी–कभी निहायत हिकारत की निगाह से लड़कों का खेल–कूद देख लेता था या कभी अलसाई नजर से देवदास और पार्वती को। महीने–भर के करीब हुआ, पार्वती गुरुजी के आश्रय और निगरानी में आई है। गुरुजी ने इन्हीं कुछ दिनों में शायद उसका बड़ा मनोरंजन किया था, इसीलिए बेहद जी लगाकर बड़े धीरज के साथ वह 'बोधोदय' किताब के आखिरी पन्ने पर स्याही से उसकी शक्ल बना रही थी और कुशल चित्रकार के समान तरह–तरह

से यह देख रही थी कि इस जतन से बननेवाली तस्वीर उसके आदर्श से किस हद तक मिल रही है। मेल तो खास कुछ था नहीं, पर इसी में पार्वती काफी खुश और मगन हो रही थी।

ऐसे ही समय स्लेट लिए देवदास उठ खड़ा हुआ और भोला से बोला, "हिसाब तो नहीं होता।"

शान्त–गम्भीर भाव से भोला बोला, "कौन–सा हिसाब?"

"मन, सेर, छटांक का!"

"अच्छा, लाओ स्लेट ।"

भाव कुछ ऐसा, मानो उसके लिए हाथ में स्लेट लेने–भर की देर है। स्टेल उसे देकर देवदास पास ही खड़ा हो गया। भोला ज़ोर–ज़ोर से बोलता हुआ लिखने लगा–एक मन तेल का दाम अगर चौदह रुपया नौ आना तीन पाई हो तो...

इतने में एक घटना घट गई। अपने ओहदे के उपयुक्त आसन चुनकर इस टूटे हाथ–पैरोंवाली बेंच पर वह लगातार तीन वर्षों से बेठता आ रहा है–हर रोज़ नियम से। उसके पीछे चूने का ढेर लगा था। जाने किस ज़माने में यह चूना गुरुजी ने सस्ती क़ीमत पर ख़रीदकर रख छोड़ा था। इरादा था, समय–सुकाल होगा तो कोठा बनवाएंगे। वह शुभ साइत कब आएगी, पता नहीं; मगर इस श्वेत चूर्ण के लिए उनकी सावधानी और जतन की सीमा न थी। कोई नादान, नालायक और अभागा लड़का उसके एक कण को भी बर्बाद न करे, इसीलिए उनके प्रिय और उम्र में औरों से बड़े भोलानाथ को उसके एहतियात की ज़िम्मेदारी दी गई थी और वह उस बेंच पर बैठकर उसको अगोरे रहता था।

भोला लिख रहा था–एक मन तेल का दाम अगर चौदह रुपया नौ आना तीन पाई हो तो–अरे बाप रे बाप–और इसके बाद ज़ोरों की आवाज! पार्वती ज़ोरों से चिल्ला पड़ी और ताली पीटकर लोट गई। गोविन्द गुरुजी की अभी–अभी आंखें खुली थीं–सुर्ख आंखों से वे एकबारगी उठ खड़े हुए। देखा, पेड़ के नीचे कतार बांधे शोर मचाते हुए बच्चे दौड़ रहे हैं और तुरन्त नज़र पड़ी–टुटही बेंच पर दो पैर नाच रहे हैं ओर चूने के ढेर पर ज्वालामुखी की खलबली मची है। चीख उठे, "क्या है, क्या...आ..."

जवाब देने को एक पार्वती ही थी, पर वह तो ज़मीन पर लोट–लोटकर

ताली पीट रही थी। गुरुजी का सवाल विफल होकर लौट गया–"क्या है, क्या...आ..."

इतने में चूने के ढेर में से एड़ी–चोटी सफ़ेद भोलानाथ उठकर खड़ा हुआ। गुरुजी फिर गरज उठे, "अबे गोबर, तू! उसके अन्दर तू है!"

"ऊं–ऊं–ऊं.."

"फिर!..."

"साला देवा–ढकेलकर...ऊं...ऊं...मन–सेर–"

"अबे फिर बे गोबर!"

लेकिन तुरत सारी बात समझकर चटाई पर बैठे। पूछा, "देवा गिराकर भाग गया?"

भोला ओर भी रे उठा,"ऊं–ऊं–ऊं..."

उसके बाद कुछ देर तक बदन से चूना झाड़ता चलता रहा–लेकिन सफ़ेद और काले रंग से सरदार पढ़ाकू बहुत कुछ भूत जैसा लग रहा था और तब भी उसे रुलाई छूट ही रही थी।

गुरुजी बोले, "देवा गिराकर भाग गया? अच्छा!"

भोला बोला, "ऊं–ऊं..."

गुरुजी ने कहा, "अच्छा, उसे इसका सबक़ दूंगा।"

भोला बोला, "ऊं–ऊं–ऊं..."

गुरुजी ने पूछा, "और लड़के किधर गए?"

इतने में तमतमाए चेहरे लिए लड़के आए हांफते हुए बोले, "देवा को पकड़ा नहीं जा सका। उफ, जो ढेला चलाता है..."

"नहीं पकड़ सके?"

एक दूसरे लड़के ने उसी बात को दुहराया!–"उफ़, ठहर भी जा कम्बख़्त..."

वह बेचारा थूक घूंटकर हट गया। गुस्सा जब बेकार गया तो गुरुजी ने पहले तो पार्वती को खूब डांट बताई, फिर भोलानाथ का हाथ पकड़कर बोले, "चल, कचहरी में बड़े बाबू से कह आएं।"

मतलब कि जमींदार नारायण मुखर्जी से उनके बेटे की कारस्तानी की शिकायत करें।

दिन के कोई तीन बज रहे थे। नारायण बाबू बाहर बैठे गुड़गुड़ी पी

रहे थे और एक नौकर उन्हें पंखा झल रहा था। छात्रसहित गुरुजी को असमय में आते देख कुछ चकित हुए। बोले, "अरे गोविन्द!"

गोविन्द जात के कायस्थ थे–झुककर प्रणाम किया और भोला को दिखाते हुए शुरू से आख़िर तक सारा क़िस्सा कह सुनाया। सुनकर नारायण बाबू खीझे, कहा, "देवदास तो क़ाबू से बाहर हो गया है।"

"क्या करूं, आज्ञा दीजिए।"

गुड़गुड़ी की नली को रखते हुए नारायण बाबू ने पूछा, "गया कहां वह?"

"सो क्या मालूम? जो लड़के उसे पकड़ने गए थे, उन्हें ढेले मारकर खदेड़ दिया।"

दोनों जने कुछ देर तक चुप रहे। नारायण बाबू बोले, "ख़ैर, आने दीजिए उसे, जैसा होगा, करूंगा।"

भोला का हाथ पकड़े पाठशाला लौटकर मुंह और आंख के हाव–भाव से गुरुजी ने सबको थर्रा दिया और शपथ ली कि देवदास के बाप जमींदार हैं तो क्या, उसे अब पाठशाला में दाख़िल ही न होने दूंगा। उस दिन छुट्टी कुछ पहले ही हो गई। लौटते हुए लड़के तरह–तरह की बातें करने लगे।

एक ने कहा, "उफ, देवा है कैसा खूंख्वार!"

किसी दूसरे ने कहा, "मगर भोला को अच्छा सबक सिखाया। ढेला क्या मारता है कम्बख़्त!"

एक ने भोला की तरफ़दारी की, "देख लेना, भोला बदला चुका लेगा।"

"खाक चुकाएगा, वह तो अब पाठशाला आएगा नहीं।"

जमात के अगल–बग़ल स्लेट दबाए पार्वती भी लौट रही थी। उसने पासवाले लड़के का हाथ पकडकर पूछा, "मणि, सच ही देव भेया को पाठशाला नहीं आने देंगे?"

मणि बोला, "नहीं, हर्गिज़ नहीं आने देंगे।"

पार्वती खिसक गई। बात उसे शुरू से ही नहीं सुहा रही थी।

पार्वती के पिता का नाम था नीलकंठ चक्रवर्ती। जमींदार साहब के पड़ोसी थे, यानी मुखर्जी बाबू के महल के पास ही उनका पुराना और छोटा–सा मकान था, पक्का। दस–पांच बीघे ज़मीन, दो–चार घर यजमान थे। जमींदार के यहां से आस–उम्मीद रहती थी, खुशहाल परिवार, मजे में दिन गुज़रते।

पार्वती की पहले धर्मदास से भेंट हुई। देवदास के घर का नौकर।

साल–भर की उम्र से बारह वर्ष की उम्र तक उसी की देखभाल करता आया है। साथ पाठशाला लिवा जाता, छुट्टी के बाद साथ लिवा लाता। सदा ही वह नियम से यह काम करता आया है और आज भी इसी के लिए पाठशाला जा रहा था। पार्वती को देखकर उसने पूछा, "पारू, तेरा देव भैया कहां है?"

"चम्पत हो गया।"

बड़े अचम्भे में पड़कर धर्मदास ने पूछा, "चम्पत हो गया, सो क्या?" पार्वती को भोलानाथ की दुर्गत याद हो आई और वह फिर से हंसने लगी। कहा, "बात बताएं धरम...हें–हें–हें...बिल्कुल चूने के ढेर में....हें–हें–हें, ही–ही...बस धरम, चारों खाने चित..."

बात धर्मदास की समझ में तो न आई, पर उसे हंसते देख वह भी हंसने लगा; फिर चुप होकर ज़िद करते हुए पूछा, "बता भी, हुआ क्या है?"

"देव भैया...भोला को...चूने के ढेर में...ही–ही–ही..."

बाकी सब धर्मदास समझ गया और बड़ा चिन्तित हो उठा। कहा, "पारू, पता है तुझे, अभी वह है कहां?"

"मुझे क्या मालूम?"

"तुझे मालूम है...बता दे। अहा, बेचारे को बड़ी भूख लगी होगी।"

"भूख तो लगी होगी, मगर मैं तो बताती नहीं।"

"क्यों, बताएगी क्यों नहीं?"

"बताने से मुझे बड़ी मार मारेगा। खाना मैं दे आऊंगी।"

धर्मदास को कुछ भरोसा हुआ। बोला, "ख़ैर, तू ही दे आना और भुला–फुसलाकर शाम को घर लिवा लाना।"

"ले आऊंगी।"

घर लौटकर पार्वती को पता चला, उसकी और देवदास की मां ने सारा कुछ सुन लिया है। उससे भी पूछा–ताछा गया। हंसकर, गम्भीर होकर, जो बन सका, बताया। उसके बाद आंचल में मुरमुरे भर जमींदार के एक आम के बगीचे में दाख़िल हुई। बग़ीचा उसके घर के पास ही था। उसी बगीचे के एक कोने में बांस कौ एक झाड़ी थी। उसे पता था, छिपकर तम्बाकू पीने के लिए इसी सूनी झाड़ी में थोड़ी–सी जगह देवदास ने साफ़–सुथरी करके रखी थी। भागकर कभी छिपना–छिपाना होता तो यही उसकी गुप्त जगह थी। पार्वती उसमें घुसी। देखा, हाथ में छोटा–सा हुक्का लिए देवदास पुरखे की तरह बैठकर पी रहा

है। चेहरा बड़ा गम्भीर, चिन्ता की गहरी छाप। पार्वती को देखकर वह बेहद ख़ुश हुआ, मगर ऊपर से इसे जाहिर नहीं होने दिया। हुक्के में दम लगाते हुए गम्भीरता से कहा, "आ।"

पार्वती बग़ल में बैठ गई। उसके आंचल में जो कुछ था, उस पर तुरन्त देवदास की नज़र पड़ी। बिना कुछ कहे–सुने निकालकर उसने खाना शुरू कर दिया। कहा, "गुरुजी ने क्या कहा री पारू?"

"बड़े चाचा से जाकर कह दिया।"

देवदास ने हुक्का रखकर आंखें कपाल पर चढ़ा लीं, "बाबूजी से कह दिया?"

"हां।"

"फिर?"

"अब से तुम्हें पाठशाला न जाने देंगे।"

"मैं पढ़ना भी नहीं चाहता।"

मुरमुरे चुक गए। पार्वती की तरफ देवदास बोला, "और सन्देश?"

"नहीं लाई।"

"तो फिर पानी पिला।"

"पानी मैं कहां से लाऊं?"

खीझकर देवदास बोला, "कुछ है ही नहीं तो आई क्यों तू? जा, पानी ले आ।"

उसकी रुखाई पार्वती को रुचिकर नहीं लगी; बोली, "अब तो मैं जाती नहीं। तुम्हीं चलकर पी आओ।"

"मैं अभी कैसे जा सकता हूं?"

"तो क्या यहीं रहोगे?"

"यहीं रहूंगा, फिर कहीं चला जाऊंगा।"

पार्वती का मन कैसा हो गया। देवदास का यह विराग देखकर, उसकी बातचीत सुनकर उसकी आंखें छलकती आ रही थीं; कहा, "देव भैया; मैं भी चलूंगी।"

"कहां? मेरे साथ? धत्! ऐसा भी होता है भला!"

पार्वती सिर हिलाकर बोली, "जरूर जाऊंगी।"

"न:; नहीं जा सकती, तू पहले पानी ले आ।"

पार्वती सिर हिलाकर बोली, "मैं जाकर ही रहूंगी।"

"पहले पानी ले आ।"

"मैं नहीं जाती, तुम इतने में भाग जाओगे।"

"नहीं, नहीं जाऊंगा।"

मगर पार्वती को यक़ीन नहीं आया, सो वह बैठी ही रही।

देवदास ने अब की हुक्म दिया, "कहता हूं, जा!"

"मैं नहीं जाऊंगी।"

बिगड़कर देवदास ने पार्वती की लट पकड़ी। खींचते हुए डपटकर बोला, "मैं कहता हूं, जा!"

पार्वती चुप हो रही। इतने में उसकी पीठ पर एक मुक्का लगा, "नहीं जाएगी?"

पार्वती रो पड़ी, "मैं हर्गिज़ नहीं जाऊंगी, नहीं।"

देवदास एक ओर को चल दिया। रोती हुई पार्वती भी एकबारगी उसके पिता के पास पहुंच गई। मुखर्जी बाबू पार्वती को बड़ा प्यार करते थे। पूछा, "रो क्यों रही है बिटिया?"

"देव भैया ने मुझे मारा है।"

"है कहां वह?"

"वह वहां बंसबिट्टी में बैठा तम्बाकू पी रहा था।"

गुरुजी की शिकायत से वे जले–भुने तो थे ही, यह सुनकर तो एकबारगी आगबबूला हो उठे। कहा, "देव तम्बाकू भी पीता है?"

"पीता है, रोज़ पीता है। बंसबिट्टी में उसका हुक्का रखा है।"

"तूने अब तक मुझे बताया क्यों नहीं?"

"देव भैया पीटेगा, इस डर से।"

बात लेकिन सही न थी। कहने से कहीं देवदास पर मार पड़े, इस डर से कभी नहीं बताया। आज गुस्से में आकर उगल दी। महज आठ साल की तो उम्र थी, गुस्सा अभी बहुत ज़्यादा था। हो ज़्यादा गुस्सा, लेकिन बुद्धि–विवेक में वैसी गई–बीती न थी। घर जाकर बिछावन पर पड़ी–पड़ी वह रोती रही, रोते–रोते सो गई। उस रात खाना तक नहीं खाया।

दूसरे दिन देवदास की खासी पिटाई हुई–दिन–भर उसे घर में बन्द करके रखा गया। बाद में जब मां बहुत रोने–धोने लगीं, तब उसे छोड़ दिया गया। दूसरे दिन सवेरे भागकर वह पार्वती के घर की खिड़की पर जा खड़ा हुआ। आवाज़ दी–पारू! फिर आवाज़ दी–पारू!

पार्वती ने खिड़की खोली–देव भैया!

देवदास ने इशारे से बताया, "जल्दी आ।" आने पर कहा, "तूने मेरे तम्बाकू पीने की बात क्यों बता दी?"

"तुमने मुझे मारा क्यों?"

पार्वती चुप हो गई। देवदास बोला, "गधी है तू, अब से मत बताना, भला?"

सिर हिलाकर पार्वती ने कहा, "अच्छा।"

"अच्छा तो चल, बंसी ले आएं। आज पोखरे में मछली का शिकार करेंगे।"

बांस की झाड़ी के पास शरीफे का एक पेड़ था। देवदास उसी पर चढ़ गया। बड़ी मुश्किल से बांस की एक फुनगी को झुकाकर उसने पार्वती को पकड़ाया। कहा, "खबरदार, छोड़ न देना, नहीं तो नीचे जा रहूंगा।"

पार्वती जी–जान से उसे पकड़े रही। देवदास उसी को पकड़कर शरीफे की एक डाल पर पांव रखे करची काटने लगा। नीचे से पार्वती ने कहा, "देव भैया, पाठशाला नहीं चलोगे?"

"नहीं।"

"बड़े चाचा तुम्हें भेजेंगे।"

"बाबूजी ने ख़ुद ही कहा कि मैं अब वहां नहीं पढ़ूंगा। घर पर ही मास्टर आएंगे।"

पार्वती ज़रा सोच में पड़ गई, फिर बोली, "गर्मी के कारण कल से सवेरे की पाठशाला हो गई है, मुझे तुरत जाना है।"

ऊपर आंखें तरेरकर देवदास ने कहा, "नहीं, नहीं जाना होगा।" इतने में पार्वती ज़रा अनमनी हो गई। होना था कि बांस की फुनगी छूटकर ऊपर उठ गई और देवदास एकबारगी नीचे। ऊंचा इतना ज़्यादा नहीं था, सो वैसे चोट तो नहीं लगी पर कई जगह खरोंचें आईं। गुस्से में आकर देवदास ने एक सूखी कमची उठाई और ज़ोर–ज़ोर से पार्वती की पीठ पर, गाल पर, जहां–तहां

कई बार मार लगाई। कहा, "जा भाग यहां से।"

पहले तो पार्वती ख़ुद शर्मिन्दा हो गई थी, लेकिन जब छड़ी से वार पर वार होने लगा तो क्रोध और खीझ से आंखें अंगारे-सी लहराकर रोती हुई बोली, "मैं जाती हूं बड़े चाचा के पास!"

बिगड़कर देवदास ने एक छड़ी और जमा दी, "जा, कह दे जाकर, मेरी बला से।"

पार्वती चल पड़ी। कुछ दूर जब चली गई, तो देवदास ने पुकारा– "पारू!" सुनकर भी पार्वती ने अनसुना किया–और भी तेज़ी से जाने लगी। देवदास ने फिर पुकारा, "पारू, ज़रा सुन जाना।"

पार्वती ने जवाब नहीं दिया। आजिजी से देवदास ने कुछ चिल्लाकर और कुछ अपने ही आप कहा, "जाए जहन्नुम में!"

पार्वती चली गई। देवदास ने जैसे-तैसे बंसी के लिए दो-एक करची काट लीं। तबीयत उसकी उचट गई थी। रोती-रोती पार्वती घर पहुंची। गाल पर छड़ी की चोट का नीला निशान पड़ गया था। दादी ने पहले ही देख लिया। चीख़ पड़ीं, "अरी दैया री, इस बुरी तरह किसने मारा है पारू?"

आंखें पोंछते हुए पार्वती ने कहा, "गुरुजी ने।"

उसे अपनी गोद में उठाकर बेतरह खफ़ा होकर बोलीं, "चल तो जरा नारायण के पास। देखती हूं मैं, कैसा गुरुजी है वह। आह, बच्ची को मार ही डाला!"

दादी के गले लिपटकर पार्वती बोली, "चलो।"

मुखर्जी बाबू के सामने जाकर दादी ने गुरुजी के अनेक पुरखों का नाम लेकर उनके परलोक के लिए अशुभ इच्छा प्रकट की और उनके लिए कुछ अच्छे भोजन का भी इन्तज़ाम किया। अन्त में गोविन्द गुरु को भी भरपूर गालियां देकर कहा, "नारायण, जरा कम्बख़्त की हिमाकत तो देखो! शूद्र होकर ब्राह्मण की लड़की पर हाथ उठाया! देखो भी ज़रा, किस तरह पीटा है!" और बूढ़ी ने बड़े दर्द के साथ पार्वती के गाल पर के नीले निशान दिखाए।

नारायण बाबू ने पार्वती से पूछा, "किसने मारा पारू?"

पार्वती चुप रही। फिर दादी ही चीख उठीं, "और किसने? उस गंवार गुरुजी ने।"

"किसने मारा?"

पार्वती फिर भी चुप रही। मुखर्जी बाबू समझ गए, किसी कसूर पर मार पड़ी है–फिर भी इस तरह मारना ठीक नहीं हुआ है, उन्होंने यही कहा भी।– यह सुनकर पार्वती ने पीठ उघारकर दिखाई, "यहां भी मारा।"

पीठ के निशान और भी गहरे थे और साफ़ भी, सो दोनों बेहद खफ़ा हुए। उन्होंने राय जाहिर की कि बुलाकर गुरुजी से इसकी कैफ़ियत पूछेंगे। यह तय पाया कि ऐसे गुरुजी के यहां बच्चे–बच्चियों को भेजना ठीक नहीं है।

इस निश्चय से पार्वती ख़ुश हो गई। दादी की गोदी में चढ़कर लौट आई। घर आने पर वह मां की जिरह में पड़ी। मां खाना छोड़ पूछने लगी, "बता, आख़िर मार पड़ी क्यों?"

पार्वती ने कहा, "यों ही।"

मां ने कसकर बेटी के कान मल दिए। बोली, "नाहक ही कोई कभी मारता है?"

दादी उस समय दालान से गुज़र रही थीं। चौखट के क़रीब आकर बोलीं, "बहू, मां होकर नाहक ही तुम बच्ची को पीट सकती हो, और वह मुंहजला नहीं पीट सकता?"

बहू ने कहा, "यों ही हर्गिज़ नहीं मारा होगा। जैसी सुशील है...ज़रूर किया है कुछ, जभी पिटी है।"

खीझकर सास ने कहा, "ख़ैर, तुम्हारी ही बात सही, मगर इसे मैं अब पाठशाला नहीं जाने दूंगी।"

"जरा भी लिखना–पढ़ना नहीं सीखेगी?"

"सीखकर होगा क्या बहू? एक–आध ख़त–वत लिख ले, दो–चार छन्द रामायण–महाभारत के पढ़ ले, बहुत है। आखिर पारू को जज बनना है, कि वकालत करना है?"

लाचार बहू चुप हो गई। उस दिन देवदास बहुत डरते–डरते घर में दाखिल हुआ। इस बीच पार्वती सब रो–गा चुकी होगी, इसमें उसे ज़रा भी शुबहा न था; लेकिन घर आने पर जब उसका आभास तक न मिला, बल्कि, मां से यह सुना कि गोविन्द गुरुजी ने पारू को आज बेतरह पीटा है, अब से वह पाठशाला नहीं जाएगी, तो मारे ख़ुशी के उससे भली तरह खाया भी नहीं गया। किसी तरह दो–चार कौर मुंह में डालकर वह दौड़ा–दौड़ा पार्वती

के पास गया और हांफता हुआ बोला, "अब से तू पाठशाला नहीं जाएगी?"

"नहीं।"

"यह कैसे हो गया?"

"मैंने बताया कि गुरुजी ने मुझे मारा है।"

देवदास भर–मुंह हंसकर उसकी पीठ ठोंकते हुए बोल गया कि उसकी जैसी बुद्धिमती इस दुनिया में दूसरी नहीं है। उसके बाद उसने पार्वती के गाल के नीचे निशानों पर गौर करके निःश्वास फेंकते हुए कहा, "आह!"

पार्वती ज़रा हंसकर उसकी ओर देखती हुई बोली, "क्या?"

"बड़ी चोट लगी, क्यों पारू?"

पार्वती ने सिर हिलाकर कहा, "हूं"

"आह, वैसा क्यों करती है तू: जभी तो गुस्सा आता है, पीट देता हूं।'

पार्वती की आंखें भर आईं। जी में आया कि पूछे, 'मैं क्या करती हूं?' मगर न पूछ सकी।

उसके सिर पर हाथ रखकर देवदास ने कहा, "अब वैसा मत करना भला?"

पार्वती सिर हिलाकर बोली, "अच्छा।"

देवदास ने फिर एक बार उसकी पीठ ठोंककर कहा, "अच्छा, अब मैं तुझे कभी नहीं मारूंगा।"

दिन बीतते चले–इन दोनों बालक–बालिका के मौज–मजे की सीमा नहीं। दिन–भर धूप में चक्कर काटना, शाम को घर आकर पिटना; सुबह फिर घर से गायब, शाम फिर डांट–फटकार और मार–पीट। रात बेख़बर सोना, सुबह फिर से भागकर खेलते फिरना। ख़ास कोई संगी–साथी नहीं, ज़रूरत भी नहीं पड़ती। टोले–भर में उत्पात, शरारत के लिए वही दोनों काफ़ी थे। उस रोज़ सूर्योदय के कुछ ही देर बाद दोनों पोखरे में उतरे थे। दोपहर को लाल–लाल आंखें किए सारे पोखरे के पानी को गंदला बनाकर पन्द्रह पोठिया मछली आपस में योग्यता के अनुसार बंटवारा करके घर वापस गए। मां ने पार्वती की कसकर मरम्मत की और उसे घर में बन्द कर दिया। देवदास पर क्या गुज़री, पता नहीं। आप–बीती वह किसी भी हालत में जाहिर नहीं

करता। हां, पार्वती जब कमरे में बन्द पड़ी रो रही थी, तब कोई दो–ढाई बजे उसकी खिड़की के पास जाकर उसने धीमे से पुकारा था, "पारू! अरी ओ पारू!"–आवाज़ शायद पार्वती ने सुनी, पर गुस्से से उसने जवाब नहीं दिया। तब देवदास ने सारा दिन पास के एक चम्पा के गाछ पर बैठकर बिता दिया था। सांझ हो चुकने पर बड़ी मुश्किल से मना–मनूकर धर्मदास उसे घर ले जा पाया था।

मगर महज उसी दिन। दूसरे दिन सवेरे से ही पार्वती देवदास की बेसब्री से बाट जोहती रही, लेकिन देवदास न पहुंचा। वह पिता के साथ न्योते पर पास ही के गांव में चला गया था। देवदास जब नहीं आया तो अकेली ही वह उदास होकर घर से निकल पड़ी। कल पोखरे में उतरते समय देवदास ने उसे तीन रुपये रखने को दिए थे।–शायद खो जाएं। वे रुपये उसके आंचल की गांठ में बंधे थे। उस गांठ को घुमाती हुई बड़ी देर तक अकेली घूमती रही। कोई साथी न मिला, क्योंकि उन दिनों पाठशाला सवेरे लगती थी। अतः वह उस टोले को चल पड़ी, जहां मनोरमा का घर था। वह पाठशाला में पढ़ती थी। उम्र पार्वती से कुछ बड़ी थी, पर उसकी मित्र थी। बहुत दिनों से भेंट–मुलाकात नहीं हुई थी। आज मौका मिल गया, इसलिए वहां गई। घर में दाख़िल होते हुए आवाज़ दी, "मानो है री घर में?"

मनोरमा की फ़ूफ़ी बाहर निकली।

"पारू!"

"हां! मानो कहां है फ़ूफ़ी?"

"वह तो पाठशाला गई है–तुम नहीं गई!"

"मैं वहां नहीं जाती–देव भैया भी नहीं।

हंसकर फ़ूफ़ी बोली, "फिर कया पूछना! तुम भी नहीं जातीं, देव भैया भी नहीं जाता!"

"नहीं, हम दोनों में से कोई नहीं।"

"ठीक है। मानो मगर पाठशाला गई है।"

फ़ूफ़ी ने उसे बैठने को कहा। पार्वती लौट पड़ी। रास्ते में रसिक पाल की दुकान के पास तिलक–छापे लगाए मजीरे पर गीत गाती हुई तीन वैष्णवियां भीख को निकली थीं। पार्वती ने पुकारा, "सुनो–सुनो, गाना जानती हो?

पलटकर एक ने देखा, "ज़रूर जानती हूं बिटिया।"

"तो गाओ।"

तीनों वैष्णवियां मुड़कर खड़ी हो गईं। एक ने कहा, "गीत क्या यों ही गाएं बेटी, भीख देनी होगी। चलो, तुम्हारे घर पर चलकर सुनाएं।"

"नहीं, यहीं सुनाओ!"

"पैसे जो देने पड़ेंगे!"

पार्वती ने आंचल की गिरह दिखाकर कहा, "पैसे नहीं, रुपये हैं।"

रुपये देखकर वैष्णवियां दुकान से कुछ हटकर बैठ गईं और फिर मजीरे पर तीनों ने गला मिलाकर गाना शुरू कर दिया। क्या गाया, गीत का मतलब क्या हुआ, पार्वती की समझ में यह सब खाक न आया। चाहती भी तो शायद समझ न सकती–लेकिन उसका मन उस घड़ी देवदास के पास उड़ गया था।

गीत समाप्त करके उन्होंने कहा, "अच्छा, क्या भीख दोगी, दो।"

अपनी गांठ से तीन रुपये निकालकर पार्वती ने उन्हें दे दिए। तीनों कुछ देर तक अवाक उसकी ओर ताकती रह गईं।

एक ने पूछा, "किसके रुपये हैं बिटिया।"

"देव भैया के।"

"वह नाराज़ होकर पीटेगा तो नहीं।"

कुछ सोचकर पार्वती ने कहा, "नहीं।"

पार्वती ने हंसकर कहा, "तीनों को ठीक–ठीक हिस्सा मिल जाएगा न?"

तीनों ने सिर हिलाया, "ठीक–ठीक। राधारानी तुम्हारा भला करें।" तीनों हृदय से आशीर्वाद देती गईं कि यह दानशीला लड़की मुसीबत में न पड़े। पार्वती उस दिन पहले ही घर लौट गई। दूसरे दिन सवेरे ही देवदास से उसकी भेंट हो गई। हाथ में पतंग उड़ाने की चरखी, पतंग लेकिन नदारत। उसी को खरीदना था। पार्वती को देखकर कहा, "पारू, रुपये?"

पार्वती का चेहरा फक हो गया। बोली, "रुपये नहीं हैं।"

"क्या हो गए रुपये?"

"मैंने वेष्णवियों को दे दिए, गीत सुनाया था।"

"सब दे दिए?"

"सब, तीन तो थे ही।"

"गधी, सब भी देता है कोई!"

"वाह! वे तीन थीं। तीन न देती तो तीनों को ठीक बंटता क्या?"

देवदास ने गम्भीर होकर कहा, "मैं होता, तो दो रुपये देता।" और उसने चरखी के डंडे से जमीन पर रेखाएं खींचकर कहा, "तो उसमें से प्रत्येक दस आना, तेरह गंडा, एक बोड़ी[1] हिस्सा पाती।"

पार्वती ने सोचकर कहा, "उन्हें क्या तुम्हारी तरह हिसाब लगाना आता है?"

देवदास ने तीन राशियों तक हिसाब सीखा था। पार्वती की बात से खुश होकर बोला, "सो तो है।"

देवदास का हाथ पकड़कर पार्वती ने कहा, "मैं तो डर रही थी, तुम मुझे पीटोगे देव भैया!"

देवदास को अचरज हुआ, "पीटता क्यों?"

"वैष्णवियों ने कहा था, तुम मुझे पीटोगे।"

सुनकर देवदास बेहद ख़ुश हुआ। पार्वती के कन्धे पर भार देकर बोला, "धत, कसूर किए बिना मैं मारता हूं भला।"

देवदास ने शायद यह सोचा था कि पार्वती की यह करतूर उसके पिनल कोड के दायरे में नहीं आती, क्योंकि तीन रुपये तीनों में बड़े मजे से बंट गए। ख़ासकर जिन बेचारी वैष्णवियों ने पाठशाला में हिसाब नहीं पढ़ा, तीन के बदले दो रुपये देने से उन पर किसी हद तक जुल्म करना होता। इसके बाद पतंग खरीदने के लिए वह पार्वती का हाथ पकड़कर छोटे बाज़ार की तरफ़ चल पड़ा–चरखी को वहीं एक झाड़ी में छिपाकर रख दिया।

इस तरह एक साल तो निकल गया पर और निकलना मुहाल हो गया। देवदास की मां बहुत आफत मचाने लगीं। स्वामी को बुलाकर उन्होंने कहा, "देवा तो निरा मूर्ख हो गया, जो भी बने, कुछ उपाय करो इसका।"

सोचकर उन्होंने कहा, "इसे कलकत्ता भेज दो। नगेन के यहां रहकर मजे में पढ़–लिख सकेगा।"

नगेन बाबू देवदास के मामा होते थे। यह चर्चा सबने सुनी। पार्वती

1. उस समय में प्रयुक्त सिक्के।

सुनकर डर गई। अकेले में देवदास का हाथ पकड़कर झूलते–झूलते बोली, "तुम शायद कलकत्ता जा रहे हो?"

"किसने कहा?"

"बड़े चाचा ने कहा है।"

"धत, मैं हर्गिज नहीं जाने का।"

"अगर जबरदस्ती भेज दें?"

"ज़बरदस्ती!"

देवदास ने चेहरे का भाव ऐसा बनाया, जिससे पार्वती ने बख़ूबी समझा कि ज़बरदस्ती उससे कोई काम करानेवाला इस दुनिया में नहीं हुआ। स्वयं भी तो यही चाहती थी वह! ख़ुशी के मारे फिर एक बार उसका हाथ पकड़कर, फिर एक बार झूलती हुई, इधर–उधर से उसकी ओर देखती हुई बोली, "देखो, जाना मत देव भैया।"

"हर्गिज़ नहीं।"

मगर यह प्रतिज्ञा उसकी रही नहीं। पिता ने डांट–फटकार की, यहां तक कि ख़ूब झिड़का और मार–पीटकर धर्मदास के साथ उसे कलकत्ता भेज दिया। जाने के दिन मन में देवदास ने तकलीफ़ महसूस की। नई जगह जाने का कोई आनन्द या कौतूहल ही उसे न रहा। पार्वती उसे छोड़ना ही नहीं चाह रही थी। बहुत रोई–पीटी, परन्तु सुनता कौन उसका रोना! पहले तो रूठकर कुछ देर तक देवदास से बोली ही नहीं। लेकिन जब देवदास ने बुलाकर उससे कहा, "पारू, जल्दी ही लौटूंगा फिर, अगर वे न भेजेंगे तो मैं भाग आऊंगा"–तब कहीं उसे कुछ भरोसा हुआ और अपने नन्हे–से हृदय की बहुत बातें उसे सुनाईं। उसके बाद बग्घी पर सवार हो मां के आशीर्वाद तथा आंसू की आख़िरी बूंद का कपाल पर टीका–सा लगाए देवदास चला गया।

पार्वती को बड़ा कष्ट हुआ। जाने आंसू की कितनी धाराएं गाल से होकर ढलकने लगीं, कितने मान से उसका हृदय फटने लगा। शुरू के कई दिन इसी तरह कटे। उसके बाद अचानक एक दिन सवेरे जागकर उसने अनुभव किया कि सारा दिन करने को कोई काम ही न रहा। पहले, जब से पाठशाला जाना छोड़ा था, तमाम दिन सिर्फ हलचल और उमंग में ही कट जाता था...जाने कितना कुछ करने को था, समय की ही केवल कमी थी। अब समय अपार था, मगर रत्ती–भर काम ढूंढ़े नहीं मिल रहा था। कभी–कभी सवेरे चिट्ठी लिखने

बैठती। दस बज जाते, मां खीझ उठतीं, दादी कहतीं, "अरे लिखने दो। सवेरे उछल–कूद के बजाय लिखना–पढ़ना अच्छा है।"

जिस दिन देवदास की चिट्ठी आती, पार्वती का वह बड़े सुख का दिन होता। सीढ़ी के दरवाज़े की चौखट पर बैठी दिन–भर उसी काग़ज़ को पढ़ती रहती। आख़िर दो महीने निकल गए। अब उतनी जल्दी–जल्दी ख़त लिखना या पाना नहीं होता, उत्साह मानो कुछ मन्द हो आया।

एक दिन सवेरे पार्वती ने मां से कहा, "मां, मैं फिर से पाठशाला जाऊंगी।"

"क्यों री?"

उन्हें अचरज–सा हुआ। पार्वती ने गर्दन हिलाकर कहा, "नहीं, मैं जरूर जाऊंगी।"

"ख़ैर, जाना। मैंने तुझे मना कब किया बेटी?"

उसी दिन दोपहर को बहुत दिनों से उपेक्षित पड़ी स्लेट–किताब को लेकर नौकरानी का हाथ पकड़े पार्वती अपनी उसी पुरानी जगह में धीर भाव से जा बैठी।

नौकरानी ने कहा, "गुरुजी, पारू को अब मारना–पीटना नहीं, अपने मन से वह पढ़ने आई है। जब तक जी चाहेगा, पढ़ेगी; जी न चाहेगा, घर चली जाएगी।"

गुरुजी ने मन ही मन "तथास्तु' कहा। जाहिर में बोले, "यही होगा।" एक बार ऐसी भी ख़्वाहिश हुई कि पूछें–पार्वती को भी कलकत्ता क्यों नहीं भेज दिया गया, मगर वह न पूछा। पार्वती की नज़र पड़ी, वहीं उसी बेंच पर सरदार पढ़ाकू भोला बैठा है। उसे देखकर पहले तो हंसी जैसी आई, मगर तुरन्त उसकी आंखें भर आईं। लगा, इसी कम्बख़्त ने देवदास का घर छुड़ाया है। इसी प्रकार बहुत दिन बीत गए।

बहुत दिनों के बाद देवदास घर आया। पार्वती दौड़ी–दौड़ी गई। बातें हुईं। उसे कहने को ज़्यादा कुछ नहीं था, रहा भी हो सो कह नहीं सकी। लेकिन देवदास ने बहुत बातें सुनाईं। ज़्यादातर कलकत्ता की ही बातें। उसके बाद एक दिन गर्मी की छुट्टियां ख़त्म हो गईं। देवदास फिर कलकत्ता चला गया। रोना–धोना इस बार भी हुआ, लेकिन पिछली बार की तरह इसमें वैसी गहराई न रही। इस तरह से चार साल बीत गए। इस अर्से में देवदास का स्वभाव

इतना बदल गया कि अकेले में बहुत बार रोकर पार्वती ने आंसू पोंछे। देवदास में जो–जो ग्राम्यता दोष थे, शहर में रहकर वे दोष क़तई जाते रहे। अब विलायती जूते, अच्छे कुरते–कपड़े, छड़ी, सोने की घड़ी और जंजीर–ये सब हुए बिना शर्म आती। गांव के नदी–किनारे घूमने को अब जी नहीं चाहता, बल्कि उसके बजाय बन्दूक लिए शिकार को जाने में ख़ुशी होती है; छोटी–सी पोठिया मछली के बजाय बड़ी मछली फंसाने की इच्छा होती है। केवल यही नहीं! समाज की बात, राजनीति की चर्चा, सभा–समिति, क्रिकेट, फुटबॉल की आलोचना । हाय रे, कहां यह पार्वती और कहां उसका वह ताल सोनापुर गांव। छुटपन की स्मृति से जुड़ी दो–चार ख़ुशी की बातें भी याद नहीं आतीं, सो नहीं, पर और–और कामों की उमंग में वे ज़्यादा देर तक मन में टिक नहीं पातीं। फिर गर्मी की छुट्टियां आईं। पिछले साल जब छुट्टी में देवदास बाहर घूमने गया था, घर नहीं आया। इस बार मां और पिताजी ने ज़रूर आने को लिखा था, इसलिए आने का इरादा न होते हुए भी बिस्तर बांधकर ताल सोनापुर आने के लिए देवदास स्टेशन पहुंचा। जिस दिन घर आया, तबीयत उसकी अच्छी नहीं थी, तो कहीं घूम–फिर न सका। दूसरे दिन पार्वती के यहां पहुंचा। आवाज़ दी, "चाची!"

पार्वती की मां ने आदर से बुलाया, "आओ बेटे, आओ।"

कुछ देर उनसे बातें करके उसने पूछा, "पारू, कहां है चाची?"

"शायद ऊपर के कमरे में है।"

देवदास ऊपर गया। देखा, पार्वती सांझ की दीयाबत्ती कर रही है। पुकारा, "पारू!"

पहले तो वह चौंक उठी, फिर उसे प्रणाम करके हटकर खड़ी हो गई।

"क्या कर रही हो पारू?"

जवाब की ज़रूरत नहीं थी। इसलिए पार्वती चुप रही। देवदास को शर्म–सी आने लगी। बोला, "अच्छा, चलूं मैं, सांझ हो गई। तबीयत ठीक नहीं है।'

पार्वती ने अब तेरहवें वर्ष में पैर रखा है, दादी यही कहतीं। इस उम्र में जाने कहां से तो शारीरिक सुन्दरता आकर किशोरी के सर्वांग पर छा जाती है। सगे–सम्बन्धियों ने एकाएक चौंककर देखा,नन्ही बच्ची

बड़ी हो गई। फिर तो उसे किसी के हवाले करने की हड़बड़ी पड़ गई। चक्रवर्ती परिवार में कई दिनों से यही बात चल रही थी। मां बड़ी उदास थीं, बात-बात में पति को सुना-सुनाकर कहतीं, "पारू को और तो अब रखा नहीं जा सकता।" वे लोग बड़े आदमी न थे, पर सन्तोष यही था कि लड़की देखने में बहुत ही सुन्दर थी। दुनिया में अगर रूप की मर्यादा और कदर है, तो पार्वती के लिए फ़िक्र करने की ज़रूरत नहीं। एक बात और थी, उसे भी यहीं कह रखें। चक्रवर्ती परिवार में इसके पहले लड़की के विवाह में रत्ती-भर चिन्ता नहीं करनी पड़ती थी, चिन्ता लड़के के विवाह में करनी पड़ती थी। लड़की के विवाह में दहेज लिया जाता था और लड़के के विवाह में दहेज देकर लड़की लाई जाती थी। नीलकंठ के पिता ने भी बेटी पर दहेज लिया था, लेकिन नीलकंठ खुद इस रिवाज से घृणा करते थे। उनकी ज़रा भी इच्छा न थी कि पार्वती को बेचकर रुपये कमाएं। पार्वती की मां को इतना पता था, इसलिए लड़की के बारे में पति को ताकीद किया करती थीं। पार्वती की मां ने पहले मन ही मन एक दुराशा पाली थी-किसी उपाय से देवदास से अगर पार्वती का ब्याह हो सके। ऐसा होना बिल्कुल असम्भव है, यह नहीं लगता था। सोचा, देवदास कहें तो कोई सुगम राह निकल आए। शायद इसलिए नीलकंठ की मां ने बातों-बातों में देवदास की मां से इस तरह की चर्चा छेड़ी, "अहा बहू, देवदास और पारू में कितना मेल है! ऐसा मेल तो कहीं नज़र नहीं आता।"

देवदास की मां ने कहा, "क्यों न हो भला, दोनों भाई-बहन जैसे ही तो साथ-साथ पलते आ रहे हैं चाची।"

"हां, बेटी! वैसा ही तो लगता है, अगर दोनों का...यह तो देखो, देवदास जब कलकत्ता गया, पारू महज आठ साल की ही तो थी, उसी उम्र में फ़िक्र से काठ हो गई। देवदास की कोई चिट्ठी आती तो मानो जाप की माला बन जाती उसकी। हम सब ही तो जानते है।'

देवदास की मां मन ही मन समझ गईं। ज़रा हंसी। इस हंसी में व्यंग्य कितना था, पता नहीं, मगर वेदना बहुत थी। उन्हें भी हर बात का पता था, पार्वती को चाहती भी ख़ूब थीं; लेकिन खरीद-बिक्रीवाले घर की बेटी जो ठहरी! फिर पड़ोस की रिश्तेदारी। छि:! बोलीं, "चाची, देवदास के पिता की तो ज़रा भी इच्छा नहीं कि इस छुटपन में, खासकर पढ़ने-लिखने की उम्र में देवदास की शादी करें। वे तो बार-बार मुझको उलाहना दिया करते हैं कि

बड़े बेटे द्विजदास की बचपन में शादी करके तुमने कितना बड़ा सर्वनाश किया! पढ़ना–लिखना हुआ ही नहीं।"

पार्वती की दादी बिल्कुल अप्रतिभ हो पड़ीं। फिर भी बोलीं, "वह तो मालूम है बहू, लेकिन बात यह है कि पारू की सुन्दर देह की गठन ऐसी है कि वह अधिक सयानी हो गई जान पड़ती है। लेकिन नारायण की जब राय नहीं है..."

देवदास की मां ने कहा, "माफ़ करना चाची, मैं उनसे यह नहीं कह सकूंगी। देवदास के ब्याह की चर्चा करूं तो मेरी शक्ल भी देखना पसन्द न करेंगे।"

बात वहीं दब गई। मगर औरत के पेट में बात कहां पचती। मुखर्जी बाबू जब खाने बैठे तो देवदास की मां ने कहा, "पारू की दादी ने आज उसके ब्याह का ज़िक्र चलाया था।"

सिर उठाकर मुखर्जी बाबू बोले, "हां, उसकी तो उम्र हो आई, जल्दी ही उसका ब्याह कर देना उचित है।"

"इसीलिए तो चर्चा छेड़ी थी। कहा, अगर देवदास से..."

स्वामी ने भवें सिकोड़ीं। पूछा, "तुमने क्या कहा?"

"मैं क्या कहती? दोनों में मेल तो ख़ूब है, पर उसी के चलते क्या बेटी–बेचवा के यहां की लड़की घर लाऊं? फिर पड़ोस का समधियाना। छि:!"

मुखर्जी सन्तुष्ट हुए। बोले, "बिल्कुल ठीक। आख़िर खानदान की नाक कटा दूंगा! इन बातों पर कान ही मत देना।"

पत्नी सूखी हंसी हंसकर बोलीं, "नहीं। में कान नहीं देती, पर तुम भी भुला मत बेठना।"

गम्भीर होकर भात का कौर उठाते हुए मुखर्जी बाबू बोले, "फिर तो इतनी बड़ी जमींदारी कब की उड़ गई होती।"

जमींदारी उनकी युग–युग रहे, इस पर एतराज नहीं, लेकिन पार्वती के दुःख की क्या कहें। यह प्रस्ताव जब ठुकरा दिया गया और नीलकंठ ने सुना, तो मां को बुलाकर झिड़कते हुए बोले, "मां, भला तुम क्यों यह चर्चा छेड़ने गई?"

मां चुप रहीं; नीलकंठ कहने लगे, "लड़की की शादी के लिए हमें लोगों के पैरों नहीं पड़ना। बहुतेरे हमारे ही पैरों आकर पड़ेंगे। लड़की अपनी बदसूरत

नहीं। देख लेना, मैं कहे देता हूं, हफ्ते–भर में में रिश्ता पक्का कर लूंगा। शादी की क्या फ़िक्र पड़ी है!"

लेकिन जिसके लिए पिता इतनी बड़ी बात बोल गए, उसके तो सिर पर मानो गाज गिरी। छुटपन से ही उसका ऐसा ख़याल था कि देवदास पर उसका थोड़ा अधिकार है। ऐसा नहीं कि किसी ने यह अधिकार हाथ से उठाकर दिया था! पहले ख़ुद वह भी ठीक कुछ समझ नहीं सकी–अनजानते ही, अशान्त मन ने धीरे–धीरे इस अधिकार को ऐसे चुपचाप, लेकिन इतनी दृढ़ता से, जमा लिया था कि बाहर से यद्यपि आज तक उसकी कोई शक्ल नज़र नहीं आई, तथापि आज उसके खोने की बात उठते ही उसके सारे हृदय में भयानक आंधी उठने लगी।

मगर यह बात देवदास पर ठीक–ठीक लागू नहीं की जा सकती। छुटपन में जब उसने पार्वती पर अधिकार पाया था, तो पूरी तरह से उसका उपभोग भी किया था, लेकिन कलकत्ता जाकर काम–काज की उमंग और मौज–मजे में पार्वती को लगभग छोड़ दिया था उसने। मगर उसे तनिक भी ख़बर न थी कि पार्वती अपने एकाकी ग्राम–जीवन में रात–दिन सिर्फ़ उसी का ध्यान करती आई है। केवल यही नहीं, वह सोचती थी, छुटपन से ही जिसे निरा अपना ही जाना, ग़लत–सहीं सबकुछ जिस पर चलाया, जवानी की दहलीज पर पहला क़दम रखते ही उससे अचानक पीछे नहीं हटना पड़ेगा। मगर तब ब्याह की बात सोचता कौन था? किसे पता था कि किशोरावस्था के इस बन्धन को ब्याह के सिवाय और किसी भी उपाय से चिरस्थायी नहीं बनाया जा सकता? इसीलिए ब्याह हो ही नहीं सकता, यह संवाद पार्वती के हृदय की सारी आशा–अभिलाषा को छाती के अन्दर से निकाल फेंकने के लिए खींचातानी करने लगा। लेकिन देवदास को सवेरे पढ़ना पड़ता, दोपहर को गर्मी पड़ती, सो घर से बाहर निकला नहीं जाता, सिर्फ़ इच्छा होने पर तीसरे पहर ज़रा बाहर हो सकता था। उसी समय में कभी–कभी कपड़ा–कुरता पहनकर, पांवों में अच्छा जूता डाले मैदान की तरफ़ छड़ी लिए जाया करता। पार्वती के घर होकर जाया करता–आंसू पोंछती हुई पार्वती ऊपर की खिड़की में से देखा करती। कितनी बातें याद हो आतीं। जी में आता, हम दोनों अब बड़े हो गए हैं, बहुत दिनों बाहर रहने के बाद अब पराये जैसी आपस में शर्म आती है। देवदास उस रोज़ यों ही लौट गया था, लाज लग रही थी, ठीक से बात नहीं कर सका।

पार्वती इसे भली प्रकार समझ गई थी।

देवदास भी ठीक ऐसा ही सोचता। कभी–कभी पारू से बात करने की, उसे अच्छी तरह देखने की इच्छा होती, पर उसी दम जी में आता, यह क्या अच्छा दीखेगा?

यहां कलकत्ता की हलचल नहीं, आमोद–प्रमोद, नाच–गीत, थियेटर नहीं, इसलिए उसे सिर्फ़ बचपन की बातें याद आतीं। याद आता, वह पारू अब पार्वती बन गई है! पार्वती सोचती, तब का वह देवदास आज देवदास बाबू बन गया है! अब देवदास उसके घर लगभग जाता ही नहीं। कभी–कभी सांझ को आंगन में जाकर पुकारता था–चाची, क्या कर रही हो?

चाची कहतीं, "आओ बेटा, बैठो।"

तब देवदास कहता, "रहने दो चाची, ज़रा टहल आऊं।"

ऐसे में पार्वती कभी तो ऊपर होती, कभी आमने–सामने पड़ जाती। देवदास चाची से बातें करने लगा, वह धीरे–धीरे खिसक पड़ती। रात को देवदास के कमरे में रोशनी जलती होती। गर्मी के दिनों खुली खिड़की से वह देर तक शायद ताकती रहती–फिर कुछ भी नहीं दीखता। पार्वती सदा की स्वाभिमानी थी। उसे जो तकलीफ़ उठानी पड़ रही थी, उसका तिल–भर भी किसी को पता न हो, वह इसकी जी–जान से कोशिश करती थी। और किसी को जानने देने का लाभ क्या? सहानुभूति सही न जाएगी, और लानत–मलामत? उससे तो मर जाना बेहतर है। मनोरमा की पिछले साल शादी हो गई। अभी तक ससुराल नहीं गई, इसी से जब–तब आया करती। पहले दिनों सहेलियों में कभी–कभी ये बातें हुआ करती थीं, अब भी होती हैं, लेकिन पार्वती अब साथ नहीं देती–या तो चुप रहती है, या बात बदल देती है।

पार्वती के पिता कल रात घर लौटे। कई दिनों से वे लड़के की तलाश में बाहर गए हुए थे। शादी का सब ठीक–ठिकाना करके लौटे। कोई बीस–पच्चीस कोस के फ़ासले पर बर्दवान जिले के हाथीपोता गांव के जमींदार... उन्हीं से। हालत उनकी अच्छी थी, उम्र चालीस से कम होगी। पिछले साल उनकी स्त्री चल बसी थी। इसलिए दुबारा ब्याह करेंगे। इस समाचार से सभी ख़ुश हुए ऐसी बात नहीं, दुःख ही सबको हुआ। लेकिन एक बात थी, भुवन चोधरी से सब मिला–जुलाकर दो–तीन हज़ार रुपये मिलेंगे। इसी से औरतें चुप थीं।

एक दिन दोपहर को देवदास खाने को बैठा था। पास बैठकर मां ने कहा, "पारू की शादी है।"

देवदास ने पूछा, "कब?"

"इसी महीने में है। कल लड़की को देख गए। ख़ुद दूल्हा ही आए थे।"

देवदास विस्मित हुआ, "अच्छा, मुझे तो कुछ भी मालूम नहीं।"

"तुम्हें कैसे मालूम हो? दुल्हा दुब्याहा है, उम्र ज्यादा है, मगर सुना, मालदार है, पारू सुख–चैन से रहेगी।"

देवदास सिर झुकाए खाने लगा। मां ने फिर कहा, "उन लोगों की इच्छा अपने यहां ब्याह करने की थी।"

देवदास ने सिर उठाया, "फिर?"

मां हंसने लगीं, "राम–राम, यह भी हो सकता है! एक तो बेटी–बेचवा का घर, फिर पड़ोस में। छि:!" मां ने होंठ बिचकाया। देवदास ने यह देख लिया।

जरा देर चुप रहकर मां फिर बोलीं, "मैंने तुम्हारे पिताजी से कहा था।"

देवदास ने पूछा, "तो उन्होंने क्या कहा?"

"कहते क्या, इतने बड़े खानदान की नाक कटा सकेंगे, यही बोले।"

देवदास ने फिर कुछ न कहा। उसी दिन दोपहर को पार्वती और मनोरमा में बातें हो रही थीं। पार्वती की आंखों में आंसू थे। मनोरमा ने अपनी आंखें अभी–अभी पोंछी थीं शायद। मनोरमा ने पूछा, "तो फिर उपाय?"

आंखें पोंछकर पार्वती ने कहा, "उपाय क्या है! तुमने क्या अपने दूल्हे को पसन्द करके शादी की थी।"

"मेरी बात जुदा है, मेरी कोई पसन्द न थी और नापसन्द की भी नौबत नहीं आई, लिहाजा मुझे तो कोई तकलीफ़ ही नहीं। लेकिन तुमने तो अपने पैरों आप कुल्हाड़ी मारी बहन।"

पार्वती ने जवाब नहीं दिया। सोचने लगी।

जाने क्या सोचकर ज़रा हंसती हुई मनोरमा ने पूछा, "पारू, दूल्हे की उम्र क्या हे?"

"किसके दूल्हे की?"

"तेरे !?"

पार्वती ने कुछ लेखा लगाकर कहा, "शायद उन्नीस।"

मनोरमा अचम्भे में आ गई। बोली, "अभी तो सुना मैंने, चालीस!"

अबकी पार्वती भी जरा हंसकर बोली, "मानो दीदी, कितने लोगों की उम्र चालीस की है, मैं क्या सबका हिसाब रखती हूं! मेरे दूल्हे की उम्र उन्नीस–बीस की है, मैं इतना ही जानती हूं।"

उसकी ओर ताककर मनोरमा ने पूछा, "नाम क्या है भला?"

पार्वती फिर हंस पड़ी, "इतने दिनों में यह भी नहीं मालूम?"

"कैसे मालूम हो?"

"नहीं जानती हो तो कह दूं।" ज़रा हंसकर, ज़रा गम्भीर होकर, उसके कान में मुंह सटाकर पार्वती ने कहा, "नहीं जानतीं...श्री देवदास..."

पहले तो मनोरमा चौंकी, फिर ढकेलती हुई बोली, "रहने भी दे दिल्लगी! क्या नाम है, अभी ही कह दे, फिर तो जबान से कह नहीं पाएगी।"

"कह तो दिया।"

मनोरमा ने नाराज़ होकर कहा, "अगर उसका नाम देवदास ही है, तो फिर रो–पीटकर जान क्यों गंवा रही है?"

पार्वती एकाएक फीकी पड़ गई। जाने क्या सोचकर बोली, "ठीक तो। अब तो रोऊं–पीटूंगी नहीं।'!

"पारू!"

"कहो!"

"मुझसे साफ़– साफ़ बता बहन! मैं कुछ भी न समझ सकी।"

पार्वती बोली, "कहने की सब तो कह गई।"

"मगर समझ में तो खाक नहीं आया री!"

"आएगा भी नहीं।" कहकर पार्वती ने मुंह फेर लिया।

मनोरमा ने समझा, पार्वती छिपा रही है। मन की कहना नहीं चाहती। उसे बात लगी। बोली, "पारू, जिससे तुझे तकलीफ़ है, उससे अपने को भी तो बड़ी होगी बहन! तू सुखी हो, यही तो अपनी आन्तरिक प्रार्थना है। तेरी अगर कोई गुप्त बात है और मुझे वह कहना नहीं चाहती तो मत कह, मगर इस तरह मेरा मज़ाक न उड़ा।"

पार्वती भी दुःखी हुई। बोली, "मज़ाक़ नहीं करती दीदी, जितना मैं जानती हूं, तुम्हें बता दिया। मैं जानती हूं, मेरे पति का नाम है देवदास! उम्र

उन्नीस–बीस–यही तो बताया तुम्हें?"

"लेकिन तेरी दादी से मालूम हुआ तेरा रिश्ता शायद और कहीं तय हुआ।"

"हुआ क्या है! दादी से तो ब्याह नहीं होगा, होगा मुझसे; मगर मैंने तो नहीं सुना!"

मनोरमा ने जो कुछ सुना था, सुनाने लगी। बाधा देकर पार्वती ने कहा, "वह सब सुन चुकी हूं।"

"फिर? देवदास तुझे..."

"क्या मुझे?"

हंसी दबाकर मनोरमा बोली, "ते फिर स्वयंवरा होगी। छिपे–छिपे सब पक्का कर रखा है?"

"कच्चा–पक्का अभी कुछ नहीं हुआ।"

मनोरमा दुःखी स्वर में बोली, "क्या जो कहती है तू, कुछ भी तो समझ नहीं पाती।"

पार्वती ने कहा, "तो देवदास से पूछकर तुम्हें समझा दूंगी।" "क्या पूछोगी? वह ब्याह करेगा, या नहीं?"

पार्वती ने सिर हिलाकर कहा, "हां, यही।""

मनोरमा भयानक आश्चर्य में पड़कर बोली, "कहती क्या है पारू! तू ख़ुद उससे यह पूछेगी?"

"इसमें गुनाह क्या है?"

मनोरमा अवाक रह गई, "क्या कह रही है? ख़ुद से?"

"हां, ख़ुद ही। वरना मेरी ओर से पूछेगा कौन?"

"शर्म नहीं आएगी?"

"शर्म कैसी? तुम्हें बताने में शर्म आई?"

"मैं ठहरी लड़की, तेरी सहेली, लेकिन वह तो मर्द है पारू!"

अबकी पार्वती हंस पड़ी, "तुम सखी हो, तुम अपनी हो; और वे क्या पराये हैं? जो बात तुमसे कह सकती हूं, वह क्या उनसे नहीं कही जा सकती?"

मनोरमा अवाक होकर उसे देखती रही।

पार्वती हंसकर बोली, "मानो दीदी, नाहक ही तुम माथे में सिन्दूर लगाती हो। पति किसे कहते हैं, यह नहीं जानतीं। वे मेरे स्वामी न होते, मेरी सारी

हया–शर्म से अतीत न होते, तो मैं इस तरह जान गंवाने को न होती। फिर आदमी जब मरने पर आमादा हो जाता है, तो वह यह थोड़े ही देखने जाता है कि ज़हर कड़वा है या मीठा। उनके लिए मुझे कोई शर्म नहीं।"

मनोरमा उसका मुंह ताकती रही। कुछ देर बाद बोली, "उनसे क्या कहेगी? कहेगी कि मुझे चरणों में स्थान दीजिए?"

पार्वती ने कहा, "हां, यही कहूंगी।"

"और अगर वह स्थान न दें?"

अब की पार्वती देर तक चुप रही। उसके बाद बोली, "तब की बात तो नहीं जानती दीदी।"

घर लौटते हुए मनोरमा ने सोचा–हिम्मत की बलिहारी! धन्य है कलेजा! मैं तो मर भी जाऊं, पर ऐसी बात जबान पर ला नहीं सकती।

बात सच ही है। तभी तो पार्वती ने कहा था–यह नाहक ही माथे पर सिन्दूर लगाती है!

रात का एक बज चुका था। मद्धिम चांदनी अब भी आसमान से लिपटी थी। बिछावन की चादर सिर से पैर तक लपेटकर पार्वती पांव दबाए, सीढ़ियां उतरकर नीचे आ गई। उसके बाद दरवाज़ा खोलकर चुपचाप बाहर निकली और राह पर आ गई। गंवई–गांव का रास्ता–एकबारगी सन्नाटा, बिल्कुल सूना। किसी के मिल जाने का ख़तरा न था। वह बेखटके जमींदार के घर में सामने जाकर खड़ी हुई। डेवढ़ी पर बूढ़ा दरबान किसनसिंह अभी तक खटिया पर बैठा तुलसीदास की रामायण पढ़ रहा था। पार्वती को जाते देख बिना नजर उठाए ही पूछ बैठा, "कौन?"

पार्वती ने कहा, "मैं हूं।"

दरबान समझ गया–कोई औरत है। और कोई नौकरानी होगी, यह समझकर उसने और कुछ न पूछा–सुर से रामायण का पाठ करने लगा। पार्वती भीतर चली गई। गर्मी के दिन, बाहर आंगन में कई नौकर सो रहे थे। उनमें से कोई–कोई तो नींद में थे, कोई–कोई अधजगे। किसी ने शायद पार्वती को तन्द्रा में देखा भी, पर नौकरानी समझकर टोका नहीं। पार्वती बेरोक अन्दर पहुंची और सीढ़ी से ऊपर चली गई। इस घर का कमरा–कमरा, कोना–कोना उसका

जाना–चीन्हा था। देवदास का कमरा पहचानने में देर न हुई। दरवाज़ा खुला था, अन्दर चिराग जल रहा था। अन्दर जाकर देखा, देवदास अपने बिछावन पर सोया था। सिरहाने कोई किताब खुली पड़ी थी–लगा, अभी–अभी सोया है। उसने चिराग को उकसा दिया और चुपचाप जाकर देवदास के पांवों के पास बैठ गई। दीवार पर सिर्फ़ घड़ी टिक–टिक कर रही थी–बाक़ी सब चुप–तमाम सन्नाटा।

देवदास के पैर पर हाथ रखकर पार्वती ने धीमे–धीमे पुकारा, "देव भैया!"

निंदाये में देवदास को लगा, कोई मानो पुकार रहा है। आंखें बिना खोले ही उसने कहा, "हूं!"

"देव भैया!"

अबकी वह आंख मलकर उठा। पार्वती के चेहरे पर कोई आवरण नहीं था, कमरे में चिराग की रोशनी भी तेज़ थी। देवदास सहज ही पहचान गया, लेकिन पहले तो उसे यक़ीन ही न आया। बोला, "अरे पारू!"

"हां, मैं।"

देवदास ने घड़ी की तरफ़ देखा। अचम्भे पर अचम्भा। बोला, "इतनी रात को?"

पार्वती ने जवाब नहीं दिया, सिर झुकाए रही। देवदास ने फिर पूछा, "इतनी रात को अकेली ही आई हो?"

पार्वती ने कहा, "हां।"

उद्वेग और आशंका से देवदास के रोएं खड़े हो गए। बोला, "कह क्या रही हो। रास्ते में डर नहीं लगा?"

पार्वती ज़रा हंसकर बोली, "भूत से मुझे कोई ख़ास डर नहीं लगता।"

"भूत का न सही, आदमी का डर तो है! क्यों आई हो?"

पार्वती बोली नहीं, पर मन ही मन कहा, 'इस समय शायद मुझे वह भी डर नहीं।'

"अन्दर कैसे आई? किसी ने देखा तो नहीं?"

"दरबान ने देखा है।'

आंखें फाड़कर देवदास बोला, "दरबान ने देखा है! और किसी ने?"

"आंगन में नौकर सोए थे, हो सकता है, उनमें से भी किसी ने देखा हो!"

बिस्तर से कूदकर देवदास ने दरवाज़े को अन्दर से बन्द कर लिया, "किसी ने पहचाना हे तुम्हें?"

पार्वती ने ज़रा भी उत्कंठा नहीं दिखाई। बड़े सहज ढंग से बोली, "सभी तो मुझे जानते हैं, किसी ने पहचान भी लिया हो शायद।"

"तो तुमने ऐसा किया क्यों पारू?"

मन में बोली, 'यह तुम केसे समझोगे?'–मगर कुछ कहा नहीं, माथा झुकाए बैठी रही।

"इतनी रात को? छि:–छि:! कल शक्ल कैसे दिखाओगी?"

सिर झुकाए हुए ही पार्वती बोली, "वह हिम्मत मुझे है।"

सुनकर देवदास नाराज़ नहीं हुआ। बहुत ही उत्कंठित होकर बोला, "छि:! अब भी तुम निरी नन्ही हो? इस तरह से यहां आने में तुम्हें जरा भी शर्म नहीं आई?"

पार्वती ने सिर हिलाकर कहा, "बिल्कुल नहीं।"

"कल शर्म के मारे सिर नहीं झुक जाएगा तुम्हारा?"

इस सवाल से पार्वती ने तीखी, लेकिन करुण निगाहों से देवदास की ओर जरा देर देखा और बेझिझक बोली, "बेशक़ सिर ही झुक जाता, बशर्ते कि मैं निश्चित रूप से यह न जानती कि तुम मेरी सारी लाज–शर्म को ढंक लोगे।"

विस्मय से विमूढ़ होकर देवदास ने कहा, "मैं! मगर मैं ही क्या अपना मुंह दिखा सकूंगा?"

उसी अविचलित कंठ से पार्वती बोली, "तुम! तुम्हारा क्या देव भैया?"

पल–भर चुप रहकर फिर बोली, "तुम पुरुष हो, आज नहीं तो कल लोग तुम्हारे कलंक की बात भूल जाएंगे। दो दिन के बाद कोई याद नहीं रखेगा कि कब, किस रात को अभागिन पार्वती अपने कुल की परवाह न करके तुम्हारे पैरों में माथा टेकने आई थी!"

"पारू!"

"और मैं..."

मन्त्रमुग्ध की तरह देवदास ने कहा, "और तुम?"

"मेरे कलंक की कह रहे हो? नहीं, कलंक नहीं। में छिपकर तुम्हारे पास आई थी, अगर इसकी निन्दा हो. तो वह निन्दा मुझे नहीं छू पाएगी।"

"पारू! रो रही हो?"

"देव भैया, नदी में पानी कितना है? उतने पानी में भी क्या मेरा कलंक नहीं डूबेगा?"

देवदास ने अचानक पार्वती के हाथ पकड़ लिए, "पार्वती!"

पार्वती ने देवदास के पैरों में सिर रखकर रुंधे स्वर में कहा, "मुझे यहां थोड़ा–सा स्थान दो, देव भैया!"

इसके बाद दोनों चुप। देवदास के पैरों से होकर आंसू की अनेक बूंदें बिछौने पर ढुलक पड़ीं।

बड़ी देर के बाद पार्वती के मुखड़े को ऊपर उठाकर देवदास ने कहा, "मेरे सिवाय क्या तुम्हारा दूसरा उपाय नहीं पारू?"

पार्वती बोली नहीं। उसी तरह पैर पर सिर रखे पड़ी रही। कमरे के सन्नाटे में सिर्फ उसकी आंसू से अकुलाई लम्बी सांसें हिलती–फूलती रहीं। टन–टन–घड़ी ने दो बजाए। देवदास ने पुकारा, "पारू!"

"रुंधे स्वर में पार्वती बोली, "कहो!''

"बाप–मां को तो क़तई नामंजूर है–सुना है?"

पार्वती ने सिर हिलाकर कहा, "सुना है?"

दोनों चुप हो रहे। बड़ी देर बाद देवदास ने लम्बा निःश्वास छोड़कर कहा, "तो फिर ऐसा क्यों?"

डूबता हुआ आदमी जैसे अन्धे की नाईं कसकर जमीन को पकड़ता है, छोड़ना नहीं चाहता, ठीक वैसे ही अज्ञात की नाईं पार्वती देवदास के दोनों पांव पकड़े रही। उसके मुंह की ओर देखकर बोली, "मैं कुछ भी जानना नहीं चाहती, देव भैया।"

"पारू, मां–बाप की बातों से बाहर हो जाऊं?"

"हर्ज क्या है? हो जाओ।"

"फिर तुम रहोगी कहां?"

रोकर पार्वती बोली, "तुम्हारे चरणों में।''

दोनों फिर चुप। घड़ी में चार बज गए। गर्मी की रात। कुछ ही देर में सवेरा हो जाएगा, यह देखकर देवदास ने पार्वती का हाथ थामकर कहा, "चलो, तुम्हें घर पहुंचा आऊं..."

"मेरे साथ चलोगे?"

"हर्ज क्या है? बदनामी हो तो शायद कोई रास्ता निकल आए।"

"तो चलो।"

दोनों दबे पैरों बाहर निकल गए।

दूसरे दिन पिता से देवदास की बहुत थोड़ी देर बातचीत हुई।

पिता ने कहा, "तुमने सदा मुझे परेशान किया, जब तक जिंदा रहूंगा, परेशान होना ही पड़ेगा। तुम्हारे मुंह से ऐसी बात सुनकर ताज्जुब होने का कोई कारण नहीं।"

देवदास सिर झुकाए चुपचाप बैठा रहा।

पिता ने कहा, "मैं इस पचड़े में नहीं पड़ता। जो जी में आए–तुम और तुम्हारी मां मिलकर करो।"

यह सुनकर देवदास की मां रोती हुई बोलीं, "बेटे, अपनी किस्मत में यह भी बदा था!"

देवदास उसी दिन बोरिया–बसना समेट कलकत्ता चला गया।

पार्वती ने सुना। कठोर मुख से और भी कठिन हंसी हंसकर वह चुप रही। पिछली रात का वाकया किसी को मालूम न था, उसने भी किसी से न कहा; लेकिन मनोरमा आकार अड़ गई, "पारू! सुना, देवदास चला गया?"

"हां।!

"तेरा क्या उपाय कर गया?"

उपाय की वह आप नहीं जानती, और को क्या बताए? कई दिन से वह हरदम यही सोच रही थी, पर किसी तरह से भी तय नहीं कर पाती थी कि उसकी आशा कितनी है, निराशा कितनी। मगर एक बात है, ऐसे दुःख में जब आदमी आशा–निराशा का कूल–किनारा नहीं देख पाता, तो उसका कमजोर दिल आशा के ही छोर को ज़ोर से पकड़े रहता है। जिससे उसका कल्याण होगा, उसी की आशा करता है। इच्छा से हो, अनिच्छा से हो, उसी तरफ़ को उत्सुक आंखों से देखना चाहता है। अपनी इस अवस्था में पार्वती बहुत कुछ बलपूर्वक यह उम्मीद कर रही थी कि कल रात की बात हर्गिज़ बेकार न जाएगी। बेकार होने से उसकी हालत क्या होगी, यह बात उसकी चिन्ता के दायरे से बाहर हो गई थी। इसी से वह सोच रही थी, देव भैया

फिर आएगा। आकर उससे कहेगा–'पारू, जब तक अपने में दम है, तब तक तो मैं तुम्हें पराये हाथों नहीं सौंप सकता।'

लेकिन दो दिन बाद उसे इस तरह का एक पत्र मिला :

"पार्वती! दो दिन तक तुम्हारी ही बात सोचता रहा हूं। माता–पिता, किसी की भी इच्छा नहीं कि हम लोगों का विवाह हो। तुम्हें सुखी करना हो तो उन लोगो को इतना बड़ा आघात पहुंचाना होगा, जो मेरे बस का नहीं। फिर उनके ख़िलाफ़ यह काम करूं भी तो कैसे? तुम्हें फिर कब तक ख़त लिखूंगा, बहरहाल यह सोचता ही नहीं, सो इसी में सारा कुछ खोलकर लिख रहा हूं। तुम्हारा कुल नीचा है। बेटी–बेचवा के घर की लड़की को लाना मां को बिल्कुल पसन्द नहीं, और घर के बग़ल की रिश्तेदारी भी उनके ख़याल में घिनौनी है। पिताजी की बात का तो तुम्हें पता ही है। उस रात की बात सोचकर बेहद कष्ट हो रहा है, क्योंकि तुम्हारी जैसी स्वाभिमानिनी लड़की किस गहरी वेदना से वह काम कर सकी थी, यह मैं जानता हूं।

"एक बात और–तुम्हे मैं बहुत ही प्यार करता था, ऐसा कभी मेरे मन में न हुआ। आज भी हृदय में तुम्हारे लिए असाधारण पीड़ा का अनुभव मैं नहीं कर पा रहा हूं। महज इसी बात का मुझे बड़ा दुःख रहा कि मेरे लिए तुम दुःख उठाओगी। कोशिश करके मुझे भूल जाना और मैं हृदय से आशीर्वाद देता हूं, तुम सुखी होओ।

–देवदास"

जब तक पत्र को देवदास ने डाक में नहीं डाला था, तब तक और कुछ सोच रहा था, और डाल देने के दूसरे क्षण से दूसरी बात सोचने लगा। हाथ का ढेला फेंककर टकटकी लगाए उसी तरफ़ देखता रहा। एक अजाना सन्देह धीरे–धीरे उसके मन में जमा हो रहा था। वह सोच रहा था, यह ढेला आख़िर उसके माथे कैसा लगेगा। ख़ूब लगेगी चोट? बच तो जाएगी! उस रात पैरों पर सिर रखे पार्वती किस क़दर रोई थी। डाकघर से लौटते हुए हर क़ुदम पर उसे यही याद आ रहा था। आख़िर यह अच्छा हुआ? और सबके बाद तह यह सोच रहा था, जब पार्वती का अपना कोई कसूर नहीं तो माता–पिता मना ही क्यों कर रहे हैं? उम्र बढ़ने और कलकत्ता में रहने के कारण वह यह समझ रहा था कि सिर्फ़ दिखावे की कुल–मर्यादा और छोटे ख़याल के

चलते, नाहक किसी की जान लेना ठीक नहीं। अगर पार्वती जीना न चाहे, अगर जी की जलन छुड़ाने के लिए वह नदी में कूद पड़े, तो विश्वपिता के चरणों पर एक महापातक का दाग नहीं लगेगा क्या?

अपने कमरे में लौटकर देवदास सो गया। इन दिनों वह एक मेस में रह रहा था। मामा का घर बहुत पहले छोड़ चुका था। वहां उसे किसी भी तरह से सुविधा नहीं होती थी। जिस कमरे में देवदास था, उसके बग़लवाले कमरे में कोई चुन्नीलाल नाम का युवक नौ साल से रह रहा था। यह लम्बा कलकत्ता-प्रवास बी.ए. पास करने के निमित्त था-चूंकि अभी भी इसमें क़ामयाबी नहीं मिली, इसीलिए उसे यहीं रहना पड़ा। चुन्नीलाल अपने रोज के सान्ध्य-भ्रमण को निकला था, सुबह के क़रीब ही लौटेगा। नौकरानी दिया जलाकर रख गई। देवदास अन्दर से किवाड़ लगाकर सो रहा।

उसके बाद एक-एक कर सभी मेस में वापस आए। खाने के समय बड़ी चीख-पुकार की गई, देवदास न उठा। चुन्नीलाल कभी रात को नहीं लौटता, आज भी न लौटा।

रात का एक बज गया था। मेस में देवदास के सिवाय कोई जाग नहीं रहा था। चुन्नीलाल आया। देवदास के कमरे के सामने खड़ा होकर देखा, किवाड़ बन्द थे मगर रोशनी हो रही थी। आवाज़ दी, "जग रहे हो क्या भई देवदास?"

देवदास ने कहा, "हां, जाग रहा हूं। तुम अभी ही लौट आए?"

चुन्नीलाल जरा हंसकर बोला, "आज तबीयत ठीक नहीं है।" यह कहकर चला गया। ज़रा देर बाद फिर आया। कहा, "देवदास, एक बार दरवाज़ा खोलोगे?"

"खोलूंगा, क्यों?"

"तम्बाकू का ठिकाना है?"

"है।" देवदास ने दरवाज़ा खोल दिया। वह चिलम चढ़ाने लगा। पूछा, "अब तक जग कैसे रहे हो?"

"रोज़-रोज़ क्या नींद आती है!"

"नहीं आती?"

चुन्नीलाल ने मानो ज़रा चिकोटी काटी, बोला, "मेरा ख़याल था, तुम जैसे भले लड़कों ने कभी आधी रात का मुंह नहीं देखा होगा-आज मुझे एक

नया सबक मिला।"

देवदास चुप ही रहा।

तम्बाकू पीते–पीते चुन्नीलाल ने फिर कहा, "देवदास, तुम जब से घर से आए हो, तुम्हारा मन ठीक नहीं। लगता है, कोई कष्ट है तुम्हें।"

देवदास अनमना–सा था। जवाब नहीं दिया।

"जी ठीक नहीं है, क्यों?"

अचानक देवदास बिछावन पर उठ बैठा। बेचैनी से उसकी ओर देखकर पूछा, "अच्छा चुन्नी बाबू, तुम्हारे जी में कोई क्लेश नहीं है?"

चुन्नीलाल हंस पड़ा, "नहीं।"

"जीवन में कभी क्लेश नहीं आया?"

"आख़िर यह सवाल क्यों?"

"सुनने को बड़ा जी चाहता है।"

"तो और किसी दिन सुनना!"

देवदास ने पूछा, "अच्छा, तुम तमाम रात कहां रहते हो?"

मीठा हंसकर चुन्नीलाल बोला, "यह क्या तुम्हें मालूम नहीं?" "मालूम है, मगर ठीक मालूम नहीं है।"

उत्साह से चुन्नीलाल का चेहरा दमक उठा। ऐसी बातों में और कुछ चाहे न हो, एक नज़र की शर्म तो है। लम्बी आदत के चलते वह इसे भी भुला बैठा था। कौतूहल से आंखें बन्द करके बोला, "ठीक–ठीक इसे जानने के लिए मेरे जैसा होना पड़ेगा। कल चलोगे मेरे साथ?"

देवदास ने एक बार सोच लिया। बोला, "सुना है, वहां बड़ा मजा मिलता

है। मन में कोई तकलीफ़ नहीं रहती। सच है?"

"बावन तोले पाव रत्ती सच!" "ऐसा हो तो ले चलना, चलूंगा।" दूसरे दिन शाम होने से पहले चुन्नीलाल देवदास के कमरे में पहुंचा।

देखा, वह अपना सामान सहेजने में मशगूल है। अचरज से पूछा, "क्यों भई, चलना नहीं है?"

देवदास ने किसी तरफ को ताका नहीं। कहा, "बेशक़ चलना है।"

"फिर यह सब क्या कर रहे हो?"

"जाने की तैयारी कर रहा हूं।"

चुन्नीलाल समझ नहीं सका। बोला, "घर-द्वार बटोरकर वहां ले चलना है क्या?"

"आख़िर रख किसके पास जाऊं?"

चुन्नीलाल समझ नहीं सका। बोला, "आख़िर सामान मैं किसके पास रख जाता हूं। सब तो यहीं पड़ा रहता है।"

अचानक मानो होश में आकर देवदास ने आंखें उठाईं। शर्मिन्दा होकर बोला, "चुन्नी बाबू, आज मैं घर जा रहा हूं।"

"अरे यह क्या? कब लौटोगे?"

देवदास ने सिर हिलाकर कहा, "अब मैं नहीं लौटूंगा।"

अचरज से चुन्नीलाल उसे देखता रह गया। देवदास कहने लगा, "ये रुपये लो, मुझ पर जो बाक़ी बकाया है, इसी से चुका देना। कुछ बच जाएं तो मेस के नौकर-नौकरानियों को बांट देना। मैं अब कभी लौटकर कलकत्ता नहीं आऊंगा।"

मन ही मन कहने लगा-कलककत्ता आकर मेरा बहुत गया, बहुत कुछ गया।

यौवन के कुहरा घिरे अंधेरे को चीरकर उसकी नज़र में आज वही दुर्निवार, उद्दंड किशोरावस्था का अनमांगा पैरों से रौंदा हुआ रत्न जाग उठा-आज सारे कलकत्ता की तुलना में वह मानो कहीं बड़ा, कहीं कीमती लगा। चुन्नीलाल की ओर देखकर बोला, "चुन्नी! शिक्षा, विद्या, दान, उन्नति-जो कुछ भी है, सब सुख के लिए। चाहे जैसे भी विचार करो, अपने सुख बढ़ाने हैं, सिवाय यह सब और कुछ नहीं..."

चुन्नीलाल ने बीच में टोककर पूछा, "तुम क्या अब पढ़ोगे नहीं?"

"नहीं, इस पढ़ने-लिखने की ख़ातिर मेरा काफ़ी नुकसान हुआ। पहले जानता होता कि इतना गंवाकर मेरी इतनी-सी पढ़ाई-लिखाई होगी, तो मैं ज़िन्दगी में कभी कलकत्ता की शक्ल भी न देखता।"

"आख़िर तुम्हें हुआ क्या हे?"

देवदास सोचने लग गया। फिर बोला, "अगर फिर कभी मुलाकात हुई तो सब बताऊंगा।"

रात के लगभग नौ बजे थे। मेस के सब लोगों ने और चुन्नीलाल ने भारी अचरज के साथ देखा कि गाड़ी पर सरो-सामान लादकर देवदास

सदा के लिए मेस छोड़कर चला गया। जब वह चला गया, तो औरों से चुन्नीलाल ने कहा, "ऐसे भीगी बिल्ली क़िस्म के लोगों को पहचानना मुश्किल है।"

सयाने और अनुभवी लोगों का स्वभाव यह है कि वे पल–भर में ही किसी चीज़ के अच्छे–बुरे के बारे में पक्की राय नहीं दे बैठते... सबकछ का विचार किए बिना पूरी धारणा नहीं बनाते, दो तरफ़ देखकर चारों तरफ़ की बात नहीं करते; लेकिन एक दूसरी तरह के लोग होते हैं, जो इसके ठीक उलटे होते हैं। उन्हें किसी चीज़ पर ज़्यादा ग़ौर करने का धीरज नहीं होता; हाथ में कुछ आया नहीं कि तय कर लिया, यह अच्छा है या बुरा। डूबकर देखने के श्रम को ये विश्वास पर निबाह लेते हैं। ऐसा नहीं कि ऐसे लोग संसार में काम नहीं कर सकते, बल्कि ज़्यादा करते हैं। कहीं भाग्य प्रसन्न हुआ तो ऐसों को उन्नति की सबसे ऊंची चोटी पर देखा जाता है। और नहीं तो अवनति की गहरी गुफा में सदा के लिए सो जाते हैं, फिर उठ नहीं सकते, फिर बैठ नहीं सकते, फिर लोगों की ओर पलटकर देखते नहीं; अचल, मृत, जड़पिंड की नाईं पड़े रहते हैं। इसी कोटि का आदमी था देवदास। दूसरे दिन सवेरे वह घर पहुंचा। चकित होकर मां ने पूछा, "क्यों, कालिज में फिर छुट्टी हो गई है?"

"हां," कहकर देवदास अनमना–सा चला गया। पिता के पूछने पर भी ऐसा ही कुछ कहकर वह हट गया। पिता ठीक कुछ समझ नहीं सके, सो उन्होंने पत्नी से पूछा। पत्नी ने दिमाग़ लड़ाकर बताया, "गर्मी भी वैसी ही है, इसलिए फिर से छुट्टी हो गई।"

दो दिन तो देवदास छटपटाता फिरा–क्योंकि जो चाहता था, सो हुआ नहीं। पार्वती से अकेले में भेंट ही न हो पाई। दो दिन के बाद पार्वती की मां ने देवदास को अपने सामने पाकर कहा, "जब आ ही गया है बेटा, तो पारू की शादी तक रुक जा।"

देवदास ने कहा, "अच्छा।"

दोपहर का खान–पीन जब चुक जाता, तो रोज पार्वती पानी के लिए पोखरे पर जाया करती थी। कमर पर पीतल की कलसी लिए आज भी वह

घाट पर पहुंची। नजर आया, बंसी डाले बेर के एक पेड़ की आड़ में देवदास बैठा है। एक बार जी में आया, लौट चलूं, फिर सोचा, जल्दी से पानी भरकर चुपचाप चली जाऊं–मगर दो में से कोई भी काम जल्दी से न कर पाई। कलसी जो रखी तो ज़रा आवाज़ हुई। आवाज़ होते ही देवदास ने देखा। देखा और हाथ के इशारे से बुलाते हुए कहा, "पारू, सुन जाओ।"

पार्वती धीरे–धीरे चलकर पास में खड़ी हुई। देवदास ने एक बार सिर उठाया, फिर बड़ी देर तक सूनी निगाहों से पानी को देखता रहा। पार्वती ने पूछा, "देव भैया, मुझसे कुछ कहना था?"

देवदास ने बिना किसी तरफ ताके कहा, "हूं। बैठो।" पार्वती बैठी नहीं। सिर झुकाए खड़ी रही। लेकिन फिर भी जब कुछ देर तक कोई बात न हुई, तो पा–पा करके वह घाट की तरफ बढ़ी। देवदास ने सिर उठाकर देखा और पानी की तरफ देखते हुए कहा, "सुनो।"

पार्वती फिर लौट आई, लेकिन तो भी देवदास कुछ कह नहीं सका। पार्वती फिर लौट गई। देवदास काठ मारा–सा बैठा रहा। जरा देर में उसने मुड़कर देखा, पार्वती कलसी भरकर जाने को है, तब उसने बंसी समेटी और घाट के पास जा खड़ा हुआ। बोला, "मैं आ गया।" पार्वती सिर्फ़ सिर झुकाए खड़ी रही। बोली नहीं।

"मैं आ गया पारू!"

कुछ देर तो चुप रही पार्वती, फिर धीमे–से कहा, "क्यों?"

"तुमने लिखा था, याद नहीं?"

"नहीं।"

"पारू! उस रात की बात याद नहीं आती?"

"आती है, मगर अब उसका क्या करना?"

उसका कंठ–स्वर स्थिर था, मगर बड़ा रूखा; देवदास ने लेकिन उसका मतलब न समझा। बोला, "मुझे माफ़ करो पारू, जब मैंने इतना नहीं समझा था।"

"चुप रहो। वे बातें मुझे भूली नहीं लगतीं।"

"जैसे भी हो, माता–पिता को मैं राजी करूंगा! केवल तुम..."

पार्वती ने तेज़ निगाहों से एक बार देवदास की ओर देखा। बोली, "तुम्हारे माता–पिता हैं, मेरे नहीं? उनकी राय की ज़रूरत नहीं?"

देवदास बोला, "क्यों नहीं, पारू, मगर उनकी असहमति नहीं है; केवल तुम..."

"कैसे जाना कि उनकी असहमति नहीं है, बिल्कुल असहमत हैं।"

हंसने की बेकार कोशिश करते हुए देवदास ने कहा, "नहीं पारू, नहीं, उनकी ज़रा भी असहमति नहीं। केवल तुम..."

बीच में ही तीखे स्वर में पार्वती बोल उठी, "सिर्फ मैं?...तुम्हारे साथ? छि:!"

पलक मारने की देर में देवदास की आंखें आग–सी लहक उठीं। कठोर स्वर में कहा, "पार्वती! मुझे भूल गई?"

पहले पार्वती सकपका गई, फिर अपने पर जब्त करके शान्त–गम्भीर स्वर में बोली, "नहीं भूलने क्यों लगी? छुटपन से ही तुम्हें देखती आ रही हूं, होश आने तक डरती आई हूं–इसलिए क्या तुम मुझे डर दिखाने आए हो? लेकिन मुझे ही क्या तुम नहीं पहचानते?" कहकर दो निडर आंखें ऊपर उठाकर वह खड़ी हो गई।

पहले तो देवदास के मुख से बात न फूटी; फिर बोला, "मुझसे सदा डरती ही आई हो?–और कुछ नहीं?"

पार्वती ने दृढ़ स्वर में कहा, "नहीं, और कुछ नहीं।"

"सच कह रही हो?"

"हां, सच कह रही हूं। तुममें मेरी कुछ भी आस्था नहीं। मैं जिनके पास जा रही हूं, वे भी धनवान, बुद्धिमान, शान्त और स्थिर व्यक्ति हैं; धार्मिक हैं। मेरे माता–पिता मेरा भला चाहते हैं; इसीलिए वे तुम जैसे सज्ञान, चंचलचित्त, दुर्दान्त आदमी के हाथों मुझे हर्गिज न सौपेंगे। मुझे जाने दो।"

अब की देवदास ने ज़रा आगा–पीछा किया; उसकी राह छोड़ने को भी तैयार न हुआ, पर दूसरे क्षण ही पैर रोककर, सिर उठाए बोला, "इतना अहंकार!"

पार्वती ने कहा, "क्यों न हो! तुम कर सकते हो, मैं नहीं कर सकती? तुमको रूप है, गुण नहीं। मुझे रूप है, गुण भी। तुम बड़े आदमी हो, मगर मेरे पिता भी भीख नहीं मांगते फिरते। फिर इसके बाद ख़ुद मैं भी किसी प्रकार तुमसे हीन नहीं रहूंगी, पता है?"

देवदास अवाक रह गया।

पार्वती फिर बोली, "तुम सोच रहे हो कि मुझे नुकसान पहुंचाओगे। ज्यादा

न भी हो, कुछ पहुंचा ही सकते हो। मैं जानती हूं। ख़ैर, पहुंचाना। केवल मेरी राह छोड़ दो।"

हतबुद्धि होकर देवदास ने पूछा, "नुकसान कैसे पहुंचाऊंगा?"

पार्वती तुरन्त बोली, "बदनाम करके। करो जाकर।"

सुनकर देवदास वज्रगिरे–सा ठक रह गया। उसके मुंह से सिर्फ़ इतना ही निकला, "मैं बदनाम करूंगा!"

पार्वती ज़हर–सी क्रूर हंसी हंसकर बोली, "जाओ, अन्त में मेरे नाम कलंक लगा दो कि उस रात मैं अकेली तुम्हारे पास गई थी–तमाम में फैला दो वह बात। बड़ी सान्त्वना मिलेगी मन को!" कहकर पार्वती के गर्वीले होंठ कांपकर रह गए।

लेकिन देवदास की छाती गुस्से और अपमान से खौलकर भीषण हो उठी। वह अस्फुट स्वर में बोला, "झूठा कलंक लगाकर मैं सान्त्वना पाऊंगा?" और तुरन्त ही बंसी की मोटी मूठ को ज़ोर से घुमा लिया और कठोर कंठ से बोला, "सुनो पार्वती, इतना रूप भी रहना ठीक नहीं। अहंकार बढ़ जाता है।" कहकर आवाज़ धीमी कर ली, फिर बोला, "देखतीं नहीं, चांद इतना ख़ूबसूरत है, इसीलिए उसमें कलंक का काला टीका है। कमल कैसा सफ़ेद होता है, इसीलिए उमसें काला भौंरा बैठा रहता है। आओ, तुम्हारे पर भी कलंक की कुछ छाप छोड़ दूं।"

देवदास की शक्ति सीमा पार कर गई थी। उसने बंसी के मूठ को ज़ोर से घुमाकर पार्वती के सिर पर दे मारा। साथ ही साथ कपाल से बाईं भौंह के नीचे तक फट गया। देखते ही देखते चेहरा लहू से लाल हो गया।

पार्वती माटी पर लोट पड़ी, "देव भैया! यह क्या किया?"

देवदास ने बंसी के बांस को टुकड़े–टुकड़े करके पानी में फेंकते हुए स्थिर भाव से जवाब दिया, "ख़ास कुछ नहीं, जरा–सा कट गया है, बस।"

पार्वती बिलख पड़ी, "देव भैया!"

अपने महीन कुरते का थोड़ा–सा टुकड़ा फाड़कर पानी में भिगो करके उसके कपाल पर पट्टी बांधते हुए देवदास ने कहा, "डर क्या पारू, यह चोट जल्द ही ठीक हो जाएगी–सिर्फ़ दाग़ रह जाएगा। कभी कोई पूछे तो झूठ कह देना या सच–सच बताकर अपना कलंक आप ही जाहिर करना।"

"अरी मेरी मां!"

"छि:, वैसा नहीं करते पारू। अन्तिम विदाई के दिन याद रखने लायक एक निशानी दे दी। चांद के टुकड़े–सा मुंह कभी–कभी आईने में देखोगी न?" और उत्तर का इन्तज़ार किए बिना ही वह जाने लगा।

पार्वती अकुलाकर रो पड़ी, "देव भैया!"

देवदास लौट आया। आंख के कोने में आंसू की एक बूंद! स्नेह–विजड़ित स्वर में बोला, "क्यों री पारू?"

"किसी से कहना मत।"

देवदास तुरन्त झुक गया और पार्वती के बालों पर होंठ रखकर कहा, "छि:, तू क्या मेरी बिरानी है पारू? याद नहीं, शरारत करने पर छुटपन में कितनी बार तेरे कान मल दिए थे?"

"देव भैया, मुझे माफ़ करो।"

"यह मुझे कहना नहीं पड़ेगा। सच ही क्या तू मुझे बिल्कुल भूल गई पारू? कब तुझ पर नाराज़ हुआ था? कब तुझे माफ़ नहीं किया?"

"देव भैया..."

"पार्वती, तुम तो जानती हो, मैं ज्यादा बोल नहीं सकता, खूब सोच–समझकर काम भी नहीं कर सकता; जब जो जी में आता है, वही करता हूं।" कहकर देवदास ने पार्वती के सिर पर हाथ रखकर आशीर्वाद दिया। कहा, "तुमने अच्छा ही किया। मेरे पास तो तुम सुखी न होतीं, लेकिन तुम्हारे देव भैया को अक्षय स्वर्गवास अवश्य मिलता।"

पोखरे के उस तरफ़ कुछ लोग जा रहे थे। पार्वती धीरे–धीरे पानी में उतरी। देवदास चला गया। पार्वती लौटी तो बेला झुक गई थी। बिना देखे ही दादी कहने लगीं, "पोखर खोदकर पानी ला रही है क्या पारू..."

लेकिन उनके मुंह की बात मुंह में ही रह गई। पार्वती की ओर निहारते ही वे चीख पड़ीं, "ओ मेरी मां, तेरी यह गति कैसे हुई?"

चोट से लहू जारी था। बंधी हुई पट्टी रंग गई थी। रोकर उन्होंने कहा, "हाय–हाय, तेरा ब्याह है जो बिटिया!"

पार्वती ने स्वाभाविक तौर से कलसी उतारकर रखी। मां आई। रो–रोकर पूछा, "तेरा यह हाल केसे हुआ पारू?"

पार्वती ने सहज भाव से कहा, "घाट पर पांव फिसल गया। ईंट से कट गया।"

उसके बाद सब मरहम–पट्टी करने लगे। देवदास ने ठीक ही कहा था, चोट ज्यादा नहीं है! चार ही पांच दिन में घाव सूख गया। और भी आठ–दस दिन इसी तरह गुज़रे। इसके बाद हाथीपोता गांव के जमींदार श्री भुवनमोहन चौधरी बरात लेकर आए। वैसी धूमधाम नहीं। भुवन बाबू अबोध न थे–प्रौढ़ावस्था में दूसरी शादी करने आए थे। नौजवान के से ठाठ उन्हें न जंचे।

दूल्हे की उम्र चालीस से कम न थी; ज़्यादा ही होगी। रंग गोरा, मोटा–सोटा–नन्दलाल जैसा शरीर। कच्ची–पक्की मूंछ। सिर के सामने कुछ गंजा। दूल्हे को देखकर कुछ लोग हंसे, कुछ चुप रहे। भुवन बाबू शान्त–गम्भीर भाव से, कुछ मानो अपराधी जैसे, मंडवे पर आए। मज़ाक़ में उनके कान–वान की मलाई न हुई। वैसे विज्ञ और गम्भीर आदमी के कान तक किसी का हाथ नहीं उठा। शुभदृष्टि के समय पार्वती आंखें तरेरे देखने लगी। होंठ के एक कोने में हंसी की हल्की रेखा–नन्हे बच्चे की तरह भुवन बाबू ने सिर झुका लिया। टोले की औरतें खिलखिलाकर हंस पड़ीं। चक्रवर्ती बाबू दौड़–धूप में व्यस्त। प्रवीण दामाद के चलते कुछ व्यस्त–से हो पड़े थे। जमींदार नारायण बाबू के ऊपर कन्यादान की सारी जिम्मेदारी। ठोस आदमी थे–किसी बात की त्रुटि न हुई। शुभकार्य भली प्रकार सम्पन्न हो गया।

दूसरे दिन सवेरे भुवन बाबू ने एक पेटी गहने दिए। पार्वती के सर्वांग में वे गहने जगमगा उठे। देखकर उसकी मां ने कपड़े की कोर से गीली आंखें पोंछीं। जमींदार की पत्नी पास ही खड़ी थीं–उन्होंने नेह से झिड़कते हुए कहा, "आज के दिन आंसू बहाकर अमंगल मत बना दीदी।"

सांझ होने से जरा पहले मनोरमा पार्वती को एक एकान्त कमरे में ले गई। आशीर्वाद दिया, "जो हुआ, अच्छा ही हुआ। अब देखना, कितने सुख से रहेगी तू।"

पार्वती ज़रा हंसकर बोली, "बेशक़, यमराज से कल ज़रा देर का परिचय हो गया न!"

"छि:, यह कैसी बात!"

"समय पर सब समझोगी।"

मनोरमा ने ऐसे में बात बदल दी, "जी चाहता है, देवदास को बुलाकर जरा सोने की यह प्रतिमा दिखा दूं।"

पार्वती जैसे आपे में आई, "बुलाएगी दीदी! एक बार बुलाकर लाया नहीं

जा सकता?"

उसके कंठस्वर से मनोरमा सिहर उठी, "बता तो, क्यों?"

हाथ का कंगन घुमाते हुए अनमनी–सी होकर पार्वती ने कहा, "चरणों की धूल माथे लेती ज़रा–आज मैं जाऊंगी न!"

मनोरमा ने पार्वती को छाती में भींच लिया। दोनों ख़ूब रोईं। सांझ हो चुकी थी। कमरा अंधेरा था। दादी ने किवाड़ के पल्ले ठेलकर कहा, "पारू, अरी ओ मानो, बाहर आ जा बिटिया।"

उस रात पार्वती ससुराल चली गई।

और देवदास? वह रात उसने कलकत्ता के ईडन गार्डन की एक बेंच पर बिता दी। उसे बेहद तकलीफ़ हो रही थी। दर्द से छाती फट रही थी, ऐसी बात नहीं। कैसी तो एक शिथिल उदासी धीरे–धीरे उसके कलेजे में जमा हो रही थी। सोते में शरीर के किसी अंग को अचानक जैसे लकवा मार जाता है, फिर नींद टूटने पर उस हिस्से पर अपना कोई अधिकार ढूंढ़े नहीं मिलता, हक्का–बक्का मन समझ नहीं पाता कि उसका आजन्म साथी, सदा का विश्वासी अंग, उसके इशारे पर काम नहीं करता है, क्यों! उसके बाद धीरे–धीरे समझ में आता है, यह जानकारी होती है कि वह अब अपना नहीं रहा। देवदास रात–भर इसी तरह धीरे–धीरे समझता रहा कि अचानक फालिज मार जाने से संसार की उससे सदा के लिए जुदाई हो गई। अब उस पर झूठा राग–रोष करना बेकार है। सम्पूर्ण अधिकार की बात ही सोचना भूल है। सूर्योदय हो रहा था। देवदास उठ खड़ा हुआ। सोचने लगा, कहां जाया जाए? अचानक उसे मेस की याद आ गई। वहां चुन्नीलाल है। देवदास चल पड़ा। राह में दो–एक बार धक्का लगा, ठोकर खाकर अंगुली को लहूलुहान कर लिया–लड़खड़ाकर एक आदमी से टकरा गया, शराबी समझकर उसने उसे ढकेल दिया। इस तरह सारा दिन गंवाकर शाम को मेस में पहुंचा। चुन्नी बाबू सज–संवरकर बाहर निकल रहे थे, "अरे, देवदास!"

देवदास चुप रहा।

"अरे कब आए भाई? मुरझाई सूरत, स्नान–भोजन नदारद? बात क्या है?" देवदास रास्ते पर ही बैठने लग गया था। हाथ पकड़कर चुन्नीलाल उसे

अन्दर ले गया। अपने बिस्तर पर बिठाया। पूछा, "माजरा क्या है देवदास?"

"कल घर से आया हूं।"

"तो दिन-भर कहां रहे? और रात?"

"ईडन गार्डन में।"

"पगले तो नहीं हो गए? हुआ क्या है आख़िर?"

"सुनकर क्या करना है?"

"नहीं-नहीं, बताओ। ख़ैर, खाना-वाना खाओ। सामान कहां है?"

"कुछ भी नहीं लाया।"

"कोई बात नहीं। भोजन करो।"

चुन्नीलाल ने ज़बरदस्ती उसे खिलाया और अपने बिस्तर पर लिटाकर किवाड़ बन्द करते हुए कहा, "सोने की कोशिश करो, मैं रात को आकर जगाऊंगा।" और चुन्नीलाल उस समय चला गया तो दस बजे लौटा। देखा, देवदास गहरी नींद में है। उसने जगाया नहीं। एक कम्बल निकाला। उस पर चटाई डालकर नीचे सो रहा। रात में ज़रा देर के लिए भी देवदास की नींद न खुली। सवेरे भी नहीं। दस बजे वह जगा। पूछा, "चुन्नी बाबू, कब आए?"

"बस, अभी आया।"

"कोई असुविधा तो नहीं हुई?"

"बिल्कुल नहीं।"

देवदास कुछ देर उसकी ओर देखता रहा। बोला, "भई चुन्नी, अपने पल्ले तो कुछ भी नहीं। तुम मेरा भार ढोओगे?"

चुन्नीलाल हंसा। उसे पता था कि देवदास के पिता बहुत बड़े धनी हैं। सो हंसकर बोला, "मैं भार ढोऊंगा? ख़ैर, वही सही। जब तक जी चाहे, रहो, कोई चिन्ता नहीं।"

"चुन्नी बाबू, तुम्हारी आमदनी कितनी है?"

"भैया, आमदनी अपनी मामूली है। घर पर कुछ ज़मीन-जायदाद है। बड़े भाई के जिम्मे उसे लगाकर यहां रहता हूं। वे हर माह सत्तर रुपये भेज दिया करते हैं। इतने में मेरा-तुम्हारा मजे में चल जाएगा।"

"लेकिन तुम घर क्यों नहीं जाते?"

ज़रा मुंह फेरकर चुन्नीलाल बोला, "वह लम्बी दास्तान है।"

देवदास ने और कुछ न पूछा। इतने में खाने की बुलाहट पहुंची।

नहा–धोकर दोनों ने भोजन किया और फिर कमरे में आए तो चुन्नीलाल ने कहा, "पिता से लड़ाई की है?"

"नहीं?"

"और किसी से?"

देवदास ने उसी तरह कहा, "नहीं।''

इतने में चुन्नीलाल को अचानक याद आ गया। बोला, "अरे हां, तुम्हारी तो अभी शादी ही नहीं हुई।"

इसी बीच देवदास बिस्तर पर दूसरी ओर मुंह करके सो गया। चुन्नीलाल ने देखा, उसे नींद आ गई। इसी तरह सो–सोकर और दो दिन बीते। तीसरे दिन सवेरे देवदास तरोताजा हो गया। लगा, चेहरे पर की वह घनी छाया बहुत कुछ जाती रही है। .

चुन्नीलाल ने पूछा, "आज तबीयत कैसी है?"

"बहुत कुछ ठीक है शायद। अच्छा, यह तो कहो, रात को तुम कहां जाया करते हो?"

आज चुन्नीलाल शरमाया। बोला, "हां जाता तो हूं, पर वह पचड़ा क्यों? अच्छा, तुम कालेज क्यों नहीं जाते अब?"

"नहीं जाता, पढ़ना छोड़ दिया।"

"नहीं, ऐसा नहीं करते। करीब दो महीने बाद इम्तहान है। तैयारी तुम्हारी बेजा नहीं हुई है। बैठ जाओ न इम्तहान में!"

नहीं, पढ़ना छोड़ दिया है।"

चुन्नीलाल चुप हो गया। देवदास ने फिर पूछा, "कहां जाते हो, नहीं बताओगे। तुम्हारे साथ मैं भी चलूंगा।"

देवदास को देखते हुए चुन्नीललल ने कहा, "बात यों है देवदास, मैं अच्छी जगह नहीं जाता।"

देवदास ने मानो अपने तईं कहा, "अच्छी और बुरी–वाहियात है सब चुन्नी बाबू, मुझे साथ न ले चलोगे?"

"ले तो चल सकता हूं, पर तुम मत जाओ।"

"मैं तो चलूंगा ही। अगर अच्छा न लगा, तो फिर चाहे न जाऊं– लेकिन तुम जिस आनन्द की आशा में रोज़ उन्मुख हुए रहते हो–ख़ैर, जो भी हो, मैं चलूंगा चुन्नी बाबू।"

मुंह फेरकर चुन्नी बाबू ज़रा हंसे, मन–ही–मन बोले–मेरी दशा! जाहिर में कहा, "ख़ैर, चलना।"

तीसरे पहर सरो–सामान के साथ धर्मदास आकर हाज़िर हो गया। देवदास को देखकर वह रो पड़ा, "देवा, तीन–चार दिन से मांजी कितना रो रही है।..."

"क्यों रो रही हैं?"

"बिना कुछ कहे चले क्यों आए?" हाथ में एक चिट्ठी देकर कहा, "मां ने भेजी है।'

भीतरी बात जानने के लिए चुन्नीलाल उत्सुक होकर बैठा रहा। चिट्ठी को पढ़कर देवदास ने रख दिया। मां ने घर आने का अनुरोध किया था। घर–भर में केवल वे ही देवदास के एकाएक गायब हो जाने का कारण समझ पाई थीं। धर्मदास की मार्फ़त बहुत–से रुपये भी भेजे थे। रुपये उसे देते हुए धर्मदास ने कहा, "देवता, घर लौट चलो।"

"मैं नहीं जाता। तू लौट जा।"

रात में बन–ठनकर दोनों दोस्त निकले। साज–सिंगार में देवदास की वैसी रुझान न थी, पर मामूली पोशाक में ले चलने को चुन्नीलाल राज़ी न हुआ। रात के नौ बजे भाड़े की एक गाड़ी चितपुर के एक दुमंज़िले मकान के नीचे जा खड़ी हुई। देवदास का हाथ थामे चुन्नीलाल अन्दर दाख़िल हुआ। मकान–मालकिन का नाम था, चन्द्रमुखी। उसने बढ़कर स्वागत किया। अब देवदास के सारे शरीर में जलन–सी होने लगी। इन कई दिनों से अपने अजानते वह नारी–मूर्ति की छाया से भी खार खाने लगा था। ख़ुद उसे भी इसका पता न था। चन्द्रमुखी को देखते ही अन्दर की गहरी नफ़रत दावानल की तरह कलेजे में धधक उठी। चुन्नीलाल की ओर ताककर भौंहें चढ़ाकर बोला, "चुन्नी बाबू, किस नरक में ले आए!" उसकी तीखी आवाज़ और नज़र का भाव देखकर चन्द्रमुखी और चुन्नीलाल दोनों विमूढ़ बन गए। दूसरे ही क्षण अपने को संभालकर चुन्नीलाल ने देवदास का हाथ पकड़ा। मीठे स्वर में कहा, "चलो, चलो, अन्दर चलें।"

देवदास ने कुछ नहीं कहा–कमरे के अन्दर जाकर फ़र्श पर सिर झुकाए बैठ गया। चन्द्रमुखी भी चुपचाप क़रीब में बैठ गई। नौकरानी चांदी के हुक्के में चिलम चढ़ाकर दे गई। देवदास ने छुआ तक नहीं। चुन्नीलाल मुंह लटकाए बैठा रहा। क्या करे, कुछ समझ न पाकर नौकरानी ने चन्द्रमुखी को ही हुक्का

थमा दिया और चली गई। उसने दो–एक कश खींचे। तीखी निगाहों से उसे देखते हुए अचानक निहायत नफ़रत से देवदास बोल उठा, "कैसी असभ्य है! और देखने में कितनी भद्दी!"

अब तक चन्द्रमुखी को कोई कभी बात में नहीं दबा सका था। उसे अप्रतिभ करना ज़रा टेढ़ी खीर था। लेकिन देवदास की हार्दिक घृणा की सरल और कठोर उक्ति उसके अन्दर तक पैठ गई। ज़रा देर के लिए वह सन्न–सी रह गई, मगर कुछ ही देर बाद फिर दो–एक बार गुड़–गुड़क की आवाज़ हुई चन्द्रमुखी के मुंह से; लेकिन धुआं नहीं निकल सका। हुक्का चुन्नीलाल को देकर वह देवदास की ओर देखने लगी और चुप बैठी रही। तीनों के तीनों चुप। केवल हुक्के की गुड़गुड़ आवाज़ होती रही, वह भी मानों डर से बहुत धीमे–धीमे। आपसी वाद–विवाद में मित्रों में जब लड़ाई हो जाती है और हर कोई अपने मन ही मन उबलता रहता है तथा कुढ़े दिल से नाहक ही कहता रहता है–वही तो! ठीक उसी प्रकार तीनों मन ही मन कहने लगे–वही तो! यह क्या हो गया!

जो भी हो, चैन किसी को न था। हुक्का रखकर चुन्नीलाल नीचे उतर गया। काई काम ढूंढ़े न मिला, शायद इसीलिए। कमरे में ये दोनों बैठे रहे। मुंह उठाकर देवदास ने पूछा, "तुम रुपये लेती हो?"

चन्द्रमुखी से तुरन्त उत्तर न देते बना। चौबीस की उम्र हुई उसकी। नौ–दस साल के अरसे में कैसे–कैसे स्वभाव के कितने ही लोगों से उसका घनिष्ठ परिचय हुआ। लेकिन ऐसे गज़ब का आदमी उसने कभी नहीं देखा। ज़रा आगा –पीछा करके बोली, "आपके क़दमों की धूल जब पड़ी..."

उसे बात ख़त्म भी न करने दी कि देवदास बोला, "क़दमों की धूल को जाने दो। रुपये लेती हो न?"

"लेती हूं। बिना लिए अपना चले कैसे?"

"रहने भी दो मैं उतना नहीं सुनना चाहता। उसने जेब में हाथ डालकर एक नोट निकाला और चन्द्रमुखी के हाथ में देकर जाने लगा। यह भी न देखा कि कितना दिया। विनीत भाव से चन्द्रमुखी ने कहा, "इसी में चल दिए।"

देवदास बोला नहीं–बरामदे पर जाकर खड़ा हुआ।

चन्द्रमुखी के जी में एक बार हुआ कि रुपया लौटा दे, पर कैसे तो एक भारी संकोच से वह ऐसा नहीं कर सकी। कुछ भय भी उसे हुआ था

शायद। फिर तरह–तरह की झिड़क, फटकार, अपमान सहने की उसे आदत थी, इसीलिए चुपचाप चौखट पकड़े निःस्पन्द खड़ी रही। देवदास जीने से नीचे उतर गया।

जीने पर ही चुन्नीलाल मिल गया। अचरज से उसने पूछा, "कहां चल दिए?" "डेरे पर।"

"ऐसे भी क्या!"

देवदास और दो–तीन सीढ़ियां उतर गया।

चुन्नीलाल बोला, "चलो, मैं भी चलूं।"

देवदास ने पास जाकर उसका हाथ पकड़ा, "चलो।"

"ज़रा रुको, मैं ऊपर से होकर आऊं ज़रा।"

"तो मैं चलता हूं, तुम फिर आना।" देवदास चला गया।

ऊपर पहुंचकर चुन्नीलाल ने देखा, चौखट पकड़े चन्द्रमुखी उसी तरह खड़ी थी।

चुन्नी को देखकर पूछा, "आपके दोस्त चले गए?"

"हां!"

हाथ का नोट दिखाकर चन्द्रमुखी ने कहा, "यह देखिए! वाजिब समझिए तो इसे ले जाकर, लौटा दीजिए।"

चुन्नीलाल ने कहा, "वह अपनी मर्ज़ी से दे गया है, मैं क्यों ले जाऊं?"

इतनी देर के बाद चन्द्रमुखी ज़रा हंस सकी, मगर उस हंसी में ख़ुशी न थी। बोली, "मर्जी से नहीं दिया है। चूंकि हम लोग रुपये लिया करती हैं, इसीलिए गुस्से में आकर दे गए। अच्छा, यह तो बताइए चुन्नी बाबू, ये पागल तो नहीं है?"

"बिल्कुल नहीं। लेकिन इधर कई दिनों से शायद उसका जी अच्छा नहीं है।"

"जी क्यों अच्छा नहीं है, पता है कुछ?"

"सो तो नहीं मालूम। घर में कुछ खटपट हुई हो शायद।"

"फिर उन्हें ले क्यों आए आप?"

"मैं नहीं लाना चाहता था, आप ही ज़बरदस्ती आया।"

चन्द्रमुखी को आश्चर्य हुआ। बोली, "ज़बरदस्ती आए थे? समझ–बूझकर?"

चुन्नीलाल ने ज़रा सोचकर कहा, "बेशक़। सबकुछ तो जानता था। मैं फुसलाकर थोड़े ही लाया?"

चन्द्रमुखी कुछ देर चुप रही। जाने क्या सोचकर बोली, "चुन्नी बाबू, एक एहसान करेंगे मुझ पर?"

"क्या?"

"आपके ये दोस्त कहां रहते हैं?"

"मेरे साथ ही रहते हैं।"

"फिर किसी दिन उन्हें ला सकेंगे?"

"शायद न ला सकूंगा। वह पहले भी कभी ऐसी जगह नहीं आया, अब फिर शायद न आए। लेकिन क्यों, वह तो कहो?"

ज़रा फीकी हंसी हंसकर चन्द्रमुखी ने कहा, "जैसे भी हो चुन्नी बाबू, फुसलाकर एक बार उन्हें लाइए।"

चुन्नी हंसा। कनखी मारकर बोला, "डांट सुनकर प्यार आ गया क्या?"

चन्द्रमुखी भी हंसी। बोली, "बिना देखे ही नोट दे जाते हैं–यह नहीं समझी?"

चुन्नी चन्द्रमुखी को बहुत कुछ पहचान चुका था। गर्दन हिलाकर बोला, "उंहूं, नोट–फोट की बात नहीं है। वैसी औरत ही नहीं तुम। सच क्या है, सो बताओ।"

चन्द्रमुखी बोली, "सच ही कुछ माया हो आई है।"

चुन्नी को यक़ीन न आया। हंसकर बोला, "पांच ही मिनट में?"

अब चन्द्रमुखी भी हंसने लगीं। बोली, "सो हो। जी ठीक हो जाए तो एक दिन लाइएगा–फिर एक बार देखूंगी। लाइएगा न?"

"क्या पता?"

"मेरे सर की क़सम।"

"अच्छा, कोशिश करूंगा।"

ससुराल जाकर पार्वती ने देखा, पति का मकान बड़ा आलीशान है। नए साहबी ढंग का नहीं–पुराने जमाने का जैसा होता था। सदर, ज़नानख़ाना, पूजा–घर, नाट्य–मन्दिर, अतिथिशाला, कचहरी,

तोशाखाना–कितने नौकर–चाकर। पार्वती अवाक रह गई। सुना तो था कि पति का मकान बहुत बड़ा है, पर इतना नहीं सोचा था। कमी सिर्फ़ आदमी की थी। अपना सगा कुटुम्बीजन लगभग कोई न था। इतना बड़ा ज़नानख़ाना ख़ाली पड़ा था। तुरन्त की आई दुलहन, गृहिणी बन गई। परिछन करके लिवा लाने के लिए एक बूढ़ी फूफी थी। उसके सिवाय बस नौकर–नौकरानी।

सांझ से पहले एक ख़ूबसूरत–से नौजवान के पास आकर सादर प्रणाम करके कहा, "मां, मैं तुम्हारा बड़ा लड़का हूं।"

पार्वती ने घूंघट के अन्दर से झांककर देखा–बोली नहीं। युवक फिर प्रणाम करके कहा, "मां, मैं तुम्हारा बड़ा लड़का हूं–प्रणाम कर रहा हूं।"

अबकी लम्बे घूंघट को कपाल पर सरकाकर पार्वती बोली। धीमे–से कहा, "आओ बेटे, बैठो।"

लड़के का नाम था महेन्द्र। कुछ देर तो पार्वती को अवाक देखता रहा। फिर विनीत भाव से बैठकर बोला, "दो साल हुए, हमने अपनी मां को खो दिया। ये दो साल दुःख से ही बीते। आज तुम आई हो, आशीर्वाद दो कि अब हमारे दिन सुख से कटें।"

पार्वती ने बड़े ही सहज स्वर में कहना शुरू किया, क्योंकि गृहिणी हो जाने पर बहुत बातें जानने और कहने की ज़रूरत होती है। बहुतों को यह कहानी अस्वाभाविक–सी लगेगी; किन्तु जिन्होंने पार्वती को ज़रा अच्छी तरह समझा है, उन्हें पता है कि स्थिति के फेर ने पार्वती को उसकी उम्र से ज्यादा परिपक्व कर दिया था। इसके सिवाय बेकार की लाज–शर्म, निरर्थक जड़ता–संकोच उसे था नहीं कभी। उसने पूछा, "मेरे दूसरे बच्चे–बच्चियां कहां हैं?"

महेन्द्र ज़रा हंसकर बोला, "बताता हूं। तुम्हारी बड़ी लड़की, मेरी छोटी बहन, अपनी ससुराल में है। मैंने लिखा था पर यशोदा आ नहीं सकी।"

पार्वती दुःखी हुई। बोली, "नहीं आ सकी कि जानकर नहीं आई?"

महेन्द्र शरमा गया। बोला, "सो ठीक नहीं मालूम है, मां।"

लेकिन उसके चेहरे के भाव और बात करने के ढंग से पार्वती समझ गई कि यशोदा नाराज़गी से नहीं आई। बोली, "और मेरा छोटा लड़का?"

महेन्द्र ने कहा, "वह जल्द आएगा। कलकत्ता में है, इम्तहान देकर आएगा।"

भुवन चौधरी जमींदारी का काम–काज आप ही देखा करते थे। इसके सिवाय अपने हाथों रोज़ शालग्राम की पूजा, व्रत–उपवास, ठाकुरबाड़ी और अतिथिशाला के साधु–संन्यासियों की सेवा–टहल–इन्हीं कामों में सुबह से रात के दस–ग्यारह बज जाते। नए विवाह से उनमें नए ऐश–मौज के कोई लक्षण नहीं दिखाई पड़े। कभी–कभी रात को अन्दर आते थे; कभी–कभी नहीं आ सकते थे। आते भी थे, तो बातचीत बहुत मुख्तसर–बिस्तर पर लेटकर गावतकिए को खींच, आंखें बन्द किए, बहुत हुआ तो यही कहते, "तुम्हीं तो घर की मालकिन हो, देख–सुनकर, समझ–बूझकर, आप ही संभाल लेना..."

पार्वती सिर हिलाकर कहती, "अच्छा।"

भुवन बाबू कहते, "और देखो, ये बच्चे; हां तुम्हारे ही तो हैं सब..."

पति की लज्जा से पार्वती की आंखों के कोने में हंसी फूट पड़ती। वे फिर ज़रा हंसकर कहते, "हां तुम्हारा बड़ा लड़का महेन्द्र–अभी–अभी उसने बी. ए. पास किया, इतना अच्छा है, इतनी दया–माया है, जानती हो...थोड़ा–सा अपनत्व, जतन..."

हंसी रोके पार्वती कहती, "मुझे मालूम है, वह मेरा बड़ा लड़का है।"

"जानोगी क्यों न भला! ऐसा लड़का कभी किसी ने नहीं देखा और अपनी लड़की क्या है, प्रतिमा है एक। आएगी, ज़रूर आएगी। बूढ़े बाप को देखने नहीं आएगी? आए तो उसे..."

पार्वती पास जाकर, गंजे सिर पर मृणाल–हस्त रखकर धीमे से कहती, "फ़िक्र न करो यशो को लाने के लिए मैं किसी को भेजूंगी–न होगा, ख़ुद महेन्द्र जाएगा।"

"जाएगा! जाएगा!! अच्छा बहुत दिनों से उसे नहीं देखा है। तुम किसी को भेजोगी?"

"ज़रूर भेजूंगी। मेरी बच्ची हैं। उसे लाने भी न भेजूंगी?"

ऐसे में उत्साह से बूढ़े उठ बैठते। आपस के सम्बन्ध को भुलाकर पार्वती के माथे पर हाथ रखकर आशीर्वाद देते–"तुम्हारा भला होगा। मैं आशीर्वाद देता हूं, तुम सुखी होगी–ईश्वर तुम्हें दीर्घायु करेंगे।"

फिर जाने क्या–क्या तो उन्हें याद आ जाता। फिर लेट जाते और आंखें मूंदकर अपने–आप कहते–यही एक लड़की–वह उसे बहुत प्यार करती थी...

और उनकी स्याह–सफ़ेद मूंछ की बग़ल से आंसू की एक बूंद तकिए

पर आ गिरती। पार्वती उसे पोंछ देती, कभी–कभी बहुत धीरे–से कहते, "अहा, वे कभी आएंगे–फिर से घर–द्वार जगमग करेगा–पहले कितनी जमी हुई गिरस्ती थी। लड़के, लड़कियां, पत्नी, चहल–पहल–रोज़ त्योहार! बाद में एक दिन सब चला गया–बच्चे कलकत्ता गए–यशो को उसका ससुर ले गया–फिर अंधेरा मकान..."

ऐसे में फिर मूंछ के दोनों बग़ल भीग जातीं और तकिया गीला होने लगता। पार्वती कातर होकर पोंछ देती। कहती, "महेन्द्र का ब्याह क्यों नहीं कर दिया।?"

वे कहते, "अहा, वही तो अपना सबसे बड़ा सुख था। सोचा भी यही था, लेकिन उसके मन में न जाने क्या है, क्या ज़िद है, किसी भी तरह ब्याह हो राज़ी न हुआ! तभी तो वृद्धावस्था में सूना घर खां–खां करता, लक्ष्मीहीन घर–सा ही सब–कुछ मलिन, किसी में कोई श्री नहीं नज़र आती–जभी तो..."

सुनकर पार्वती को दुःख होता। करुण स्वर में हंसी का बहाना बनाए सिर हिलाकर कहती, "तुम बूढ़े हुए तो मैं भी जल्दी ही बूढ़ी हो जाऊंगी। औरतों को बूढ़ी होते देर थोड़े ही लगती है।"

भुवन चौधरी उठ बैठते, एक हाथ से उसकी ठोड़ी पकड़कर बड़ी देर तक देखते रहते। कारीगर जैसे मूर्ति को सजाकर, माथे पर मुकुट पहनाकर, दाएं–बाएं झुक–झुककर देखता रहता है, कुछ गर्व और बहुत–सा स्नेह उस ख़ूबसूरत मुखड़े के आसपास जमा हो उठता है–भुवन बाबू का भी वही हाल। कभी–कभी अचानक उनके मुंह से निकल पड़ता, "अहा, मैंने अच्छा नहीं किया..."

"क्या अच्छा नहीं किया?"

"सोचता हूं, यहां तुम नहीं सोहतीं...'

पार्वती हंसकर कहती, "खूब सोहती हूं। हमारा अब सोहना क्या?"

बूढ़े फिर लेट जाते और मन में मानों कहते–सो मैं समझता हूं, सब समझता हूं। लेकिन तुम्हारा भला होगा। भगवान तुम्हे देखेंगे।

ऐसे कोई एक महीना बीत गया। बीच में चक्रवर्ती बाबू बेटी की विदाई के लिए आए थे। पार्वती ख़ुद ही नहीं गई। पिता से बोली, "बाबू जी बड़ी बिखरी–सी गिरस्ती है। और कुछ दिनों के बाद आऊंगी।"

पिता ओट लेकर दबे होंठों से हंसे। अपने–आप बोले–औरतों की बात

ही ऐसी है।

पिता के चले जाने पर पार्वती ने महेन्द्र को बुलाया। कहा, "बेटे, एक बार मेरी बड़ी बिटिया को जाकर ले आओ।"

महेन्द्र ने आगा–पीछा किया। उसे पता था कि यशोदा हर्गिज़ नहीं आने की। बोला, "बाबू जी एक बार जाते तो अच्छा होता।"

"छि:! यह क्या अच्छा दीखेगा? इससे तो अच्छा है, चलो, हम मां–बेटे चलकर उसको लिवा लाएं।"

महेन्द्र को ताज्जुब हुआ, "तुम चलोगी?"

"हर्ज क्या है? मुझे इसमें शर्म नहीं। मेरे जाने से अगर यशोदा आए, उसका गुस्सा ठंडा हो, तो मेरा जाना क्या कोई बड़ी बात है!"

और दूसरे दिन महेन्द्र अकेला ही गया। वहां जाकर उसने क्या करामात की, पता नहीं, पर चार दिन के बाद यशोदा आ पहुंची। उस दिन पार्वती के बदन पर अनूठे और नए कीमती गहनों की भरमार थी, अभी–अभी भुवन बाबू ने कलकत्ता से मंगवा दिए थे। पार्वती ने आज वही गहने पहने थे। आते हुए राह में यशोदा गुस्से और कुढ़न की बहुत–सी बातें मन ही मन दुहराती आई थी। मगर नई बहू को देख दंग रह गई, पिछले विद्वेष की बात उसे याद न आई। केवल अस्फुट स्वर में कहा, "यही हैं!"

यशोदा का हाथ पकड़कर पार्वती कमरे में ले गई। उसे अपने पास बिठलाकर हाथ में पंखा लिए बोली, "बेटी, अपनी मां से नाराज़ हो?"

यशोदा का चेहरा लज्जा से लाल हो उठा। उसके बाद पार्वती एक–एक कर अपने गहने उतारकर यशोदा को पहनाने लगी।

आश्चर्यचकित यशोदा ने कहा, "यह क्या?"

"कुछ नहीं तुम्हारी मां की इच्छा।"

गहने पहनने में यशोदा को बुरा नहीं लगा और पहन चुकने के बाद उसके होंठों पर हंसी की झलक खेल गई। उसके अंग–अंग में गहना पहनाकर निरलंकार पार्वती ने कहा, "बेटी, मां से नाराज़ हो?"

"नहीं–नहीं, गुस्सा क्यों? केसा गुस्सा?"

"ठीक है बेटी! यह तो तुम्हारा मैका है, अपने पिता का घर! यह इतना बड़ा घर, कितनी दास–दासियों की ज़रूरत है। मैं एक दासी ही तो हूं। छिः, तुच्छ दास–दासी पर नाराज़ होना क्या तुम्हें सोहता है?"

यशोदा उम्र में तो बड़ी थी, पर बात करने में अभी बहुत छोटी थी। विहल हो उठी। पंखा झलते हुए पार्वती ने फिर कहा, "ग़रीब की लड़की हूं, तुम लोगों की कृपा से यहां जगह मिल गई है। कितने ग़रीब दुःखी, अनाथ तुम्हारी दया से यहां पल रहे हैं रोज; मैं भी तो उन्हीं में से एक हूं। जो आश्रित..."

यशोदा अभिभूत होकर सुन रही थी। अब बिल्कुल आत्म–विभोर हो उसके पैरों में सिर झुकाकर बोली, "तुम्हारे पैरों पड़ती हूं मां!"

पार्वती ने उसका हाथ पकड़ लिया। यशोदा बोली, "अपराधों पर ध्यान न देना मां!"

दूसरे दिन महेन्द्र यशोदा को एकान्त में बुलाकर पूछा, "क्यों री, गुस्सा ठंडा पड़ा?"

यशोदा ने झट–से भैया के पैरों–हाथ रखकर कहा, "भैया, गुस्से में जितना कुछ कह गई हूं, देखना, कह मत देना।"

महेन्द्र हंसने लगा। यशोदा ने पूछा, "अच्छा भैया, सौतेली मां भी इतना आदरजतन कर सकती है?"

दो दिन बाद यशोदा ने ख़ुद पिता से जाकर कहा, "बाबूजी, चिट्ठी लिख दीजिए वहां। मैं अभी दो महीने यहां से नहीं आऊंगी।"

भुवन बाबू ने अचरज से पूछा, "क्यों बेटी?"

यशोदा शरमाई हुई हंसी हंसकर बोली, "सेहत अपनी कुछ ठीक नहीं–अभी कुछ दिन छोटी मां के पास रहूंगी।"

मारे ख़ुशी के बूढ़े की आंखों से आंसू निकल आए। सांझ को उन्होंने पार्वती को बुलाकर कहा, "तुमने मुझे लज्जा से मुक्ति दी है। जियो, सुखी रहो।"

पार्वती ने कहा, "यह क्या?"

"क्या है, यह मैं तुम्हें न समझा सकूंगा। ईश्वर! कितनी लज्जा, कितनी आत्मग्लानि से आज तुमने छुटकारा दिलाया!"

सांझ के अंधेरे में पार्वती देख न पाई कि उसके पति की दोनों आंखें आंसुओं में डूब गई हैं। और विनोदलाल! भुवनमोहन का छोटा लड़का–इम्तहान देकर घर जो आया, सो फिर गया ही नहीं।

उसके बाद, दो–तीन दिन देवदास नाहक ही रास्तों का चक्कर काटता फिरा–पागल जैसा।धर्मदास क्या तो कहने गया था, आंखें लाल–पीली करके उस पर डपट उठा। हाल देखकर चुन्नीलाल भी बात करने की हिम्मत न कर सका। धर्मदास ने रोकर पूछा, "ऐसा क्यों हुआ चुन्नी बाबू?"

चुन्नीलाल ने पूछा, "क्या बात है धर्मदास?"

एक अन्धे ने दूसरे अन्धे से राह पूछी। अन्दर की बात दो में से किसी को मालूम नहीं। अपनी आंखें पोंछते हुए धर्मदास ने कहा, "चुन्नी बाबू, चाहे जैसे हो, देवा को मां के पास भेज दीजिए। जब पढ़ना–लिखना नहीं है, तो यहां रहकर क्या करेगा?"

बात सही थी। चुन्नीलाल सोचने लगा। चार–पांच दिन के बाद एक दिन सांझ को सदा की तरह चुन्नीलाल बाहर निकल रहा था। जाने कहां से आकर देवदास ने हाथ पकड़ा, "चुन्नी बाबू, कहां जा रहे थे?"

सकुचाकर चुन्नी बोला, "हां। नहीं कहो, तो न जाऊं।"

"नहीं, मना मैं नहीं करता। सिर्फ एक बात बताओ, वहां किस उम्मीद से जाते हो तुम?"

"उम्मीद क्या? वक़्त निकल जाता है।"

"निकल जाता है? कहां, अपना तो वक़्त नहीं निकलता, मैं वक़्त निकालना चाहता हूं।"

चुन्नीलाल कुछ देर उसकी ओर ताकता रहा, शायद चेहरे पर मन के भाव को पढ़ने की चेष्टा की। फिर बोला, "देवदास! तुम्हें हुआ क्या है? खोलकर बता सकते हो?"

"कुछ भी तो नहीं हुआ।"

"नहीं कहोगे?"

"नहीं भई, कहने की कोई बात नहीं।"

बड़ी देर तक सिर झुकाए रहकर चुन्नीलाल ने कहा, "मेरी एक बात मानोगे? तुम्हें एक बार और चलना पड़ेगा। मैं वादा कर चुका हूं।"

"उस दिन जहां गया था, वहीं न?"

"हां।!

"राम कहो। मुझे अच्छा नहीं लगता।"

ज़रा देर अनमना–सा रहकर देवदास बोला, "अच्छा चलो।"

उसे पतन की एक सीढ़ी नीचे उतारकर चुन्नीलाल जाने कहां खिसक पड़ा। अकेला देवदास चन्द्रमुखी के कमरे में नीचे बैठकर शराब पी रहा था। क़रीब ही उदास आंखों से उसे देखती हुई चन्द्रमुखी ने डरते-डरते कहा, "देवदास, अब मत पियो।"

गिलास नीचे रखकर देवदास ने भवें तानीं, "क्यों?"

"थोड़े दिन से शुरू किया है, इतनी न संभला सकोगे।"

"संभालने के लिए शराब नहीं पीता, पीता हूं यहां रहने के लिए।"

चन्द्रमुखी ने बार-बार यह सुना है, अक्सर जी में आता है, दीवार से सिर पीटकर रक्त गंगा बहाकर मर जाए। देवदास को वह प्यार कर बैठी है। देवदास ने गिलास को फेंक दिया। सोफे की टांग से टकराकर वह चूर-चूर हो गया। तब करवट ले और तकिये के सहारे लुढ़ककर लड़खड़ाते स्वर में बोला, "मुझमें उठने की ताकत नहीं, जभी यहां बैठा रह जाता हूं; होश नहीं रहता, इसीलिए तुम्हारी शक्ल देखकर बात करता हूं-चन्द-र, फिर भी बेहोश नहीं होता, थोड़ा-सा होश रहता है, तुम्हें छू नहीं सकता। बड़ी घृणा होती है।"

आंखें पोंछती हुई चन्द्रमुखी कहने लगी, "देवदास, यहां बहुत-से लोग आते हैं, जो कभी शराब छूते ही नहीं।"

आंख फाड़कर देवदास उठ बैठा। लड़खड़ाता हुआ हाथ इधर-उधर मारते हुए बोला, "नहीं छूता? मेरी बन्दूक होती तो मैं गोली मार देता। वे तो मुझसे भी बढ़कर पापी हैं, चन्द्रमुखी।"

रुककर क्या तो वह सोचने लगा; उसके बाद फिर बोला, "अगर पीना कभी छोड़ दूं, जो कि छोड़ूंगा नहीं-तो फिर मैं कभी यहां आऊंगा नहीं। मेरा उपाय तो है, लेकिन उनका क्या होगा?"

ठहरकर कहने लगा, "बड़े दुःख में पीने की लत लगाई है-मेरी मुसीबत की साथिन! अब तुझे हर्गिज नहीं छोड़ सकता।" देवदास तकिये में मुंह रगड़ने लगा। चन्द्रमुखी झपटकर आई और उसके सिर को खींच उठाया। देवदास ने भवें तानकर कहा, "राम-राम, छुओ मत मुझे, अभी भी होश है। चन्द्रमुखी, तुम्हें तो कुछ मालूम नहीं, जानता सिर्फ़ मैं हूं कि मैं तुम लोगों से किस कदर नफ़रत करता हूं। सदा नफ़रत करता रहूंगा फिर भी आऊंगा-बातें करूंगा। इसके सिवाय और चारा जो नहीं। तुम क्या इसे समझ पाओगी? ह-ह-ह-लोग अंधेरे में पाप करते हैं, और यहां नशे में चूर होते हैं। ऐसी मौज की जगह क्या दुनिया

में दूसरी है! और तुम लोग...”

आंखें फाड़कर देवदास ने कुछ क्षण उसके उदास मुखड़े की ओर देखा और कहा, “सहनशीलता की प्रतिमूर्ति! फजीहत, झिड़की, अपमान, अत्याचार, उत्पात, औरतें कितना सह सकती हैं, इसका उदाहरण तुम्हीं लोग हो।”

इसके बाद वह चित लेट गया। चुप–चुप कहने लगा, “चन्द्रमुखी कहती है, वह मुझे प्यार करती है–मैं यह नहीं चाहता, नहीं चाहता। लोग नाटक करते हैं–चेहरे पर कालिख–चूना पोतते हैं–चोर बनते हैं–प्रेम करते हैं–कितनी प्यार की बातें करते हैं–रोते हैं–सब मानो सत्य है। मेरी चन्द्रमुखी नाटक करती है–मैं देखता हूं, लेकिन उसकी जो याद आती है–लमहे में सब जाने क्या हो गया! कहां गई वह और किस रास्ते चला गया मैं। मैं... अब जीवन–भर के लिए एक बहुत बड़ा अभिनय शुरू हो गया। एक पक्का शराबी और यह एक–सो हो, वही हो। इससे बेजा क्या है! आशा नहीं, भरोसा नहीं, सुख नहीं, साध नहीं–वाह! बहुत ख़ूब!”

इसके बाद करवट लेकर जाने वह क्या बड़बड़ाता रहा। चन्द्रमुखी समझ नहीं सकी। ज़रा ही देर में देवदास सो गया। चन्द्रमुखी पास जाकर बैठी। दामन को भिगोकर उसका मुंह पोंछ दिया। गीले तकिये को बदल दिया। पंखा लेकर झलती हुई बड़ी देर तक मुंह झुकाए बैठी रही। रात का एक बज रहा था। चराग गुल करके, किवाड़ लगाकर वह दूसरे कमरे में चली गई।

द्विजदास और देवदास तथा गांव के और लोग ज़मींदार नारायण मुखर्जी का अन्तिम संस्कार करके लौट आए। द्विजदास ज़ोर–ज़ोर से रो–पीटकर पागल–सा हो गया। मुहल्ले–टोले के लोग उसे पकड़कर संभाल नहीं पा रहे थे। और देवदास चुपचाप एक खम्भे के पास बैठा था, मुंह में कोई शब्द नहीं, आंखों में आंसू की एक बूंद नहीं। कोई उसे संभाल नहीं रहा था, कोई दिलासा देने की कोशिश नहीं कर रहा था। मधुसूदन घोष एक बार उसकी ओर गया भी। कहने लगा, “बेटा, भाग्य में...”

देवदास ने हाथ से द्विजदास की तरफ़ बताते हुए कहा–“वहां।”–“वह अप्रतिम होकर”–“हां, वे बेहतर शोक–” आदि कहता हुआ वहां से चला गया। फिर कोई उसके पास न पहुंचा। दोपहर के बाद देवदास मूर्छित–सी

पड़ी मां के क़दमों के पास जा बैठा। वहां बहुत–सी औरतें उन्हें घेरे बैठी थीं। पार्वती की दादी भी थीं। टूटी आवाज में शोक–विह्वल देवदास की मां को पुकारकर उन्होंने कहा, "बहू ज़रा देखो तो देवदास आया है।"

देवदास ने पुकारा, "मां!"

महज एक बार उसकी ओर निहारकर बोली, "बेटा!"

उसके बाद उनकी मुंदी आंखों से अविराम आंसू की धारा बहने लगी। औरतों की टोली ज़ार–बेज़ार रो पड़ी। देवदास कुछ देर तक मां के चरणों में मुंह गाड़े रहा–फिर उठकर धीरे–धीरे चला गया। गया स्वर्गवासी पिता के सोने के कमरे में। आंखों में आंसू नहीं। गम्भीर, शान्त। अपनी सुर्ख आंखें ऊपर किए फ़र्श पर बैठ गया। जो भी उसकी मूर्ति देख लेता, वही डर जाता। कनपटी के दोनों तरफ़ की नसें फूल रही थीं।–बड़े–बड़े रूखे बाल फैल गए थे। तपे सोने–सा रंग स्याह पड़ गया था। कलकत्ता के घिनौने व्यभिचार के बाद रात का जागरण, और फिर पिता की मृत्यु! साल–भर पहले जिसने उसे देखा था, आज देखता तो पहचान नहीं पाता। कुछ देर बाद पार्वती की मां उसे खोजती हुई वहां आई "देवदास!"

"क्या है चाची!"

"ऐसा करोगे तो कैसे चलेगा बेटा!"

देवदास उनकी ओर देखकर बोला, "क्या किया है चाची?"

चाची सब समझती थीं, वह जवाब न दे सकीं। देवदास के सिर को अपनी गोद में खींचकर बोलीं, "देवता बेटे!"

"क्या है चाची!"

"देवता–चरण–बेटा..."

उनकी छाती में मुंह छिपाकर अब देवदास ने एक बूंद आंसू बहाया।

शोक–सन्तप्त परिवार के भी दिन कटते हैं। फिर सवेरा हुआ, रोना–धोना बहुत कुछ थम गया। द्विजदास शान्त हुए। मां भी उठ बेठीं, आंखें पोंछती हुई काम–काज करने लगीं। दो दिन बाद द्विजदास ने देवदास को बुलाकर पूछा, "श्राद्ध में कितना ख़र्च करना चाहिए?"

बड़े भाई की ओर देखते हुए देवदास बोला, "जितना उचित समझिए।"

"नहीं भाई, अब महज़ मेरी राय नहीं चलने की। तुम सयाने हो गए हो, तुम्हारी राय ज़रूरी है।"

देवदास ने पूछा, "नक़द रुपये हैं कितने?"

"ख़ज़ाने में डेढ़ लाख रुपये हैं। मेरी समझ में दसेक हज़ार रुपये ख़र्च करना ही काफ़ी होगा। क्या ख़याल है?"

"मुझे क्या मिलेगा?"

द्विजदास ने आगा-पीछा करके कहा, "तुम भी आधा पाओगे। दस हज़ार खर्च होगा तो हमारा-तुम्हारा सत्तर-सत्तर हज़ार रहेगा।"

"मां को क्या मिलेगा?"

"मां नक़द रुपये का क्या करेंगी? वे तो घर की मालकिन ही ठहरीं। हम लोग उनका भरण-पोषण करेंगे।"

कुछ सोचकर देवदास ने कहा, "मेरे, खयाल से आपके हिस्से का पांच हज़ार ख़र्च हो और मेरे हिस्से का पच्चीस हज़ार। मेरा जो पचास हज़ार बचा रहेगा, मैं उसमें का पच्चीस हज़ार लूंगा, बाक़ी पच्चीस हजार मां के नाम से जमा रहेगा। आपकी क्या राय है?"

पहले तो द्विजदास कुछ शर्मिन्दा हुए, फिर बोले, "ठीक है। अपना तो जानते हो, स्त्री, बेटा-बेटी हैं, उनके ब्याह-जनेऊ में काफी ख़र्च पड़ेगा। ख़ैर, यही राय ठीक है।" ज़रा रुककर बोले, "तो यह लिख देना।"

"लिखा-पढ़ी की भी ज़रूरत है? यह कुछ अच्छा न लगेगा। मेरी समझ में रुपये-पैसे की बात गुप-चुप ही रहे तो ठीक है।" ।

"ठीक तो है मगर जानते हो..."

"ख़ैर, मैं लिखे देता हूं।" और उसी रोज़ देवदास ने लिखा-पढ़ी कर दी।

दूसरे दिन देवदास सीढ़ी पर से उतर रहा था कि सीढ़ी की बग़ल में पार्वती पर नज़र पड़ी। ठिठक गया। पार्वती उसे ऐसे देख रही थी, मानो पहचानने में कठिनाई हो रही हो। देवदास शान्त और गम्भीर भाव से समीप जाकर बोला, "पारू, कब आई तुम?"

वही आवाज़! तीन साल बाद मुलाक़ात! सिर झुकार पार्वती ने कहा, "आज सुबह आई।"

"दिनों से भेंट नहीं हुई। खैरियत से तो रहीं?"

पार्वती ने सिर हिलाया।

"चौधरी बाबू मज़े में हैं? बाल-बच्चे?"

'सब सकुशल हैं।' पार्वती ने एक बार उसकी ओर देखा, मगर एक बार भी यह न पूछ सकी कि आप कैसे हैं। क्या कर रहे हैं–अब तो यह सबकुछ पूछने का कोई सवाल नहीं उठता।

देवदास ने पूछा, "अभी कुछ दिन रहना है न?"

"हां।"

"फिर तो ठीक है।" कहकर देवदास बाहर चला गया।

श्राद्ध निपट गया। उसकी चर्चा की जाए तो बहुत कहना पड़ेगा। लिहाज़ा वह बात रहे। श्राद्ध के दूसरे दिन पार्वती ने धर्मदास को एकान्त में बुलाकर सोने का हार दिया बोली, "अपनी बच्ची को दे देना।"

उसकी ओर देखकर अपनी गीली आंखों को और भी गीला करते हुए धर्मदास ने कहा, "ज़माने से तुम्हें नहीं देखा। सब कुशल तो है?"

"सब ठीक है। तुम्हारे बच्चे अच्छे हैं न?"

"हां पारू।!

"और तुम?"

लम्बी उसांस भरकर अबकी धर्मदास ने कहा, "अच्छा क्या हूं पारू! अब चल देने को जी चाहता है–मालिक चल दिए।" शोक के आवेग में धर्मदास जाने कितना क्या कहता–पार्वती ने बाधा दी। इन समाचारों के लिए उसने हार थोड़े ही दिया था।

पार्वती बोल पड़ी "कहते क्या हो, धर्मदास, तुम चल दोगे तो देव भैया को कौन देखेगा?"

अपना सिर पीटकर धर्मदास बोला, "जब नन्हा–मुन्ना था, तब देखा। अब न देखना पड़े तो जी जाऊं।"

पार्वती उसके बहुत क़रीब खिसक आई। बोली, "एक बात पूछूं, सच–सच बताओगे?"

"क्यों नहीं दीदी!"

"तो सच–सच बताओ, देव भैया इन दिनों क्या करता है?"

"करता है मेरा सिर!"

"धर्मदास, खोलकर कहो।"

फिर अपना सिर पीटकर धर्मदास बोला, "खोलकर खाक बताऊं दीदी! कहने की बात है यह! अब मालिक न रहे, देवदास के हाथों बेहिसाब रुपये

आ गए, अब ख़ैर है भला!"

पार्वती का चेहरा बिल्कुल फीका हो गया। इशारे से कुछ सुना था उसने। उदास होकर बोली, "कह क्या रहे हो धर्मदास?" मनोरमा के पत्र से उसने कुछ जाना था, पर उस पर यक़ीन नहीं कर सकी थी।

धर्मदास कहने लगा, "न खाने की सुध, न सोने की परवाह; बस, शराब और शराब। तीन–तीन और चार–चार दिन तक कहां पड़ा रह जाता है–कोई पता नहीं। कितने रुपये फूंके–सुना, उसको कितने हज़ार के तो गहने बनवा दिए हैं!"

एड़ी–चोटी कांप उठी पार्वती। अचरज से बोली, "धर्मदास, क्या यह सब सच है?"

धर्मदास कहने लगा, "शायद तेरी सुने, एक बार उसे तू मना कर। वैसी तन्दुरुस्ती–क्या हो गई है! ऐसे जुल्म से जिएगा कै दिन! कहूं भी तो किससे कहूं! मां को बाप को, भाई को ये बातें कहने की नहीं।" धर्मदास ने सिर पीट लिया और बोला, "जी होता है, सिर फोड़कर मर जाऊं–जीने की इच्छा नहीं रही।"

पार्वती उठ पड़ी। नारायण बाबू के मरने की ख़बर पाकर वह दौड़ी आई थी। सोचा था, इस मुसीबत की घड़ी में देव भैया के पास जाना उचित है; लेकिन उसका उतना प्यारा देव भैया यह हो गया! कितनी बातें याद आने लगीं, सीमा नहीं। जितना उसने देवदास को धिक्कारा, उससे हज़ार गुना अपने को धिक्कारा। हज़ार बार उसके जी में आया–वह होती तो क्या अंजाम हो सकता था? पहले ही उसने अपने पांवों आप कुल्हाड़ी मारी थी, वह कुल्हाड़ी अब उसके सिर पड़ी। उसका देव भैया ऐसा होता जा रहा है–इस तरह से बर्बाद हो रहा है और वह दूसरे की गिरस्ती संभालने में मशगूल है! दूसरे को अपना समझकर वह रोज़ अन्न दान कर रही है और उसका सर्वस्व–आज भूखों मर रहा है! पार्वती ने शपथ ली, आज देवदास के पैरों पर सिर पीटकर वह जान दे देगी।

सांझ होने में कुछ देर थी। पार्वती देवदास के कमरे में पहुंची। देवदास चारपाई पर बैठा हिसाब देख रहा था। पार्वती ने धीरे से किवाड़ बन्द कर दिया और नीचे बैठ गई। सिर उठाकर देवदास हंसा। चेहरा उदास था, पर शान्त। अचानक हंसी कर बैठा, "अगर तोहमत लगाऊं तो?"

पार्वती ने लाज-भरी दोनों नीलकमल-सी आंखें उस पर ठहराकर फिर झुका लीं। लमहे में उसने यह बता दिया कि यह बात सदा के लिए उसके कलेजे में बज्र-सी बिंधी है-अब फिर क्यों? कितनी ही बातें कहने आई थी-सब भूल बैठी। देवदास के सामने वह बात नहीं कर सकती। देवदास फिर हंस उठा। बोला, "समझ गया पारू, समझ गया। लाज लगती है, क्यों?" पार्वती फिर भी बात न कर सकी। देवदास कहने लगा, "लाज की क्या बात है? दोनों ने मिलकर नादानी की-और देख, कैसा गड़बड़ हो गया; गुस्से में तूने जो मुंह में आया, वही कहा; मैंने भी माथे पर निशान लगा दिया, कैसा रहा?"

देवदास की बातों में श्लेष या व्यंग्य बिल्कुल नहीं था। खुले दिल से हंसते हुए पुरानी दुःख-कथा कह गया, लेकिन पार्वती का कलेजा टूक-टूक होने लगा। मुंह पर कपड़ा रखकर सांस रोक मन ही मन बोली, 'देव भैया, यह निशान ही मेरी सान्त्वना है, सहारा है। तुम मुझे प्यार करते थे, इसीलिए कृपा करके बचपन के इतिहास को मेरे माथे पर लिख दिया है। यह मेरे लिए लज्जा की नहीं, कलंक की नहीं, गौरव की वस्तु है।'

"पारू!"

मुंह पर से आंचल सरकाये बिना ही पार्वती बोली, "कहो!"

"तुझ पर मुझे बड़ा गुस्सा आता है।..."

अब देवदास का स्वर विकृत होने लगा, "पिताजी नहीं रहे, आज मेरे दुःख की हद नहीं; मगर तू होती तो मुझे फ़िक्र नहीं रहती! बड़ी बहू को तो जानती ही हो और भैया का स्वभाव भी तुझसे छिपा नहीं-तू ही बता, ऐसे में मैं मां के लिए क्या करूं! और, मेरा ही क्या हाल होगा, पता नहीं। तू होती तो सब तुझी को सौंपकर-अरे-रे यह क्यापारू!" पार्वती फफककर रो उठी। देवदास बोला, "रो रही है! फिर तो कहना रह ही गया।"

आंखें पोंछते हुए पार्वती ने कहा, "कहो।"

देवदास ने पल-भर में भर्राई आवाज़ को दुरुस्त करके कहा, "मैंने सुना, तू पक्की गृहिणी बन गई है!"

पार्वती ने अपने पर ज़ब्त करके होंठ काटा। बोली, "खाक गृहिणी! सेमल का फूल भी देवता की पूजा के काम आता है!"

देवदास हंस उठा। हंसकर बोला, "बड़ी हंसी आती है! इत्ती बड़ी थी

तू–कितनी बड़ी हो गई! बड़ा–सा मकान, बड़ी ज़मींदारी, बड़े–बड़े लड़के–लड़कियां और चौधरी बाबू–सभी बड़े हैं न पारू!"

चौधरी बाबू पार्वती के लिए बड़े आदर की वस्तु थे। उनकी याद आते ही पार्वती को हंसी आती। इस तकलीफ़ में भी उसे हंसी आ गई। देवदास ने बनावटी गम्भीरता से कहा, "मेरा एक उपकार करेगी?"

पार्वती ने पूछा, "कौन–सा उपकार?"

"तेरी तरफ़ कोई अच्छी लड़की मिलेगी?"

थूक घूंटकर, खांसकर पार्वती बोली, "अच्छी लड़की? क्या करोगे?"

"मिले, तो शादी कर लूं। दुनियादार बनने को जी चाहता है।"

निहायत भले मानस की तरह पार्वती बोली, "ख़ूब ख़ूबसूरत न?"

"हां, तेरी जैसी?"

"और बहुत भली?"

"न, बहुत भली की दरकार नहीं, बल्कि ज़रा दुष्ट हो, जो तेरी तरह मुझसे झगड़ सके।"

पार्वती ने मन ही मन कहा–यह तो किसी से न बनेगा, इसलिए कि उसके लिए तो मेरी तरह प्यार करना भी आना चाहिए। जाहिर में बोली, "कलमुंही मैं, मेरी तरह कितने हज़ार और तुम्हारे चरणों में आ पाएं तो धन्य हों।'

देवदास ने हंसी में कहा, "बहरहाल वैसी एक दे सकती है, बता?"

"सच ही ब्याह करोगे देव भैया?"

"कहा तो।"

सिर्फ़ यही नहीं कहा उसने खोलकर कि उसके सिवाय और किसी स्त्री में जीवन–भर उसकी प्रवृत्ति ही न होगी।

"देव भैया, एक बात कहूं?"

"कहो।"

अपने को संभालकर पार्वती ने कहा, "तुमने शराब की लत क्यों सीखी?"

देवदास हंस उठा, "खाना–पीना सीखना पड़ता है कहीं?"

"मेरा मतलब है, आदत क्यों लगाई?"

"किसने कहा तुमसे, धर्मदास ने?"

"जिसने भी चाहे कहा हो, बात सही है या नहीं?"

देवदास ने झूठ नहीं कहा। बोला, "किसी हद तक सही है।"

पार्वती कुछ देर चुप रही। फिर बोली, "कितने हज़ार का ज़ेवर भी बनवा दिया है न?"

देवदास बोला, "दिया नहीं है। बनवाकर रखा है तू लेगी!"

हाथ पसारकर पार्वती बोली, "दो, देखो न मेरे पास एक भी ज़ेवर नहीं।"

"चौधरी बाबू ने दिया नहीं?"

"दिया था, मैंने सारा का सारा उनकी बेटी को दे दिया।"

"तुझे ज़रूरत नहीं?"

सिर हिलाकर पार्वती ने झुका लिया। अब सच ही देवदास की आंखों में आंसू आने लगे। हृदय से उसने समझा कि मामूली कष्ट से औरत अपने गहने उतारकर नहीं बांटती! मगर आंखों के आंसू पीकर बोला, "पारू, ग़लत बात है। मैं किसी भी स्त्री को प्यार नहीं करता, किसी को भी ज़ेवर नहीं दिए।"

लम्बी उसांस भरकर पार्वती ने मन में कहा, 'मेरा भी यही विश्वास है।'

बड़ी देर तक दोनों ही चुप रहे। उसके बाद पार्वती ने कहा। "लेकिन प्रतिज्ञा करो कि अब शराब नहीं पीओगे?"।

"यह नहीं होगा! क्या तुम प्रतिज्ञा कर सकती हो कि मुझे एक बार भी याद नहीं करोगी?"

पार्वती कुछ न बोली। इतने में बाहर सन्ध्या के शंख की ध्वनि हुई। देवदास ने चौंककर खिड़की से बाहर देखा। कहा, "सांझ हो गई, अब घर जा पारू!"

"मैं नहीं जाती! तुम प्रतिज्ञा करो।"

"यह मुझसे न होगा।"

"क्यों न होगा?"

"सबसे क्या सबकुछ हो सकता है?"

"चाहे तो ज़रूर हो सकता है।"

"तुम आज रात को मेरे साथ भाग सकती हो?"

पार्वती की छाती की धड़कन सहसा मानो रुक गई। अजानते ही मुंह से अस्फुट स्वर में निकल पड़ा–"ऐसा भी होता है?"

देवदास बिछौने पर ज़रा सरककर बैठा। बोला, "पार्वती, दरवाज़ा खोल दो।"

पार्वती दरवाजे के पास खिसक गई और दरवाज़े से पीठ लगाकर बैठती हुई बोली, "प्रतिज्ञा करो।"

देवदास उठ खड़ा हुआ। धीर भाव से बोला, "पारू जबरन प्रतिज्ञा करना क्या ठीक है, या कि उससे कोई खास लाभ है? आज की प्रतिज्ञा कल शायद टूट जाए, नाहक क्यों मुझे झूठा बनाएगी?" फिर बड़ी देर तक चुपचाप ऐसे में जाने किस कमरे में घड़ी में टन–टन करके नौ बजे। देवदास व्यस्त हो उठा, "अरी पारू, दरवाज़ा खोल दे।"

पार्वती चुप–"अरी पारू।"

"मैं हर्गिज़ नहीं जाने की।" कहकर अचानक रुद्ध आवेग से वह वहीं लेट गई–देर तक रोती रही। कमरे में घना अंधेरा–कुछ भी नहीं दीख रहा था। देवदास ने अनुमान से जाना, पार्वती ज़मीन पर पड़ी रो रही है। धीरे–धीरे पुकारा। "पारू!"

पार्वती ने रोकर कहा, "देव भैया, मैं बड़े कष्ट में हूं।"

देवदास समीप गया। उसकी आंखों में भी पानी था, पर आवाज़ नहीं भर्रा पाई थी। बोला, "यह क्या मैं नहीं जानता पारू?"

"देव भैया, मैं तो मरी जा रही हूं। कभी तुम्हारी सेवा नहीं कर सकी, यह तो मेरी जन्म–जन्म की कामना थी।"

अन्धकार में आंखें पोंछकर देवदास ने कहा, "उसका भी तो समय है।"

"तो मेरे पास रहो, यहां तो तुम्हें देखनेवाला कोई नहीं।"

"तेरे यहां जाऊं तो खूब जतन करेगी?"

"यह मेरी छुटपन की साध है। मेरे स्वर्ग के देवता, इसे पूरी कर दो। उसके बाद मर जाऊं। कोई ग़म न होगा।"

अब देवता की आंखों में पानी भर आया।

देवदास ने आंसू पोंछकर कहा, "अच्छा जाऊंगा।"

"मुझे छूकर कहो, जाओगे?"

अनुमान से पार्वती के पैर छूकर देवदास ने कहा, "मैं यह वादा न भूलूंगा। मेरा जतन करने से अगर तेरा दुःख दूर हो तो मैं जाऊंगा। मरने से पहले तक भी मुझे यह बात याद रहेगी।"

पिता की मृत्यु के बाद लगातार छः महीने घर रहते–रहते देवदास ऊब उठा। न सुख, न शान्ति। एकांगी जीवन। ऊपर से पार्वती की चिन्ता। इन दिनों हर बात में उसकी याद आती। और भाई द्विजदास तथा पतिव्रता भाभी ने तो उसकी परेशानी और भी बढ़ा दी।

मां का हाल भी उसी जैसा। स्वामी के साथ–साथ उनका सारा सुख भी चला गया। पराधीन–सी रहकर धीरे–धीरे घर उन्हें असह्य हो उठा। कुछ दिनों से वे काशीवास का संकल्प कर रही थीं। केवल देवदास का विवाह कराए बिना जाना न हो रहा था। कहतीं–"देवदास, तू ब्याह कर, मैं इन आंखों से देख लूं और चली जाऊं!"–मगर यह सम्भव कहां? एक तो पिता की बरसी नहीं हुई, फिर मनमुताबिक लड़की की खोज करनी थी। इसीलिए आजकल उन्हें कभी–कभी दुःख हो आता कि उस समय पार्वती से ही ब्याह देती तो अच्छा था। एक दिन देवदास को बुलाकर बोलीं, "बेटा, अब तो रहा नहीं जाता, कुछ दिन के लिए काशी चली जाती तो अच्छा होता।"

देवदास भी यही चाहता था। बोला, "मैं भी वही कह रहा था। छः महीने बाद लौट आना।"

"तो फिर वही कर बेटा। लौटकर उनकी बरसी के बाद तेरा ब्याह करके तुझे संसारी देख लूंगी, फिर मैं काशीवास करूंगी!"

देवदास राजी हो गया। कुछ दिनों के लिए मां को काशी छोड़ आया और आप कलकत्ता चला गया। कलकत्ता में तीन–चार दिनों तक वह चुन्नीलाल की खोज करता रहा। वह नहीं मिला। मेस छोड़कर जाने कहां चला गया। एक दिन शाम को चन्द्रमुखी की याद आई। एक बार मिल ले तो क्या हर्ज है? इतने दिनों उसकी बिल्कुल याद नहीं आई। देवदास को शर्म–सी हो आई। किराए की एक गाड़ी पर शाम के बाद चन्द्रमुखी के घर के सामने पहुंचा। बड़ी देर तक चीख़–पुकार के बाद अन्दर से एक नारीकंठ का उत्तर आया, "यहां नहीं।"–सामने गैस की बत्ती का खम्भा था। देवदास उसकी तरफ़ खिसककर बोला, "बता सकती हो, वह कहां गई है?" उसने खिड़की खोलकर कुछ देर देखा और पूछा, "तुम देवदास हो?"

"हां।"

"ठहरो! दरवाज़ा खोलती हूं।" उसने दरवाज़ा खोल दिया। कहा, "आओ।" आवाज़ कुछ पहचानी–सी लगी, फिर भी उसे पहचान न सका।

कुछ अंधेरा भी हो गया था। पूछा, "चन्द्रमुखी कहां है, कह सकती हो?" उसने हंसकर कहा, "बताती हूं। ऊपर चलो।"

अब देवदास पहचान गया, "अरे, तुम!"

"हां मैं। बिल्कुल भूल गए?"

ऊपर गया। देखा चन्द्रमुखी काली कोर की साड़ी पहने है, मैली-सी कलाई पर दो कड़े और कोई ज़ेवर नहीं। सिर के बाल बिखरे हुए। अचरज से पूछा, "तुम!" खूब ग़ौर किया। चन्द्रमुखी पहले से बहुत दुबली हो गई थी। पूछा, "तबीयत ख़राब थी?"

चन्द्रमुखी ने हंसकर कहा, "शारीरिक तो बिल्कुल नहीं। तुम आराम से बैठो।"

देवदास बिस्तर पर बैठा। देखा, कमरे की शक्ल बिल्कुल बदल गई है। अपनी मालकिन जैसी। उसकी दुर्दशा का भी अन्त नहीं। कोई समान नहीं- अलमारी, टेबल, कुर्सी की जगह ख़ाली पड़ी है। केवल एक बिछौना, चादर मैली। दीवार पर तस्वीरें हटा दी गई थी; कीलें थीं, दो-एक लाल फीते भी लटक रहे थे। ऊपर की घड़ी टंगी तो थी, पर चुप पड़ी थी। आसपास मकड़ों ने मनमाना जाल लगा रखा था, एक कोने में तेल का दीया हल्की रोशनी बिखेर रहा था। उसी प्रकाश में देवदास ने कमरे की सजावट को देख लिया। कुछ चकित, कुछ क्षुब्ध देवदास ने पूछा, "चन्द्रा, ऐसी दुर्दशा कैसे हुई?"

फीकी हंसी हंसकर चन्द्रमुखी ने कहा, "दुर्दशा! किसने कहा? मेरी तो तकदीर खुली है।"

देवदास समझ नहीं सका। पूछा, "और तुम्हारे गहने कहां गए?"

"बेच दिए।"

"सरो-सामान?""

"उसे भी बेच दिया।"

"घर की तस्वीरें भी बेच दीं?"

चन्द्रमुखी हंसी हंसकर सामने का कमरा दिखाती हुई बोली, "वहां क्षेत्रमणि को दे दीं।"

कुछ देर उसकी ओर देख, देवदास ने पूछा, "चुन्नी बाबू कहां हैं?"

"कह नहीं सकती। दो महीने के करीब हुए, झगड़कर चला गया। फिर नहीं आया।"

देवदास को और भी आश्चर्य हुआ, "झगड़ा क्यों?"

चन्द्रमुखी ने कहा, "झगड़ा क्या नहीं होता?"

"होता है, लेकिन क्यों?"

"दलाली करने आया था, मैंने भगा दिया।"

"दलाली काहे की?"

चन्द्रमुखी ने हंसकर कहा, "जूट की!" उसके बाद कहा, "तुम समझ क्यों नहीं सकते? एक धनी आदमी को ले आया था–दौ सौ रुपये माहवार, एक ढेर जेवर और दरवाज़े पर एक दरबान। समझे?"

देवदास समझकर हंसा। बोला, "मगर कुछ भी तो नहीं देखता?"

"रहता जब तो देखते। मैंने तो उन्हें खदेड़ दिया था?"

"कसूर उनका?"

"कसूर कुछ नहीं था। मुझ अच्छा नहीं लगा।"

"उसके बाद से यहां कोई नहीं आया?"

"नहीं। तब से क्यों, जब से तुम गए हो तभी से यहां कोई नहीं आता। केवल चुन्नी जब–तब आ जाता था। दो महीने से वह भी गायब है।"

देवदास बिस्तर पर लेट गया। दूसरी तरफ देखता हुआ देर तक मौन रहा। उसके बाद हौले–हौले बोला, "तो तुमने बिसात उठा दी?"

"हां, दिवालिया हो गई।"

देवदास ने इसका कोई जवाब नहीं दिया। पूछा, "लेकिन रोटी कैसे चलेगी!"

"बताया न अभी, कुछ गहने थे बेच डाले।"

"आख़िर कितने?"

"ज़्यादा नहीं। आठ–नौ सौ रुपये हैं। एक मोदी के ज़िम्मे लगा दिया है। वह हर महीने बीस रुपये मुझे देता है।"

"पहले तो तुम्हारा बीस से गुज़ारा नहीं चलता था।"

"आज भी ठीक नहीं चलता। तीन महीने का किराया बाक़ी पड़ गया, सोच रहीं हूं, कड़े बेचकर सब चुका दूं और फिर कहीं चली जाऊं।"

"कहां जाओगी?"

"कुछ ठीक नहीं कर पाई हूं। किसी सस्ती जगह जाऊंगी। किसी गंवई गांव में जहां बीस रुपये में एक महीना कट सके।"

फिर अब तक चली क्यों नहीं गई? सच ही, जब तुम्हें कोई ज़रूरत नहीं रही, तो नाहक कर्ज़–उधार क्यों बढ़ा लिया?"

सिर झुकाकर चन्द्रमुखी ने कुछ देर सोच लिया। यह बात कहने में जीवन में आज उसे पहली बार लाज लगी। देवदास ने कहा, "चुप रह गई?"

बिस्तर के किनारे पर वह सकुचाकर बैठ गई। धीरे–धीरे बोली, "नाराज़ मत होना। आशा की थी कि जाने से पहले तुमसे भेंट हो जाए तो अच्छा है! सोचा, शायद एक बार तुम आओगे। तुम आ गए। मैं आज ही जाने की तैयारी करूंगी। मगर कहां जाऊं बता दोगे?"

देवदास अचरज से उठ बैठा, "केवल मुझसे मिलने की आशा में? आख़िर क्यों?"

"यों ही एक ख़याल, तुम मुझसे घृणा करते थे। इतनी घृणा कभी किसी ने नहीं की। शायद इसलिए, आज तुम्हें याद भी आएगा कि नहीं, नहीं मालूम, मगर मुझे खूब याद है, तुम पहले–पहल जिस दिन यहां आए थे, उसी दिन तुम पर मेरा ध्यान गया था। तुम धनी के बेटे हो, यह जानती थी, लेकिन धन के लिए तुम्हारी तरफ नहीं खिंची। तुमसे पहले कितने लोग यहां आए और गए। किसी में मैंने तेज़ नहीं देखा। और तुमने आते ही मुझ पर चोट की। एक अयाचित, उचित और अनुचित रूढ़ व्यवहार। घृणा से मुंह फेरे रहे, अन्त में व्यंग्य की तरह कुछ दे गए। याद आता है?"

देवदास चुप रहा। चन्द्रमुखी फिर कहने लगी, "तभी से तुम पर नज़र गड़ी रही। प्यार से भी नहीं, घृणा से भी नहीं। कुछ नया देखने से जैसे याद रहता है, तुम्हें भी में किसी कदर भूल नहीं सकी। तुम आते थे तो डरती हुई मैं सावधान रहती थी, और नहीं आते तो कुछ भी अच्छा नहीं लगता था। फिर जाने क्या दिमाग़ फिरा कि इन आंखों बहुतेरी चीज़ों को और ही रूप में देखने लगी। पहले की 'मैं' से यों बदली कि 'वह' ही न रह गई मैं। उसके बाद तुमने शराब शुरू की। शराब से मुझे बड़ी नफ़रत होती। कोई नशे में होता तो, उस पर मुझे बड़ा गुस्सा आता। मगर तुम नशे में होते तो मुझे दुःख होता।" कहकर चन्द्रमुखी ने देवदास के पैरों पर हाथ रखकर छलछलाती आंखों से कहा, "मैं बहुत अधम हूं, मेरे अपराध माफ़ करना। तुम जाने कितना कुछ कहते, कितनी घृणा से दूर हटा देते, उतना ही ज्यादा निकट मैं जाना चाहती। अन्त में जब तुम सो जाते...मगर रहने दो वे बातें, शायद हो कि फिर ग़ुस्सा हो

जाओ!"

देवदास कुछ नहीं बोला। नई तरह की बातें उसे कुछ दुःखा रही थीं। छिपकर चन्द्रमुखी ने अपनी आंखें पोंछ ली और कहने लगी, "एक दिन तुमने कहा, हम कितना बर्दाशत करती हैं–झिड़की, अपमान, घिनौना अत्याचार, उत्पात–उसी दिन से मुझे बड़ा दुःख लगा, मैंने सब बन्द कर दिया।"

देवदास उठ बैठा। पूछा, "लेकिन गुज़ारा कैसे चलेगा?"

चन्द्रमुखी बोली, "वह तो पहले ही बता चुकी हूं।"

"लेकिन मोदी कहीं धोखा दे जाए..."

चन्द्रमुखी इससे भयभीत न हुई। शान्त और सहज भाव से कहा, "कोई अनहोनी नहीं, मगर वह भी सोचा है। अगर मुसीबत में पड़ी तो तुमसे कुछ भीख मांग लूंगी।"

देवदास ने सोचकर कहा, "वह सही। अब और कहीं जाने की तैयारी करो।"

"कल ही करती हूं। कड़े बेचकर ज़रा मोदी से मिल लूंगी।" देवदास ने सौ–सौ के पांच नोट निकालकर तकिये के नीचे रख दिए और कहा, "कड़े मत बेचना, मगर मोदी से भेंट कर लेना। लेकिन जाओगी कहां? किसी तीर्थ–स्थान में?"

"नहीं देवदास! तीर्थ–स्थान पर अपनी वैसी आस्था नहीं। कलकत्ता से ज्यादा दूर नहीं जाऊंगी। आसपास ही कहीं किसी गांव में रहूंगी।"

"किसी भले परिवार में दासी का काम करोगी?"

चन्द्रमुखी की आंखें फिर भर आईं। पोंछकर बोली, "प्रवृत्ति नहीं होती। स्वाधीन रहूंगी। आख़िर दुःख क्यों उठाऊं? मशक्कत की तकलीफ़ कभी नहीं उठाई, अब भी उठाते न बनेगी। ज्यादा खींचा–तानी से शायद यह शरीर टूट जाए।"

देवदास उदास–सा हंसा, "लेकिन शहर के आसपास रहने से फिर शायद प्रलोभन में पड़ो–आदमी के मन का एतबार नहीं।"

अब की चन्द्रमुखी का चेहरा खिल उठा। बोली, "बिल्कुल सही है। आदमी के मन का एतबार नहीं, पर में अब प्रलोभन में नहीं पड़ूंगी। औरतों को लोभ बहुत ज़्यादा होता है, यह भी जानती हूं; लेकिन लोभ की जो वस्तु है, जानकर जब उसे छोड़ रही हूं तो मुझे डर नहीं। सनक में छोड़ा होता

तो सावधान करने की ज़रूरत थी, परन्तु इतने दिनों में एक दिन भी तो मुझे अफ़सोस की नौबत नहीं आई। मैं तो बहुत मज़े में हूं।"

फिर देवदास ने सिर हिलाया, "उहूं, औरतों का मन बड़ा चंचल होता है–बड़ा अविश्वासी।"

चन्द्रमुखी देवदास के बहुत क़रीब आ गई। हाथ पकड़कर कहा, "देवदास!"

देवदास ने उसकी ओर देखा। अब यह कहते न बना कि छुओ मत।

स्नेह से फैली आंखों से उसे देखती हुई उसके हाथ अपनी गोद में लेकर कांपती हुई आवाज़ में कहा, "आज अन्तिम दिन है। आज अब गुस्सा मत न होना। तुमसे एक बात पूछने को बहुत ही जी चाहता है।" और उसने ज़रा स्थिर दृष्टि से उसे ताककर कहा, "पार्वती ने क्या तुम्हें बड़ी चोट पहुंचाई है?"

देवदास ने पूछा, "आख़िर यह सवाल क्यों?"

चन्द्रमुखी विचलित न हुई। शान्त–दृढ़ स्वर में बोली, "ज़रूरत है। सच बताऊं, तुमको दुःख होता है तो मुझे भी बड़ी पीड़ा पहुंचती है। फिर मैं शायद बहुत बातें जानती हूं। जब तुम नशे में होते थे, तुम्हारे मुंह से मैं बहुत कुछ सुनती रही हूं। लेकिन तो भी मुझे यह विश्वास नहीं होता कि पार्वती ने तुम्हें ठगा है, बल्कि मेरा ख़याल है, तुमने ही अपने को ठगा है। देवदास! उम्र में मैं तुमसे बड़ी हूं, दुनिया में बहुत कुछ देखा है। मुझे क्या लगता है, बताऊं? लगता है, तुमसे ही ग़लती हुई है। लगता है, चंचल और अस्थिर चित्त के नाम से स्त्रियों की जितनी बदनामी है, हक़ीक़त में उतनी वे होतीं नहीं। बदनाम करनेवाले भी तुम्हीं लोग हो, सुनाम करने वाले भी तुम्हीं लोग। जो कहना चाहते हो, तुम लोग आसानी से कह बैठते हो, मगर उनसे तो कहते नहीं बनता। वे मन की बात ज़ाहिर नहीं कर पाती हैं तो सब कोई समझ नहीं सकते; क्योंकि बड़ी अस्पष्ट होती हैं–तुम्हारी जबान के आगे दब जाती हैं। और नतीजा यह होता है कि बदनामी ही लोगों की ज़बान पर चढ़ जाती है।"

चन्द्रमुखी ज़रा रुकी। गले को और ज़रा साफ़ करके कहने लगी, "ज़िन्दगी में मुहब्बत का व्यापार बहुत दिनों तक किया, मगर प्यार महज़ एक ही दिन किया। उस प्यार का दाम बहुत है। बहुत कुछ सीखा। जानते हो न, प्यार और चीज़ है, रूप का मोह और चीज़। इन दोनों में बड़ा झमेला होता है।

और मर्द ही यह झमेला ज़्यादा करते हैं। शायद तुम लोगों की अपेक्षा रूप का मोह इनमें कम होता है, लिहाजा हम पल में ही उन्मत्त नहीं हो जातीं। तुम लोग आकर जब प्यार जताते हो, जाने कितनी बातों से, कितने ढंग से ज़ाहिर करते हो–हम लोग उस समय चुप रहती हैं। बहुत बार तुम्हें सदमा पहुंचाते शर्म आती है, दुःख होता है, हिचक होती है। मुंह देखने में भी जब नफ़रत होती है, तब भी शायद लज्जा के मारे यह नहीं कह सकतीं कि तुम्हें प्यार न कर सकूंगी। उसके बाद बाहरी प्यार का अभिनय चलता है और एक दिन उसका अन्त हो जाता है, तो पुरुष मारे गुस्से के कह उठते हैं–कैसी विश्वासघातक है। हर कोई वही सुनता है, वही समझता है। हम इतने पर भी चुप ही रहती हैं। जी में कितनी चोट पहुंचती है, पर देखता कौन है?"

देवदास कुछ बोला नहीं। कुछ देर चुप रहकर चन्द्रमुखी ने कहा, "हो सकता है, कुछ ममता हो जाती हो; औरतें समझती हैं, यही शायद प्रेम है! शान्त भाव से काम–काज करती चली जाती हैं, दुःख की घड़ियों में जी–जान से सहायता पहुंचाती हैं, तुम तारीफ़ करते नहीं थकते, तमाम धन्य–धन्य होने लगता है। लेकिन तब भी शायद उनके प्रेम का वर्ण–परिचय नहीं होता। फिर कभी किसी अशुभ क्षण में उसका कलेजा जब दुस्सह पीड़ा से तड़पकर बाहर हो आता है, तब", उसने तीखी आंखों से देवदास की तरफ़ ताककर कहा, "तुम लोक शोर करके आसमान सिर पर उठा लेते हो–बदचलन! छि:।"

अचानक देवदास ने चन्द्रमुखी की हथेली दबाकर कहा, "चन्द्रमुखी! यह क्या?" चन्द्रमुखी ने आहिस्ता से अपना हाथ हटा लिया। कहा, "घबराओ मत, मैं तुम्हारी पार्वती की बात नहीं कहती।"

चन्द्रमुखी मौन हो गई। देवदास ज़रा अनमना–सा होकर बोला, "कर्तव्य का भी तो तकाज़ा है। धर्म–अधर्म भी तो हैं

चन्द्रमुखी बोली, "बेशक़! और चूंकि यह है, इसलिए देवदास, जो प्यार करती है, सबकुछ बर्दाश्त करती है। जिसे यह पता होता है कि केवल हृदय से प्यार करने में कितना सुख, कितनी शान्ति है, वह नाहक दुःख और अशान्ति को खींचकर नहीं लाना चाहती। लेकिन मैं जो कहना चाहती थी, दरअसल पार्वती ने तुम्हें रत्ती–भर दगा नहीं दिया, तुमने ख़ुद अपने–आपको दगा दिया है। जानती हूं, आज बात समझने की ज़रूरत नहीं है, मगर जब समय आएगा तो समझोगे कि मैंने सच ही कहा था।"

देवदास की दोनों आंखें गीली हो आईं। जाने क्यों तो देवदास के मन में यह होने लगा कि चन्द्रमुखी का कहना ठीक ही है। चन्द्रमुखी ने उसके आंसू देखे, लेकिन उसने पोंछने की कोशिश नहीं की। कहने लगी, "तुम्हें मैंने बहुत बार, बहुत तरह से देखा है। मैं तुम्हारे हदय को जानती हूं। खूब समझती हूं कि मामूली लोगों जैसे तुम पीछे पड़कर प्यार नहीं जता सकते। रही रूप की बात; रूप कौन नहीं चाहता? फिर भी यक़ीन नहीं होता कि तुम्हारा यह तेज रूप के पैरों अपने को लुटा देगा। पार्वती, हो सकता है, बड़ी ख़ूबसूरत हो, फिर भी मुझे लगता है, उसी ने तुमको पहले प्यार किया था, उसने पहले यह जतलाया था।"

अपने–आप कहते–कहते उसके मुंह से निकल पड़ा, "अपने–आपसे ही समझ सकती हूं कि वह तुम्हें कितना प्यार करती है।"

देवदास झट उठ बैठा, "क्या कहा?"

चन्द्रमुखी बोली, "कुछ नहीं। कह रही थी कि वह तुम्हारे रूप पर लट्टू नहीं हुई। तुममें रूप है, पर उससे भूल नहीं होती। यह तीखा रूखा रूप सबको दिखाई भी नहीं देता, पर जिसकी नज़र पड़ जाती है, वह फिर आंखें नहीं फिरा सकती।" और, एक लम्बी उसांस लेकर वह बोली, "ओह, तुममें कितना अधिक आकर्षण है! इसे, जिसने कभी तुम्हें प्यार किया है, वही जानती है। इस स्वर्ग से स्वेच्छा से लौट जाए, ऐसी स्त्री क्या इस दुनिया में है?"

वह फिर कुछ देर रुक गई, उसके बाद बोली, "यह रूप तो आंखों में नहीं आता, बिल्कुल कलेजे के बीच में इसकी छाया पड़ती है। उसके बाद जब जीवन के दिन ख़त्म हो आते हैं, वह चिन्ता के साथ राख हो जाती है।"

विह्वल होकर चन्द्रमुखी के मुंह की ओर देखते हुए देवदास ने कहा, "आज यह सब क्या कह रही हो तुम?"

चन्द्रमुखी ने हंसकर कहा, "देवदास, इससे बढ़कर बदनसीबी दूसरी नहीं कि जिसे प्यार नहीं करती, वह प्यार की बातें करे! लेकिन मैं सिर्फ़ पार्वती की वकालत कर रही थी, अपनी नहीं कह रही थी।"

देवदास चलने को हुआ। बोला, "तो मैं चलुं।"

"ओर कुछ देर बैठो। तुम्हें मैंने कभी होश में नहीं पाया, इस तरह हाथ पकड़कर कभी बात नहीं कर पाई–अहा, कैसी अनोखी तृप्ति!" कहकर सहसा वह हंस उठी।

देवदास ने आश्चर्य से पूछा, "हंसने क्यों लगीं?"

"यों ही, एक बात याद आ गई पुरानी। दस साल पहले की बात, जब मैं प्यार करके घर से निकल भागी थी। तब लगता था, जाने कितना प्यार करती हूं मैं, जान भी दे दूं शायद्। फिर एक नाचीज़–से जेवर के लिए दोनों में खटपट हो गई और फिर कभी किसी ने किसी का मुंह नहीं देखा। जी को तसल्ली दी, वह मुझे प्यार ही नहीं करता था, नहीं तो एक अदना गहना क्या नहीं दे सकता था?"

चन्द्रमुखी एक बार और मन ही मन हंस उठी। फिर शान्त–गम्भीर स्वर में बोली, "हूं, खाक गहना! तब क्या मालूम था कि मामूली सिर–दर्द पर हंसते हुए जान दी जा सकती है! तब न तो सीता–सावित्री की वेदना समझती थी, न ही यकीन आता था जगाई–मघाई की बात। अच्छा देवदास, इस दुनिया में सबकुछ सम्भव है न?"

देवदास कुछ भी नहीं कह सका। हत्बुद्धि जैसा टुकुर–टुकुर कुछ क्षण देखता रहा और बोला, "मैं चलूं..."

"घबराहट कैसी? ज़रा देर और बैठो। मैं तुम्हें अब मोहकर नहीं रखना चाहती। वह समय अपना लद गया। अब तो तुम मुझसे जितनी घृणा करते हो, उतनी घृणा मैं तुमसे करती हूं। मगर एक बात कहूं, तुम शादी क्यों नहीं कर लेते?"

अब देवदास ने निःश्वास छोड़ा। हल्का हंसकर बोला, "चाहिए तो, मगर जी नहीं चाहता।"

"नहीं चाहता है तो भी करो। बच्चों को देखने से भी बड़ी शान्ति मिलेगी। फिर मुझे भी एक अवलम्ब होगा। तुम्हारे यहां नौकरानी–सी रहकर भी सुख के दिन बिता सकूंगी।"

हंसकर देवदास ने कहा, "अच्छा, उस समय तुम्हें बुला लूंगा।"

चन्द्रमुखी ने उसका हंसना नहीं देखा। कहा, "देवदास! एक बात जानने को जी चाहता है।"

"कौन–सी बात?"

"तुमने इतनी देर तक मुझसे बात क्यों की?"

"क्यों, कोई कसूर हुआ?"

"सो नहीं कह सकती, लेकिन नई बात ज़रूर है! जब तक शराब के

नशे में धुत नहीं बन जाते थे, कभी मेरी शक्ल देखते भी नहीं थे तुम!"

देवदास ने उसके इस सवाल का जवाब न देकर उदास भाव से कहा, "अभी मुझे शराब छूनी भी नहीं चाहिए–मेरे पिता की मृत्यु हुई है।"

चन्द्रमुखी करुण आंखों से देर तक उसे देखकर बोली, "उसके बाद फिर पीओगे?"

"कह नहीं सकता।"

चन्द्रमुखी ने उसके हाथों को ज़रा खींचकर अश्रु–आकुल स्वर में कहा, "बने तो छोड़ देना–नाहक यह क़ीमती जान मत गंवाना।"

देवदास अचानक उठ खड़ा हुआ। बोला, "अच्छा, मैं चला। जहां भी रहो, ख़बर देना और कभी कुछ ज़रूरत पड़े तो मुझसे संकोच मत करना।"

चन्द्रमुखी ने उसे प्रणाम किया। चरणों की धूल ली। कहा, "आशीर्वाद दो, मैं सुखी हो सकूं। और एक बात, ईश्वर न करे, मगर कभी दासी की ज़रूरत हो, तो मुझे याद करना।"

"अच्छा!"

देवदास चला गया। चन्द्रमुखी हाथ जोड़कर रोती हुई बोली, "ईश्वर, एक बार और भेंट हो!"

दो साल के क़रीब हुए–महेन्द्र की शादी करके पार्वती बहुत कुछ निश्चिन्त हुई। जलदबाला बुद्धिमति और काम–काज में कुशल थी। पार्वती के बदले गिरस्ती का बहुत–सा काम वही करती। पार्वती ने अब दूसरी तरफ़ ध्यान दिया। शादी को पांच साल हो गए उसके कोई सन्तान न हुई। चूंकि अपनी कोई सन्तान नहीं, इसीलिए दूसरों के बाल–बच्चों के प्रति उसे बड़ा खिंचाव था। गरीब–गुरबों की तो दूर, जिन्हें कुछ ठौर–ठिकाना न था, ऐसों के बाल–बच्चों का भी ज़्यादा ख़र्च–वर्च वही उठाती। इसके सिवा ठाकुरवाड़ी का काम, साधु–संन्यासियों की सेवा–टहल, अन्धे–अपाहिजों की सेवा–जतन में उसका समय कटता। पति को प्रेरित करके उसने और एक अतिथिशाला खुलवाई। वहां बेघरबार ओर बेसहारों को जगह मिलती, उनका खाना–ख़र्च ज़मीदार के यहां से चलता। एक और काम वह बहुत छिपाकर करती थी। पति को भी नहीं जानने देती। ग़रीब परिवारों को चुपचाप रुपये–पैसे

की मदद किया करती थी। यह उसका निजी ख़र्च था। पति से हर महीने उसे जो मिला करता था, वह सारा इसी में ख़र्चती। ख़र्च चाहे जैसा भी हो, सदर कचहरी के गुमाश्ता–मुनीमों से छिपा न रहता। वे आपस में टीका–टिप्पणी करते रहते। नौकरानियां चुपचाप सुनकर आतीं कि ख़र्च आजकल दूने से भी ज्यादा हो गया है। ख़ज़ाना ख़ाली हो गया–फूटी पाई नहीं जमती। फ़िज़ूलख़र्ची बढ़ने से दास–दासियों को मानो मार्मिक दुःख होता। जलद ने उनकी ज़बानी यह सब सुना। एक दिन उसने अपने पति से कहा, "तुम क्या इस घर के कोई नहीं होते हो?"

महेन्द्र ने कहा, "क्यों, सो तो कहो।"

स्त्री ने कहा, "दास–दासियां देखती हैं, तुम नहीं देख पाते। ससुर के तो नई स्त्री अन्तः प्राण है, वे तो कुछ कह नहीं सकते, तुम्हें कहना चाहिए।"

जलदबाला गम्भीर होकर पति को सलाह देने लगी, "नई मां के न तो है बाल न बच्चा। उन्हें भला घर–गिरस्ती की क्या फ़िक्र हो! सब तो फूंक दिया, दिखाई नहीं पड़ता?"

भवें सिकोड़कर महेन्द्र ने कहा, "कैसे?"

जलद ने कहा, "आंखें होतीं तुम्हें, तो देखते। ख़र्च दूना बढ़ गया है। सदाबरत दान–खरौत, साधु–फकीर। यह तो कहो, वे तो अपना परलोक सुधार रही हैं, मगर हमें तो बाल–बच्चे होंगे, उनका गुज़ारा कैसे होगा? अपनी चीज़ों को खैरात करके आख़िर भीख मांगेगे?"

महेन्द्र बिछावन पर उठ बैठा, "यह सब किसके बारे में कह रही हो तुम? छोटी मां के?"

जलद बोली, "हाय री, मेरी फूटी क़िस्मत! यह खोलकर भी कहने की ज़रूरत है?"

महेन्द्र बोला "ओः, जभी तुम मां पर नालिश करने आई हो!"

जलद ने दुःखी होकर कहा, "नालिश–मुक़दमे की मुझे कोई गरज़ नहीं–अन्दर की बात कानों तक पहुंचा दी, वरना आख़िर में मुझे ही दोष देते।"

महेन्द्र बड़ी देर तक चुप रहा, फिर बोला, "तुम्हारे मैके में रोज़ हंडी नहीं चढ़ पाती, तुम्हें क्या पता कि ज़मींदार के घर का ख़र्च क्या होता हैं।"

अब जलद को भी गुस्सा आ गया। बोली, "तुम्हारी मां के मैके में ही कै अतिथिशालाएं खुली हैं?"

महेन्द्र ने वाद–विवाद नहीं बढ़ाया। चुप खड़ा रहा। सुबह वह पार्वती के सामने जाकर बोला, "यह क्या ब्याह कराया तुमने मां, इसके साथ तो निभना ही मुश्किल है। मैं कलकत्ता चल देता हूं।"

पार्वती अवाक होकर बोली, "ऐसा क्या बेटे?"

"तुम लोगों को भला–बुरा कहती रहती है। मैं उसे छोड़ देता हूं।"

पार्वती कुछ दिनों से बहू के आचरण को देखती रही थी। लेकिन अपने मनोभावों को ज़ब्त करके बोली, "ऐसा नहीं कहते बेटा, वह तो बड़ी भली बिटिया है मेरी!" उसके बाद उसने एकान्त में जलद को बुलाया। बोली, "बहू आपस में झंडप हो गई है, क्यों?"

जलद सुबह से ही पति के कलकत्ता जाने की तैयारी देख–देखकर डर गई थी। सास ने जो कहा, सो रो पड़ी। बोली, "कसूर मेरा ही है मां लेकिन नौकरानियां ही ख़र्च के बारे में लगाती रहती हैं।"

पार्वती ने सारा क़िस्सा सुना। शरमाई बहू की आंखें अपने आंचल से पोंछती हुई बोली, "तुमने ठीक कहा है बहू, असल में मैं वैसी पक्की दुनियादार नहीं हूं। ख़र्च की बात मुझे याद न थी।"

उसके बाद महेन्द्र को बुलाकर कहा, "बेटे बिना कसूर के यो नाराज़ नहीं होते। तुम पति हो, तुम्हारे मंगल के लिए तुम्हारी पत्नी को बाक़ी सारा कुछ तुच्छ लगना वाजिब है। बहू लक्ष्मी है।"

परन्तु उसी दिन से पार्वती ने हाथ समेट लिया। अतिथिशाला और ठाकुरवाड़ी की सेवा–टहल कम हो गई–अनाथ अन्धे, फकीर लोट जाने लगे। मालिक को ख़बर हुई। उन्होंने पार्वती से कहा, "नई बहू, लक्ष्मी का भंडार कम हो गया क्या?"

पार्वती ने हंसकर कहा, "सिर्फ़ देने ही देने से काम तो नहीं चलता, कुछ दिन संजोना भी ज़रूरी है। देख नहीं रहे हो, ख़र्च किस तरह बढ़ गया है?"

"सो बढ़े। अपने अब दिन ही क्या हैं? कुछ सत्कर्म करके परलोक की चिन्ता करना ज़रूरी है।"

पार्वती हंसकर बोली, "यह तो बड़े ख़ुदगर्ज़ जैसी बात हुई। अपनी ही फ़िक्र करते रहें और बाल–बच्चे बेपनाह हो जाएं? कुछ दिन ऐसे ही रहो, फिर सब किया जाएगा। काम तो ख़त्म नहीं हो जाता।'

सो चौधरी बाबू चुप हो रहे।

पार्वती का काम इधर कम हो आया, लिहाजा चिन्ता कुछ बढ़ गई। लेकिन चिन्ता का भी एक रूप होता है। जिसे उम्मीद होती है, वह और तरह से सोचता है; जिसे उम्मीद नहीं रह जाती, वह और तरह से पहले प्रकार की चिन्ता में सजीवता होती है, सुख होता है, तृप्ति होती है, दुःख होता है, उत्कंठा होती है, इसीलिए वह आदमी को थका देती है, ज्यादा देर सोचा नहीं जा सकता; परन्तु नाउम्मीद को न सुख, न दुःख, न उत्कंठा होती है; पर तृप्ति नहीं होती है। इसमें आंखों में आंसू भी बहते हैं, गहराई भी होती है, लेकिन रोज़ नए सिरे से जिगर को नहीं कुरेदती! हल्के बादलों–सी जहां–तहां उड़ती चलती है। जहां हवा के झोंके नहीं लगते, वहां ठहरती है; जहां लगते हैं, वहां से खिसक पड़ती है। तन्मय की उद्वेगहीन चिन्ता में एक सार्थकता होती है। पार्वती का इन दिनों ठीक यही हाल था। पूजा–पाठ पर बैठती कि उसका चंचल, लक्ष्यहीन, उदास मन झट ताल सोनापुर बांसों के झुरमुट, आम के बगीचे, पोखरे के बांध आदि का चक्कर काट आता। फिर यह ऐसी किसी जगह दुबक जाता कि पार्वती अपने को ही ढूंढ़कर निकाल नहीं पाती। पहले शायद होंठ के एक कोने में मुस्कुराहट थिरक गई थी, अब आंसू की कोई बूंद टप से पंचपात्र के पानी में चू पड़ती। दिन फिर भी कट जाते। कोई अन्नपूर्णा लक्ष्मी कहते, तो कोई अनमनी उदासिनी; लेकिन कल सुबह से उसमें एक और ही तरह का परिवर्तन दिखाई पड़ा–कुछ तीखा–सा, कुछ सख्त। उस भरी–पूरी गंगा में अचानक कहां से तो भाटे का खिंचाब आ गया। घर के और किसी को खाक भी पता नहीं, केवल हम लोग ही जानते है। गांव से कल मनोरमा ने एक पत्र भेजा है। लिखा है :

> पार्वती, ज़माने से हमने एक–दूसरे को पत्र नहीं लिखा है। कसूर दोनों का है। मेरा ख़याल है, इसका हम लोग कोई निपटारा कर लें। अपना–अपना कसूर कबूल करके रंजिश को कम कर लें। मैं लेकिन बड़ी हूं, सो मैं ही खता माने लेती हूं। आशा है, शीघ्र जवाब दोगी। हम गिरस्त घर की औरतें सेहत के भले–बुरे का वैसा कुछ नहीं समझतीं। कोई मरता है तो कहती हैं, गंगा–लाभ हुआ; और जिन्दे को कहती हैं, सकुशल है। इसलिए यह कहूं कि मैं अच्छी हूं। ख़ैर, यह तो अपनी बात हुई। बेकार की बात काम की बात जो ख़ास कुछ है, सो नहीं

मगर एक समाचार देने को बड़ा जी चाहता है। कल मैं सोचती रही, न लिखूं। लिखने से तुम्हें गम होगा। मगर बिना लिखे ही चैन नहीं–मारीच की दशा समझो। देवदास की बात सुनकर तों तुम्हें दुःख होगा ही, पर तुम्हारी सोचकर मैं भी तो रोए बिना नहीं रह सकती। गनीमत कहो कि भगवान ने बचाया, नहीं तो उसके हाथों पड़ने पर तुम जैसी स्वाभिमानिनी या तो नदी में डूब मरती या ज़हर खा लेती। उसके रवैये चाहे आज, चाहे कल सुनने ही हैं। जिसे सारी दुनिया जानती है, उसका छिपाना क्या?

छः–सात दिन हुए, वह यहां आया है। शायद मालूम हो तुम्हें, उसकी मां–काशीवास करने लगी हैं, आप वह कलकत्ता रहता है। घर वह महज़ भाई से झंझट करने और रुपया झींटने आया है। मैंने सुना, बीच–बीच में वह इसी तरह आता रहता है। जब तक रुपये की जुगत नहीं लगती, रहता है; रुपये मिलते ही चला जाता है।

पिता को गुज़रे ढाई साल हुए मगर तुम्हें सुनकर ताज्जुब होगा, इसी अरसे में वह अपनी आधी जायदाद फूंक चुका। द्विजदास हिसाबी आदमी है, किसी तरह मौरूसी जायदाद को अपने कब्ज़े में रखा है, वरना कब का लोग लूट खाते (शराब और वेश्या के पीछे तबाह हो रहा है। कौन बचाए उसे? एक यम ही बचा सकता है। उसको भी शायद ज़्यादा देर नहीं–अच्छा यही है कि उसने शादी नहीं की।)

हाय–हाय! तकलीफ होती है! वह सोने–सा रंग, वह रूप, वह श्री, कुछ न रहा, वह मानो दूसरा ही कोई हो! रूखे बाल हवा में उड़ते हैं, आंखें गढ़ों में धंस गई हैं–नाक चेहरे पर कटार–सी खड़ी है। कैसा घिनौना–सा लगता है, क्या बताऊं। देखकर घिन होती है, डर लगता है। तमाम दिन हाथ में बन्दूक लिए नदी–किनारे, पोखरे के बांध पर चिड़ियां मारता फिरता है और जब सिर चकराने लगता है तो बांध के उस बेर के नीचे सिर झुकाए बैठा रहता है। सांझ को घर लौटकर शराब पीता है–रात को सोता है, या चक्कर काटता है, भगवान जाने।

उस दिन शाम को पानी के लिए नदी पर गई थी। देखा, हाथ में बन्दूक लिए देवदास उदास–सा जा रहा है। मुझे पहचाना। पास आकर खड़ा हुआ। मेरे तो डर के मारे देवता कूच करने लगे। घाट पर न आदमी

और न आदमजाद, मैं तो उस दिन मानों अपने में न थी। भगवान ने बचाया, उसने कोई शरारत न की। छेड़छाड़ न की। निरीह भलेमानस-सा बोला, 'मनो, अच्छी तो हो बहन?'

मैं करती क्या, डरते हुए सिर हिलाकर कहा, 'हूं।'

उसके बाद उसने एक लम्बी उसांस ली और कहा, 'सुखी रहो। तुम लोगों को देखकर बड़ी खुशी होती है।' फिर धीरे-धीरे चला गया। गिरते-पड़ते में भागी। गनीमत कि कलाई-वलाई नहीं थामी उसने। ख़ैर, रहने भी दो। उस बदचलन की लिखूं तो इस पत्र में पूरा न पड़ेगा।

तुम्हें मैंने दुःखाया क्यों? अब भी अगर उसे भूल न सकी होगी तो दुःख तो ज़रूर होगा, मगर उपाय क्या होगा? और इसकी वजह से अगर तुम्हारे चरणों कसूर बन पड़ा हो, तो अपनी मनो दीदी को माफ़ करना।

चिट्ठी कल आई थी। आज उसने महेन्द्र को बुलाकर कहा, "दो पालकियां और बत्तीस कहार ठीक करो, मैं तुरन्त ताल सोनापुर जाऊंगी।"

आश्चर्य से महेन्द्र ने पूछा, "पालकी-कहार तो ख़ैर आएगा, लेकिन दो क्यों?"

पार्वती ने कहा, "तुम साथ चलोगे बेटे, राह में कहीं मर जाऊं तो मुखाग्नि के लिए बड़े बेटे की ज़रूरत होगी।"

महेन्द्र ने और कुछ नहीं कहा, पालकी आई। वे चल दिए। चौधरी बाबू ने सुना तो परेशान हो गए। पूछा-ताछा। कारण कोई न बता सका। सो अपनी अक्ल लगाकर उन्होंने और भी पांच दरबान, नौकर-चाकर भेज दिए।

एक सिपाही ने कहा, "अगर रास्ते में मिलें, तो पालकी को वापस लोटा लाएंगे?"

सोच-विचारकर वे बोले, "नहीं-नहीं, तुम लोग साथ जाना; देखना कोई आफत न आए।"

शाम को पालकी ताल सोनापुर पहुंची, मगर देवदास नहीं था, वह दोपहर को ही कलकत्ता जा चुका था।

सिर पीटकर पार्वती बोली, "हाय री तकदीर!" उसने मनोरमा से भेंट की। मनोरमा ने पूछा, "देवदास को देखने के लिए आई थीं क्या पारू?"

पार्वती ने कहा, "नहीं अपने साथ लिवा जाने को आई थी। यहां उसका

अपना तो कोई है नहीं।"

मनोरमा अवाक हो गई। बोली, "अरे, शर्म नहीं आती?"

"शर्म किससे? अपनी चीज़ आप ले जाऊंगी, इसमें शर्म कैसी?"

"राम–राम! यह कैसी बात, नाता–गोता में भी तो कोई नहीं लगता, ऐसा मत कहो।"

पार्वती मन्द हंसकर बोली, "मनो दीदी, होश आने के समय से जो बात कलेजे में गड़ी है, कभी–कभी वह ज़बान पर आ ही जाती है। तुम बहन हो, जभी सुना पाई!"

दूसरे दिन सवेरे मां–बाप को प्रणाम करके पार्वती फिर पालकी पर सवार हो गई।

दो साल से चन्द्रमुखी अश्वथझूरी गांव में रह रही थी। एक छोटी–सी नदी के किनारे कुछ ऊंची जगह पर साफ़–सुथरे कमरे, जंगल में एक चलिया, चलिए में एक तन्दुरुस्त काली गाय बंधी। दो कमरों में से एक में रसोई–भंडार था, दूसरे में वह सोती थी। आगंन झकमक, रमा बागदी की लड़की रोज़ लीप जाया करती। चारों तरफ़ रेंड के पौधों का घेरा, बीच में एक बेर का पेड़ और एक ओर तुलसी का बिरवा। सामने नदी का घाट–मजूरों से खजूर का पेड़ कटवाकर बनवा लिया था। उसके सिवाय इस घाट का व्यवहार और कोई नहीं करता था। बरसात में नदी के दोनों किनारे छलक पड़ते। चन्द्रमुखी के घर तक पानी चढ़ आता। घबराकर गांव के लोग फावड़े लिए दौड़ आते। माटी डालकर ऊंचा कर देते। गांव में भले लोगों का निवास न था; चासा, ग्वाला, बागदी, दो घर तेली और गांव के आखिर में दो–एक घर मोची। यहां आने पर चन्द्रमुखी ने देवदास को ख़बर भेजी थी। जवाब में उसने और कुछ रुपये भेज दिए। ये रुपये चन्द्रमुखी ने गांववालों को दिए। दुःख कर्ज–विपद में लोग आप आते। रुपये ले जाते। चन्द्रमुखी सूद नहीं लेती। बदले में लोग आप उसे साग–सब्ज़ी, फल–फूल पहुंचा जाया करते। मूल के लिए भी लोगों के नाक में दम नहीं करती। जिससे नहीं बनता, नहीं देता।

हंसकर कहती, "अब तुझे कभी नहीं दूंगी।"

वह आदमी झुककर कहता, "आशीर्वाद दो मालकिन, इस बार जिससे

अच्छी फसल हो।"

चन्द्रमुखी भला मानती। फिर वहां फसल अच्छी नहीं होती, लगान के रुपयों की ताकीदें आतीं–फिर आकर लोग गिड़गिड़ाते–वह फिर रुपये देती। मन ही मन हंसकर कहती, 'वे जिएं, रुपये की मुझे क्या कमी पड़ी है!'

लेकिन वे हैं कहां? छः महीने के करीब हुए, उनकी कोई ख़बर उसे नहीं मिली। चिट्ठी भेजने पर जवाब नहीं आता, रजिस्ट्री भेजने पर लौट आती है। अपने घर के पास चन्द्रमुखी ने एक ग्वाले का घर बसा लिया था; उसे हल–बैल ले दिया था। वह सारा परिवार उसका आश्रित और आज्ञाकारी था। एक दिन सुबह भैरव ग्वाले को बुलाकर चन्द्रमुखी ने पूछा, "तुम्हें मालूम है, ताल सोनपुर यहां से कितनी दूर है?"

भैरव ने ज़रा सोचकर कहा, "जी, दो बैहार के बाद ही कचहरी पड़ती है।"

चन्द्रमुखी ने पूछा, "वहां ज़मींदार रहते होंगे?"

भैरव ने कहा, "जी, वे इलाके–भर के ज़मींदार हैं। यह गांव भी उन्हीं का है। तीन साल हुए वे स्वर्ग सिधार गए। महीना–भर सारी प्रजा वहां पूड़ी–मिठाई खाती रही थी। अब उनके दो लड़के हैं–बड़े भारी राजा हैं।"

चन्द्रमुखी बोली, "तुम मुझे वहां ले चल सकते हो?"

भैरव बोला, "क्यों नहीं, जब जी चाहे, चलिए।"

उत्सुक होकर चन्द्रमुखी बोली, "फिर आज ही क्यों न चलें?"

भैरव ने अचरज से कहा, "आज ही!" फिर चन्द्रमुखी की तरफ़ ताककर बोला, "तो फिर मांजी, आप पका–चुका लें, मैं भी थोड़े मुरमुरे बांध लूं।"

चन्द्रमुखी बोली, "मैं अब खाना नहीं खाऊंगी। तुम मुरमुरे ले लो।"

भैरव घर गया। कुछ मुरमुरे और गुड़ अपनी चादर में बांधकर कन्धे पर रखा। एक लाठी हाथ में लिए तुरन्त ही लौटा, बोला, "चलिए, लेकिन आप कुछ खाएंगी नहीं?"

चन्द्रमुखी बोली, "नहीं, मेरा पूजा–पाठ भी नहीं हो सका। वक़्त मिला तो वहीं जाकर करूंगी।"

भैरव आगे–आगे राह दिखाता चला, पीछे–पीछे खेतों की मेंड़ों पर होकर बड़ी मुसीबत से चन्द्रमुखी चलने लगी। अनभ्यस्त कोमल पांव लहूलुहान हो

गए–तीखी धूप से चेहरा लाल हो गया। खान–पान भी नदारद, तो भी बैहार पार करती चली। खेतिहर ताज्जुब से उसकी ओर देखते रहे।

चन्द्रमुखी लाल कोर की एक साड़ी पहने थी, हाथ में दो चूड़ियां, कपाल तक घूघंट; सारा बदन बिछावन की मोटी चार से ढंका। चक्का अस्त होने में देर न थी, जब वे दोनों गांव में पहुंचे। चन्द्रमुखी ज़रा हंसकर बोली, "भैरव, तुम्हारा दो बैहार अब पार हुआ है?"

भैरव इस मज़ाक को समझ नहीं सका। बोला, "मां जी आ पहुंचे अब। लेकिन आपका यह आराम–तलब शरीर आज ही क्या लौटकर चल सकेगा।"

चन्द्रमुखी मन ही मन बोली, 'आज क्या, कल भी शायद ही इतना चलते बने।' ज़ाहिर में बोली, "अच्छा गाड़ी नहीं मिल सकती है क्या?"

भैरव ने कहा, "क्यों नहीं, बैलगाड़ी तय करूं?"

गाड़ी ठीक करने का आदेश देकर चन्द्रमुखी ज़मींदार के यहां गई।

भैरव गाड़ी की खोज में और तरफ गया। अन्दर बरामदे पर बड़ी बहू (मौजूदा ज़मीदार–पत्नी) बैठी थीं! एक नौकरानी चन्द्रमुखी को वहीं ले गई। दोनों ने दोनों को देखा।

चन्द्रमुखी ने नमस्कार किया। बड़ी बहू के बदन पर गहनों का अन्त नहीं। आंख के कोने से अंहकार फूटा पड़ रहा था। पान और मिस्सी से दांत और होंठ काले हो गए थे। एक तरफ का गाल फूला हुआ, शायद पान–तम्बाकू से भरा था। सिर के बाल कुछ इस तरह बंधे थे कि जूड़ा सिर की फुनगी पर पहुंच गया। दोनों कानों में छोटे–बड़े बीस–तीस गहने। नाक में एक तरफ़ कील, दूसरी ओर एक बड़ा–सा छेद। सास के ज़माने में शायद नथ पहनती हों।

चन्द्रमुखी ने देखा, बड़ी बहू का शरीर ख़ासा मोटा–मोटा, चिकना, श्याम रंग, तिरती–सी आंखें, गोल–गोल चेहरा...पहनावे में काली कोर की एक साड़ी, क़ीमती अंगिया–वही देखकर चन्द्रमुखी को घृणा हुई। और बड़ी बहू ने देखा, चन्द्रमुखी की उम्र हो आई थी, मगर अंगों में रूप समा न रहा हो जैसे। दोनों एक ही उम्र की थीं, पर मन में बड़ी बहू ने इसे स्वीकार नहीं किया। इस गांव में पार्वती के सिवा इतनी ख़ूबसूरती उन्होंने और किसी में नहीं देखी थी। अचरज से पूछा, "तुम?"

चन्द्रमुखी ने कहा, "मैं आपकी एक रैयत हूं। लगान बाक़ी रह गया था,

देने आई हूं।"

बड़ी बहू मन ही मन ख़ुश हुईं। बोलीं, "तो यहां क्यों आई? कचहरी में जाओ।"

चन्द्रमुखी ने मीठा हंसकर कहा, "जी, ग़रीब-गुरबा हूं, लगान की पाई-पाई तो चुका नहीं सकूंगी। मैंने सुना है, आप बड़ी दयावन्त हैं, सो आपके ही पास आई। कुछ माफ़ कर दीजिए।"

अपनी जिन्दगी में बड़ी बहू ने इस तरह की बात पहली बार सुनी कि उनमें दया है, वे लगान माफ़ कर सकती हैं-फिर क्या था, चन्द्रमुखी उनकी प्रियपात्री बन गई। बड़ी बहू ने कहा, "पूछो मत, रोज़ मुझे ऐसी छूट कितनी देनी पड़ती है, कितने लोग आकर मेरे आगे रोते-गिड़गिड़ाते हैं। मुझसे नाहीं नहीं की जाती-इसके लिए मालिक जाने कितना बिगड़ते हैं मुझ पर। ख़ैर तुम पर कितना बाकी है?"

"ज़्यादा नहीं मां जी, बस, दो रुपये। अपने लिए तो यही मानो पहाड़ है। इसी के लिए इतनी दूर चलकर आई हूं।"

बड़ी बहू ने कहा, "अहा-हा, बड़ी ग़रीब हो, दया करना ही उचित है। अरी ओ बिन्दु इसे बाहर लिवा जा, दीवानजी से मेरा नाम लेकर कहना इसे दो रुपये की माफी दे दें। हां, तुम्हारा घर कहां है भला?"

चन्द्रमुखी बोली, "आपकी ही ज़मीदारी में अश्वथझूरी गांव। अच्छा मां जी, अब तो मालिक दो पट्टीदार हैं न?"

बड़ी बहू बोलीं, "खोटा नसीब, छोटे पट्टीदार अब हैं क्या, कुछ ही दिनों में सारा कुछ मेरा हो ही जाएगा।"

चन्द्रमुखी ने उतावली-सी होकर पूछा, "क्यों भला मांजी, छोटे बाबू पर कर्ज-वर्ज़ बहुत है क्या?"

हल्का हंसकर बड़ी बहू ने कहा, "सब मेरे पास गिरवी हैं। देवरजी की पूछो मत। शराब और रंडी-इसमें डूबे पड़े हैं। कलकत्ता कितने रुपये फूंके, कोई हद-हिसाब है!"

चन्द्रमुखी का चेहरा फीका हो गया। ज़रा रुककर बोली, "तो क्या छोटे बाबू घर भी नहीं आते?"

बड़ी बहू बोलीं, "आते क्यों नहीं, रुपयों की जब ज़रूरत पड़ती है, आते हैं, क़र्ज़ लेते हैं, जायदाद बेचते हैं, और चले जाते हैं। यही दो महीने पहले

आकर बारह हज़ार रुपये ले गए। बचने का भी ठिकाना नहीं–सर्वांग में घिनौना रोग–छि:"

चन्द्रमुखी सिहर उठी। मुरझाई–सी पूछा, "कलकत्ता में वे कहां रहते हैं?"

कपाल पर हथेली पटककर बड़ी बहू ने कहा, "हाय रे नसीब! खाक किसी को पता है? जाने कहां किस होटल में खाते है, जिसके–तिसके यहां पड़े रहते हैं–यह वही जानते हैं या उनका यम जानता है।"

चन्द्रमुखी अचानक उठ खड़ी हुई, "अच्छा, मैं चलती हूं।" बड़ी बहू को ज़रा अचरज हुआ। बोलीं, "जा रही हो? अरी बिन्दु..."

चन्द्रमुखी ने टोका, "रहने दीजिए, मां जी, मैं अकेली ही चली जाऊंगी..." और वह धीरे–धीरे निकल गई। बाहर जाकर देखा, भैरव उसका इंतज़ार कर रहा है, गाड़ी तैयार है। उसी रात चन्द्रमुखी घर पहुंच गई। सवेरे फिर भैरव को बुलवाया और कहा, "भैरव, आज मैं कलकत्ता जाऊंगी। तुम तो जा नहीं सकोगे, तुम्हारे लड़के को साथ लिवा जाती हूं, कैसा?"

"तुम्हारी मर्जी। मगर कलकत्ता क्यों? कोई ज़रूरी काम है?"

"हां, ज़रूरी काम है।"

"लौटेंगी कब तक?"

"यह नहीं कह सकती। जल्द भी लोट सकती हूं, देरी भी हो सकती है। और कहीं आ ही न सकूं, तो यह घर–द्वार सब तुम्हारा।"

भैरव पहले तो अवाक हो गया, फिर उसकी आंखें छलछला आईं। बोला, "यह कैसी बात कह रही हैं! आप न लौटेंगी, तो गांव के लोग ज़िन्दा जो न रहेंगे।"

गीली आंखों मुस्कुराकर चन्द्रमुखी बोली, "मैं तो महज दो साल हुए, यहां आई हूं। मेरे आने से पहले तुम लोग ज़िन्दा नहीं रहे थे?"

बेवकूफ भैरव इसका उत्तर नहीं दे पाया। चन्द्रमुखी ने लेकिन हृदय में सब–कुछ समझा। भैरव का बेटा केवला साथ चल रहा था। ज़रूरी सामान गाड़ी में लद रहे थे। चन्द्रमुखी गाड़ी पर सवार होने लगी, तो टोले के स्त्री–पुरुष जमा होकर रोने लगे। चन्द्रमुखी भी आंसू न रोक सकी। कलकत्ता! देवदास की बात न होती तो वहां रानी बनने को भी वह इतने स्नेह को ठुकराकर न जा सकती थी।

दूसरे दिन वह क्षेत्रमणि के यहां पहुंची। जिस घर में वह पहले रहती थी, उसमें और कोई रहने लगी थी। देखकर क्षेत्रमणि अवाक रह गई, "दीदी! अब तक कहां थीं?"

सच्ची बात छिपाकर उसने कहा, "इलाहाबाद में।"

क्षेत्रमणि ने एड़ी से चोटी तक उस पर ग़ौर किया और पूछा, "तुम्हारे गहने क्या हो गए?"

हंसकर संक्षेप में उसने जवाब दिया, "सब हैं।"

उसने उसी रोज़ मोदी से भेंट की। पूछा, "दयाल, कितना पावना हुआ मेरा?"

दयाल ज़रा मुसीबत में पड़ा। बोला, "साठ सत्तर के क़रीब। आज नहीं तो दो दिन में दूंगा।"

"देना-वेना कुछ न होगा। मेरा एक काम कर दोगे?" "कौन-सा काम?"

"बस, दो दिन की दौड़-धूप? इसी मुहल्ले में एक मकान ले दो।" दयाल ने हंसकर कहा, "समझ गया।"

"अच्छा-सा मकान। खासा बिछावन, तकिया, चादर, बत्ती, तस्वीर, दो कुर्सियां, एक मेज-समझा?"

दयाल ने सिर हिलाया।

"आइना, कंघी, दो रंगीन कपड़े, अंगिया-और गिल्लट के अच्छे गहने कहां मिलेंगे, कह सकते हो?"

दयाल ने पता बताया।

चन्द्रमुखी बोली, "एक सेट गहना भी लेना है। साथ चलकर में पसन्द कर लूंगी। तुम्हें तो मालूम ही है-हम सबको जो चाहिए। एक नौकरानी भी ठीक करनी है।"

दयाल ने पूछा, "कब तक?"

"जितनी जल्दी हो सके। दो ही तीन दिन में हो जाए तो अच्छा।" चन्द्रमुखी ने उसे सौ का नोट देकर कहा, "चींज़े अच्छी लेना, सस्ती नहीं।"

तीसरे दिन वह नए कमरे में चली गई। दिन-भर वह केवला के साथ अपनी पसन्द के मुताबिक़ कमरे को सजाती रही और सांझ से पहले ख़ुद सिंगार करने बैठी। साबुन से मुंह धोकर पाउडर लगाया, पांव में महावर लगाया,

पान खाकर होंठ रंगे। उसके बाद गहने पहने, अंगिया पहनकर साड़ी बांधी। जमाने के बाद जूड़ा बांधकर टीका लगाया। आइने में शक्ल देखकर हंसती हुई मन ही मन बोली, "खोटी किस्मत में जाने और भी क्या है!"

गंवई गांव का केवला, यह गज़ब का सिंगार, साज–सामान देखकर डर गया। बोला "यह सबक्या दीदी!"

चन्द्रमुखी होंठ दबाकर हंसी। कहा, "केवला आज मेरा दूल्हा आएगा।"

केवला ठक–सा देखता रहा।

सांझ के बाद क्षेत्रमणि आई, "दीदी, यह फिर क्या?"

चन्द्रमुखी दबी हंसी हंसकर बोली, "फिर चाहिए तो सब?"

क्षेत्रमणि ज़रा देर तक चुप रहकर बोली, "तुम्हारी जितनी ही उम्र बढ़ती जाती है, रूप भी उतना ही बढ़ता जाता है!"

क्षेत्रमणि चली गई। बहुत दिनों के बाद फिर पहले की तरह चन्द्रमुखी खिड़की पर बैठी निर्निमेष दृष्टि से रास्ते की ओर देखती रही। यही काम था, यहां यही करने आई थी वह। जब तक रहना है, यही करना है। कोई नया आदमी आना चाहता, दरवाज़े पर धक्का देता। अन्दर से जैसे कंठस्थ हो, ऐसे केवलराम कहता, "यहां नहीं।"

कभी कोई पुराने जाने–चीन्हे आ जाते। चन्द्रमुखी उन्हें बिठलाती। हंसकर बातें करती। देवदास के बारे में पूछती–ताछती। कोई कुछ बता नहीं पाते। फिर उन्हें विदा कर देती। काफी रात होने पर खुद ही निकल पड़ती। मुहल्ले में इस–उस घर की खाक छानती। छिपकर दरवाज़े में कान लगाए अन्दर की बातचीत सुना करती; बहुत तरह की बातें होती रहतीं, पर वह जो सुनना चाहती थी, वह सुनने को न मिलता–कोई मुंह छिपाए बिल्कुल उसके सामने आ धमकता–छूने को हाथ बढ़ाता–चन्द्रमुखी झट खिसक पड़ती। दोपहर को पुरानी साथिनों के घर जाती। बातों–बातें में पूछती, "देवदास को जानती हो?"

वे पूछतीं, "कौन देवदास?"

चन्द्रमुखी उत्सुक होकर हुलिया बताती, "गोरा रंग घुंघराले बाल, माथे पर बाईं तरफ़ को एक काला–सा निशान, काफ़ी धनी आदमी, बेहिसाब रुपये उड़ाता है–जानती हो कोई?"

कोई नहीं बता पाती। लाचार, निराश, उदास हो लौट जाती। काफी रात तक जागकर रास्ते की ओर देखती रहती। नींद आती तो खीज उठती–यह

क्या तुम्हारे सोने का समय है? इस तरह एक महीना बीत गया। केवलराम भी परेशान हो उठा। चन्द्रमुखी को ख़ुद भी ऐसा सन्देह होने लगा कि शायद वह यहां नहीं है; तो भी आसरे पर देवता से प्रार्थना करती हुई दिन बिताने लगी।

कलकत्ता आए डेढ़ महीना बीता। आज रात भाग्य उस पर प्रसन्न हुआ। रात के ग्यारह बजे थे। हताश होकर लौटी जा रही थी कि देखा, एक घर के सामने कोई आप ही आप क्या तो बोल रहा था। चन्द्रमुखी का कलेजा धड़क उठा। यह तो पहचानी आवाज़ है। करोड़ों में भी चन्द्रमुखी उस स्वर को पहचान लेती। जगह अंधेरी थी, फिर नशे में चूर वह आदमी औंधा पड़ा था। चन्द्रमुखी ने आकर उसके बदन पर हाथ रखा, "कौन हो, इस तरह पड़े हो?"

वह आदमी सस्वर बोल उठी, "मन का मीत कहां रे मनवा.."

चन्द्रमुखी को अब सन्देह न रहा। पुकारा, "देवदास!"

देवदास ने उसी ढंग से कहा, "हूं..."

"यहां क्यों पड़े हो, घर चलो।"

"नहीं, ठीक ही हूं।"

"थोड़ी–सी पिओगे!"

"पिऊंगा।" कहकर उसने चन्द्रमुखी को जकड़ लिया। कहा, "ऐसी कौन–सी हमदर्द हो तुम?"

चन्द्रमुखी की आंखों में आंसू बहने लगे। देवदास मुश्किल से लड़खड़ाता हुआ उसकी गर्दन पकड़कर किसी तरह खड़ा हुआ। कुछ देर उसकी ओर देखकर बोला "वाह, माल तो खासा है।"

रोने में हंसी लगाकर चन्द्रमुखी ने कहा, "हां माल तो ख़ासा है; अभी मेरे कन्धे का सहारा लेकर ज़रा आगे तो बढ़ो–कोई गाड़ी चाहिए न?"

"गाड़ी बेशक चाहिए।" चलते–चलते देवदास ने लड़खड़ाते स्वर में कहा, "सुन्दरी, तुम मुझको पहचानती हो?"

चन्द्रमुखी ने कहा, "पहचानती हूं।"

देवदास कुछ गा उठा। गाड़ी पर सवार हो चन्द्रमुखी के कन्धे से टिककर घर पहुंचा। दरवाज़े के पास जाकर रुका। जेब में हाथ डालकर कहा, "ऐ ख़ूबसूरत बला, ले तो आई मुझे, मगर जेब तो ख़ाली पड़ी है।"

चन्द्रमुखी ने चुपचाप खींचकर बिस्तर पर सुलाते हुए कहा, "सो रहो।"

देवदास ने उसी तरह लड़खड़ाते स्वर में कहा, "कोई मनसूबा है? कह तो दिया, जेब ख़ाली है। कोई आशा नहीं। समझ गई सुन्दरी!"

सुन्दरी समझ गई थी। कहा, "कल दे देना।"

देवदास बोला, "इतना एतबार तो ठीक नहीं–इरादा क्या है, साफ़–साफ़ बताओ।"

चन्द्रमुखी ने कहा, "कल कहूंगी।" वह बग़ल के कमरे में चली गई।

देवदास की सुबह नींद टूटी तो देर हो चुकी थी। कमरे में कोई न था।

चन्द्रमुखी नहाकर नीचे रसोई में जुट गई थी। देवदास ने गौर किया, वह इस कमरे में पहले कभी नहीं आया। कमरे की एक भी चीज़ को वह नहीं पहचान सका। रात की कोई बात याद नहीं आई, याद आई सिर्फ़ किसी की आन्तरिक सेवा। बड़े स्नेह–जतन से किसी ने उसे लाकर सुलाया था। इतने में चन्द्रमुखी अन्दर आई। रात को साज़–पोशाक उसकी थी, उसे बहुत कुछ बदल दिया था। गहने ज़रूर थे, पर रंगीन साड़ी, कपाल पर का टीका मुंह में पान की लाली–यह सबकुछ न था। वह निहायत ही मामूली कपड़े पहने थी। उसे देखकर देवदास हंस उठा, "कहां से लूट लाई मुझे?"

चन्द्रमुखी ने कहा, "लूटा तो नहीं, राह से उठा लाई सिर्फ़?"

देवदास एकाएक गम्भीर हो उठा। बोला, "ख़ैर वह तो हुआ, मगर यह फिर क्या शुरू हो गया? कब आई? गहने तो बेशुमार देख रहा हूं–किसने दिए?

चन्द्रमुखी उसे तीखी नज़र से देखती हुई बोली, "फिर!"

देवदास ने हंसकर कहा, "नहीं–नहीं, वह नहीं–मज़ाक़ करना भी गुनाह हो गया। कब आईं?"

चन्द्रमुखी ने कहा, "डेढ़ महीना हुआ।"

देवदास ने मन ही मन जाने क्या हिसाब लगाया। फिर बोला, "मेरे यहां से लौटने के बाद ही वहां आईं?"

चन्द्रमुखी विस्मित होकर बोली, "मैं तुम्हारे घर गई थी, यह कैसे मालूम हुआ?"

देवदास ने कहा, "तुम्हारे जाने के बाद ही मैं घर गया था। नौकरानी से जो तुम्हें मालकिन के पास ले गई थी, पता चला, कल अश्वथझूरी गांव

से एक औरत आई थी–बड़ी हसीन थी। समझने में बाक़ी क्या रहा? ख़ैर, इतने गहने फिर क्यों बनवा लिए?"

चन्द्रमुखी बोली, "बनवाए नहीं, ये गहने गिल्लट के हैं, यहीं आकर खरीदे। सोच देखो, तुम्हारे लिए मुझे नाहक ही कितना ख़र्च करना पड़ा और कल तुम मुझको पहचान भी न सके।"

देवदास हंसा। बोला, "बिल्कुल नहीं पहचान सका, लेकिन सेवा को पहचान गया। बहुत बार जी में आया–अपनी चन्द्रमुखी के सिवा इतना जतन कौन करेगी?"

मारे ख़ुशी के चन्द्रमुखी का रोने को जी चाहने लगा। कुछ देर चुप रहकर पूछा, "देवदास, अब तुम मुझसे उतनी नफ़रत नहीं करते, क्यों?"

देवदास ने कहा, "नहीं, बल्कि प्यार करता हूं।"

दोपहर को नहाते समय चन्द्रमुखी ने देवदास के पेट पर फलालेन का एक टुकड़ा बंधा देखा। डरकर उसने पूछा, "यह फलालेन क्यों बांध रखा है?"

देवदास ने कहा, "पेट में थोड़ा–थोड़ा दर्द होता रहता है–तुम ऐसा क्यों कर रही हो?"

चन्द्रमुखी ने अपना सिर पीट लिया, "आफ़त तो नहीं मोल ले ली–दर्द लीवर में तो नहीं हुआ?"

देवदास ने हंसकर कहा, "शायद वहीं हुआ है चन्द्रमुखी! डॉक्टर ने देर तक जांच करके उस दिन यही शुबहा किया। दवा दी और कहा कि काफ़ी सावधानी न रखी गई तो बड़ा ख़तरा हो सकता है।" मतलब दोनों ने समझा। घर ख़बर भेजकर धर्मदास को बुलवाया गया, इलाज के लिए बैंक से रुपये निकाले गए। दो दिन तो ऐसे ही कटे, लेकिन तीसरे दिन उसे बुखार हो आया।

चन्द्रमुखी को पास बुलाकर देवदास ने कहा, "बड़े मौक़े से आ गई थीं, नहीं तो शायद भेंट भी न होती।"

हाथ बांधकर प्रार्थना की, "भगवान, आज इतना काम आ सकूंगी मैं, ख्वाब में भी उम्मीद न की थी; मगर देवदास को चंगा कर दो।"

लगभग एक महीना देवदास खाट पर पड़ा रहा–उसके बाद धीरे–धीरे चंगा होने लगा। बीमारी इतनी सख्त न हो पाई थी।

देवदास ने एक दिन कहा, "चन्द्रमुखी, तुम्हारा नाम बड़ा लम्बा है। पुकारने में असुविधा होती है। चाहता हूं, उसे ज़रा छोटा कर दूं।"

चन्द्रमुखी बोली, "हर्ज़ क्या है, कर दो।"

"तो आज से तुम्हें बहू कहा करूंगा।"

चन्द्रमुखी हंस उठी, "ख़ैर, कहा मान लिया, लेकिन कुछ मतलब तो निकलना चाहिए।"

"सभी बात का मतलब होता है क्या?"

"चाहते हो तो कहा करो, लेकिन आख़िर ऐसी चाह क्यों? यह भी नहीं कहोगे?"

"नहीं! कभी इसका कारण भी मत पूछना।"

चन्द्रमुखी ने सिर हिलाकर कहा, "ख़ैर, वैसा ही होगा।"

देवदास कुछ देर तक चुप रहकर अचानक गम्भीर स्वर में पूछ बैठा, "अच्छा बहू, तुम मेरी होती कौन हो कि ऐसे तन-मन से मेरी सेवा कर रही हो?"

चन्द्रमुखी न तो लजीली बहू थी, न बोलने में अकुशल बालिका-उस पर आंखें रोपकर स्नेह-भीगे स्वर में बोली, "तुम मेरे सर्वस्व हो, यह क्या आज तक नहीं समझ सके हो?"

देवदास दीवार को ताक रहा था। उसी तरह नज़र किए बोला, "समझ तो गया हूं, पर वैसी ख़ुशी नहीं होती। पार्वती को कितना चाहता हूं मैं, वह मुझे कितना चाहती है, फिर भी दुःख का अन्त नहीं। काफ़ी ग़म उठाने के बाद तय किया था कि अब कभी इस फन्दे में नहीं पड़ूंगा। पड़ना चाह भी नहीं रहा था-लेकिन तुमने ऐसा क्यों किया? ज़बर्दस्ती मुझको क्यों बांधा?" और ज़रा देर चुप रहकर फिर बोला, "बहू, तुम भी शायद पार्वती जैसी ही तकलीफ़ पाओगी।"

मुंह पर आंचल रखे चन्द्रमुखी बिस्तर के एक किनारे बैठी रही।

देवदास फिर धीमे-धीमे कहने लगा, "तुम दोनों में कितना फ़र्क़ है, फिर भी कितनी समता! एक है स्वाभिमानी, उद्धत-दूसरी कितनी शान्त, कितनी संयमी। वह कुछ भी बर्दाश्त नहीं कर सकती, और तुम्हारी सहनशक्ति की हद! उसका नाम कितना है, कितनी बड़ाई, और तुम्हारी कितनी बदनामी! उसे सब प्यार करते हैं, तुम्हें कोई नहीं। मगर मैं करता हूं, बेशक़ करता हूं प्यार!" देवदास ने एक भारी निःश्वास छोड़कर फिर कहा, "पाप-पुण्य का विचार करनेवाले जाने तुम्हारा क्या फ़ैसला करेंगे; लेकिन मौत के बाद फिर कहीं मिलना

हुआ तो मैं तुमसे दूर हर्गिज़ न रह सकूंगा।"

चन्द्रमुखी ने रो-रोकर अपनी छाती भिगो ली। मन ही मन प्रार्थना करने लगी, कभी किसी जन्म में अगर इस पापिन का प्रायश्चित्त हो, तो हे भगवान, मुझे यही पुरस्कार देना।

दो महीने बीते। देवदास नीरोग तो हो गया पर सेहत नहीं सुधरी। जलवायु बदलना जरूरी था। कल कहीं पश्चिम जाने की तैयारी थी। साथ में केवल धर्मदास जाएगा।

चन्द्रमुखी निहोरा करने लगी, "एक दासी भी तो चाहिए, मुझे साथ चलने दो।"

देवदास बोला, "राम कहो, और चाहे जो भी करूं, इतना बड़ा बेहया नहीं बन सकता।"

चन्द्रमुखी बिल्कुल मौन हो गई। नासमझ तो थी नहीं, सब समझ गई। और जो भी हो चाहे, इस इतनी बड़ी दुनिया में उसका कोई आदर नहीं। उसके साथ रहने से देवदास को सुख मिलेगा, सेवा मिलेगी-सम्मान हर्गिज न मिलेगा। आंखें पोंठकर बोली-"फिर कब भेंट होगी?"

देवदास ने कहा, "यह तो नहीं कह सकता, मगर जीते जी तुमको भूलूंगा नहीं, तुम्हें देखने की प्यास मिटेगी नहीं।"

प्रणाम करके चन्द्रमुखी हट गई। मन ही मन बोली-मेरे लिए यही बहुत है। इससे ज़्यादा की आशा नहीं करती।

जाते समय देवदास ने चन्द्रमुखी को और दो हज़ार रुपये दिए; कहा, "इन्हें रख लो। मनुष्य के शरीर का क्या ठिकाना! आख़िर को मझधार में डूबोगी?"

चन्द्रमुखी ने इसे भी समझा, इसलिए हाथ फैलाकर रुपये ले लिए। आंसू पोंछती हुई बोली, "लेकिन एक बात बताते जाओ।"

देवदास बोला, "क्या?"

चन्द्रमुखी बोली, "बड़ी बहू ने बताया था, तुम्हारे बदन में घिनौना रोग हुआ है-सही है यह?"

सुनकर देवदास दुःखी हुआ। बोला, "बड़ी बहू सब कह सकती हैं-अगर वैसा होता तो तुमसे छिपा रहता? मेरी कौन-सी बात तुम्हें मालूम नहीं? इस विषय में तो तुम पार्वती से भी बड़ी हो।"

चन्द्रमुखी ने आंसू पोंछकर कहा, "जान में जान आई–फिर भी एहतियात रखना। एक तो तुम्हारी सेहत अच्छी नहीं, देखना, इस पर कभी गलती न कर बैठना।" जवाब में देवदास सिर्फ हंसकर रह गया, बोला नहीं।

चन्द्रमुखी बोली, "एक और भीख–तबीयत ज़रा भी ख़राब हो तो मुझे ख़बर दोगे, कहो?"

उसकी ओर देखते हुए सिर हिलाकर देवदांस ने कहा, "जरूर दूंगा बहू!"

चन्द्रमुखी ने फिर उसे प्रणाम किया और रोती हुई दूसरे कमरे में चली गई।

कलकत्ता छोड़ने के बाद 'इलाहाबाद' में रहते समय एक दिन अचानक देवदास ने चन्द्रमुखी को चिट्ठी दी थी–"बहू, सोचा था, अब कभी प्यार न करूंगा। एक तो प्यार करके नाकामयाबी ही सबसे बड़ी यातना है, उसके बाद फिर से प्यार करने जैसी विडम्बना दुनिया में दूसरी नहीं।"

जवाब में चन्द्रमुखी ने क्या लिखा था, इसकी ज़रूरत नहीं; लेकिन इस समय देवदास को केवल यही लग रहा था–एक बार आ जाती वह!

और तुरन्त फिर जी में आता–रहने भी दो–कभी पार्वती को मालूम पड़ जाए तो! इस तरह कभी पार्वती, चन्द्रमुखी उसके हृदय–राज में वास कर रही थीं। कभी–कभी उसके हृदय–पद में अगल–बग़ल दोनों मुखड़े तिर आते थे–मानो दोनों में कितना मेल है।

मन में दोनों पास–पास विराजती थीं। कभी एकाएक उसे ऐसा लगता, मानो दोनों सो गई हैं। ऐसे वक़्त उसका हृदय इतना खोखला हो उठता कि उसमें एक निर्जीव असन्तोष की झूठी प्रतिध्वनि ही चक्कर काटा करती। उसके बाद देवदास लाहौर चला गया। पता लगा वहां चुन्नीलाल काम करता है। वह उससे मिलने गया। एक जमाने के बाद उसने शराब को छुआ। चन्द्रमुखी याद आ गई–उसने मना कर रखा था। लगा, कितनी बुद्धि है उसे! कितनी शान्त, और स्नेह कितना है! पार्वती अब सो गई थी, सिर्फ़ बुझते दीये की लौ–सी कभी–कभी जल उठती थी। लेकिन लाहौर की जलवायु उसके लिए मुफीद न हुई। जब–तब तबीयत खराब होने लगी। लगा, पेट में फिर से दर्द रहने

लगा। रुआंसा–सा होकर धर्मदास ने कहा, "देवता, तुम्हारी तन्दुरुस्ती बिगड़ रही है, यहां से और कहीं चलो।"

देवदास ने अन्यमनस्क की नाईं कहा, "चलो, चलें।"

डेरे पर देवदास शराब लगभग नहीं पीता। कभी–कभी चुन्नीलाल के आने पर पीता, कभी बाहर चला जाता। रात बीतने को होती तो वापस आता या कभी लौटता ही नहीं। दो दिन हो गए, वह गायब रहा। धर्मदास रोता रहा, न खाया न पिया। तीसरे दिन देवदास बुखार के साथ घर लौटा। खाट पकड़ी सो पकड़ी, उठ नहीं सका। तीन–चार डाक्टरों का इलाज चलने लगा।

धर्मदास ने पूछा, "देवता, मां को ख़बर भेजूं काशी?"

झट देवदास ने कहा, "राम–राम! अपना यह मुंह भला मां को दिखा सकता हूं मैं?"

धर्मदास ने टोका, "रोग–शोक तो सभी को होता है, इससे क्या! इतनी भारी मुसीबत मां से छिपाने की है! शर्म की बात नहीं, तुम काशी चलो।"

मुंह फेरकर देवदास ने कहा, "नहीं–नहीं, धर्मदास, ऐसी हालत में मैं उनके पास नहीं जा सकता। अच्छा हो लूं, फिर जाऊंगा।"

एक बार धर्मदास के जी में आया कि चन्द्रमुखी का नाम ले, लेकिन वह खुद उससे इतनी घृणा करता था कि उसकी शक्ल याद आते ही चुप रह गया।

देवदास को भी बहुत बार ऐसा ख़याल आया, लेकिन कुछ भी कहने की इच्छा नहीं होती थी, लिहाज़ा किसी का आना न हुआ। उसके बाद काफ़ी दिनों वह धीरे–धीरे अच्छा होने लगा। एक दिन वह उठ बैठा। बोला, "चलो धर्मदास, और कहीं चलें।"

"और कहीं चलना बेकार है भाई, या तो घर चलो या मां के पास।"

सरो–सामान बंधा, देवदास ने चुन्नीलाल से विदाई ली और फिर इलाहाबाद पहुंचा। तबीयत पहले से काफ़ी ठीक थी। कुछ दिन वहां रहने के बाद एक दिन धर्मदास से उसने कहा, "किसी नई जगह चलें तो कैसा रहे? बम्बई में कभी नहीं गया, चलोगे?"

धर्मदास की इच्छा न थी पर उसका आग्रह देखकर राज़ी हो गया। जेठ का महीना बम्बई में वैसी गर्मी नहीं! वहां जाकर देवदास बहुत कुछ चंगा हो गया।

धर्मदास ने पूछा, "अब घर चलें तो कैसा रहे?"

देवदास ने कहा, "नहीं, यहीं ठीक हूं। यहीं और कुछ दिन रहूंगा।"

एक साल गुज़र गया। भादों के महीने में एक दिन सवेरे धर्मदास के कन्धे का सहारा लेकर देवदास बंबई के अस्पताल से गाड़ी पर आ बैठा। धर्मदास ने कहा, "देवता, मेरा कहा मानो, मां के पास चलना ठीक होगा।"

देवदास की दोनों आंखें छलछला उठीं। इधर कई दिनों से मां की बेतरह याद आ रही थी। अस्पताल में पड़े–पड़े जब–तब यही सोचता रहा, दुनिया में उसके सब हैं, मगर कोई नहीं। मां हैं, बड़े भाई हैं, बहन से भी बढ़कर पार्वती है, चन्द्रमुखी भी है; उसके सभी हैं, पर वह किसी का नहीं। धर्मदास भी रो रहा था। बोला, "भैया, मां के पास जाना ही तय रहा?"

गर्दन फेरकर देवदास ने आंसू पोंछे। कहा, "नहीं धर्मदास, मां को मुंह दिखाने को जी नहीं चाहता, शायद अपना वह समय अभी भी नहीं पहुंचा।"

बूढ़ा धर्मदास फूट–फूटकर रो पड़ा, "भैया, अभी तो मां जिन्दा है!"

इस बात में कितना कुछ ज़ाहिर हुआ, हृदय में दोनों ने अनुभव किया। देवदास की हालत बदतर हो गई थी। पेट में प्लीहा–लीवर, ऊपर से बुखार और खांसी। देह स्याह हो गई थी। शरीर में हडिडयां ही शेष रह गई थीं, आंखें एकबारगी धंस गई थीं, सिर्फ़ एक अस्वाभाविक चमक से झकमका रही थीं। माथे के बाल रूखे और छिछले, चाहें तो गिन लिए जाएं। हाथ की अंगुलियां देखकर घृणा होती–एक तो दुबली, फिर घिनौने रोग के दाग पड़े। स्टेशन पहुंचकर धर्मदास ने देवदास से पूछा, "कहां का टिकट कटाऊं।"

सोच–विचारकर देवदास बोला, "चलो, घर चलें, फिर देखा जाएगा।" गाड़ी का वक़्त हो गया तो वे हुगली का टिकट लकर सवार हुए। धर्मदास उसके पास ही रहा। शाम होते–होते आंखों में लेहर के साथ देवदास को बुखार आ गया। उसने धर्मदास से कहा, "लगता है, अब तो घर पहुंचना भी मुश्किल है धर्मदास!"

भयभीत धर्मदास ने पूछा, "क्यों भैया?"

हंसने की कोशिश करते हुए देवदास ने कहा, "फिर जो बुखार आ गया।"

गाड़ी काशी से निकल गई, तब तक देवदास बुखार से बेहोश पड़ा रहा। पटना के आसपास उसे होश आया। बोला, "धर्मदास, सच ही मां के पास

तक पहुंचना नसीब न हो सका।"

धर्मदास ने कहा, "अच्छा, हम पटना उतर पड़ें और डाक्टर को दिखाएं।"

देवदास ने कहा, "रहने दो, घर ही चलें।"

गाड़ी जब पंडुआ स्टेशन पर पहुंची, सवेरा हो रहा था। सारी रात बारिश होती रही; अब थम गई। देवदास उठकर खड़ा हुआ। धर्मदास नीचे सो रहा था। देवदास ने हल्के-हल्के उसके ललाट का स्पर्श किया, शर्म से उसे जगा न सका। उसके बाद दरवाज़ा खोलकर धीरे-धीरे उतर पड़ा। गाड़ी सोए हुए धर्मदास को लेकर चली गई। थरथराते हुए। देवदास स्टेशन से बाहर आया। एक बग्घीवाले से पूछा, "भैया हाथीपोता पहुंचा सकोगे?"

उसने एक बार उसे देखा, एक बार इधर-उधर। फिर बोला, "जी नहीं बाबूजी, रास्ता ठीक नहीं है। इस बरसात में बग्घी वहां नहीं जा सकेगी।"

परेशान होकर देवदास ने पूछा, "पालकी मिल जाएगी।"

गाड़ीवान ने कहा, "जी नहीं।"

आशंका से देवदास बैठ गया, "तो क्या जाना नहीं नसीब होगा?" उसके चेहरे पर अन्तिम दशा गाढ़ी तरह से अंकित थी-कोई अन्धा भी पढ़ पाता।

गाड़ीवान ने गलकर पूछा, "बाबूजी, कोई बैलगाड़ी तय कर दूं?"

देवदास ने पूछा, "कितनी देर में ले जाएगी?"

गाड़ीवान ने कहा, "रास्ता ठीक नहीं है हुजूर, शायद दो दिन लग जाएंगे?"

देवदास अपने मन में विचारने लगा-दो दिन तक जी जाऊंगा तो? लेकिन पार्वती के पास जो जाना ही पड़ेगा! उसे बहुत दिनों की बहुत-बहुत मिथ्या, बहुत-से मिथ्या आचरण याद आए। लेकिन अन्तिम दिन के लिए वचन को रखना ही पड़ेगा। चाहे जैसे हो, उसे अन्तिम दर्शन देना ही है। लेकिन ज़िन्दगी की मियाद जो बाक़ी नहीं! यही तो डर है।

बैलगाड़ी पर बैठते ही मां की याद से उसकी आंखों से बेताब आंसू बहने लगे। जीवन के शेष क्षणों में एक और स्नेह-कोमल मुखड़ा अत्यन्त पवित्र-सा होकर दिखाई पड़ा-यह मुखड़ा था चन्द्रमुखी का! जिसे पापिन कहकर वह सदा घृणा करता रहा, उसको अपनी जननी के बराबर गौरव-सहित फूट पड़ते देख उसकी आंखों से आंसू झरने लगे। इस जीवन में उससे फिर भेंट नहीं हो सकी। शायद् बहुत दिनों तक उसे इसकी ख़बर भी न मिल सकेगी,

लेकिन तो भी पार्वती के पास जाना पड़ेगा। देवदास ने प्रतिज्ञा की थी–एक बार भेंट ज़रूर करेगा। अपनी वह प्रतिज्ञा पूरी करनी ही पड़ेगी। रास्ता अच्छा नहीं था। कहीं तो बरसात का पानी जम गया था, कहीं रास्ता ही टूट गया था–कीचड़ ही कीचड़। बैलगाड़ी चली। कहीं उतरकर पहिए ठेलने की नौबत आई, कहीं बेरहम होकर बैलों को मारना पड़ा। जैसे भी हो, सोलह कोस की दूरी तय करनी ही थी। ठंडी हवा के अविराम झोंके। आज की शाम को ज़ोरों का बुखार आ गया। उसने डरकर पूछा, "भाई गाड़ीवान, और कितनी दूर है?"

गाड़ीवान ने कहा, "अभी भी आठ–दस कोस है।"

"जल्दी पहुंचा भैया, तुझे काफ़ी रुपये दूंगा।" जेब में सौ रुपये का एक नोट था। उसको दिखाकर बोला, "एक सो रुपये दूंगा, पहुंचा।"

उसके बाद कैसे और किधर से सारी रात निकली देवदास को कुछ मालूम नहीं। बेबस, बेहोश पड़ा रहा। सुबह होश में आया तो बोला, "क्यों भैया, और कितनी दूर? यह राह दई–मारी क्या ख़त्म नहीं होगी?"

गाड़ीवान बोला, "अभी छ: कोस हैं।"

उसांस भरकर देवदास ने कहा, "जल्दी–जल्दी चल भैया, अब समय जो नहीं है।"

गाड़ीवान ने कुछ समझा नहीं, लेकिन हौसले से बैलों को पीटता और गाली–गलौज करता हुआ चलता रहा। गाड़ी जी–जान से बढ़ रही थी और अन्दर देवदास छटपटा रहा था। उसे बार–बार इसकी तड़प हो रही थी–भेंट तो होगी; पहुंच तो जाऊंगा? दोपहर को गाड़ीवान ने गाड़ी रोकी। बैलों को चारा दिया। ख़ुद खाया और फिर गाड़ी पर बैठा। पूछा, "बाबू, आप कुछ नहीं खाओगे?" "नहीं भैया। हां, प्यास जोरों की लगी है। थोड़ा पानी पिलाओगे?"

बग़ल के तालाब से उसने पानी ला दिया। आज शाम के बाद बुखार के साथ देवदास की नाक से टप–टप लहू चूने लगा। जी–जान से उसने नाक को दबाया, फिर लगा कि दांत के बग़ल से भी जहरीला लहू निकल रहा है सांस लेने–छोड़ने में भी कष्ट महसूस हुआ। हांफते हुए पूछा, "और कितनी दूर है भैया?"

गाड़ीवान बोला, "बस, दो कोस और। रात के दस बजे तक पहुंच जाऊंगा।"

देवदास ने बड़ी मुश्किल से सिर उठाकर रास्ते की तरफ़ ताकते हुए

उसांस भरकर पार्वती ने कहा, "हाय–हाय, कौन था, यह भी नहीं मालूम हो सका!"

नौकरानी बोली, "महेन्द्र बाबू को सब मालूम है, मैं सब नहीं जानती।"

महेन्द्र को बुलवाया। उसने आकर बताया, "तुम्हारे गांव का देवदास मुखर्जी था।"

पार्वती महेन्द्र के बहुत क़रीब खिसक आई। तीखी नज़र से ताकते हुए पूछा, "देव भैया! तुमने कैसे जाना?"

"जेब में दो चिट्ठियां थीं; एक द्विजदास मुखर्जी ने लिखी थी..."

पार्वती ने बाधा देकर कहा, "हां, उनके बड़े भाई हैं।"

"और दूसरी काशी की हरिमतीदेवी ने लिखी थी..."

"हां, उनकी मां हैं।"

"हाथ में नाम गुदा हुआ था..."

"हां, शुरू–शुरू में जब कलकत्ता गए थे, लिखवाया था।"

"नीले नग की अंगूठी..."

"जनेऊ के समय बड़े चाचा ने दी थी। मैं जाती हूं–" कहते–कहते पार्वती दौड़कर उतर गई।

"महेन्द्र हतबुद्धि–सा बोल उठा, "मां, कहां चलीं?"

"देव भैया के पास।"

"वे तो अब हैं नहीं, डोम उठा ले गए।"

"नहीं रे, नहीं!" वह रोती हुई दौड़ पड़ी।

दौड़कर महेन्द्र उसके सामने आया और रोकते हुए बोला, "पागल तो नहीं हो गईं मां! कहां जाओगी?"

पार्वती ने तेज़ दृष्टि से महेन्द्र को घूरा। बोली, "महेन्द्र, तुमने क्या मुझे पागल समझा है? छोड़ो, राह छोड़ दो।"

उसकी नज़र देखकर महेन्द्र ने राह छोड़ दी और चुपचाप पीछे–पीछे चला। पार्वती बाहर निकल गई। बाहर नायब–गुमाश्ते उस समय काम कर रहे थे। उन लोगों ने नज़र उठाकर देखा। चौधरी बाबू ने चश्मे के ऊपर से देखते हुए पूछा, "वह कौन जा रही है?"

महेन्द्र ने कहा, "छोटी मां।"

"क्यों, कहां जा रही है?"

महेन्द्र ने कहा, "देवदास को देखने।"

भुवन चौधरी चीख़ उठे, "तुम सबके सब पगले हो गए क्या? पकड़, पकड़, पकड़ ला उसे।"

और नौकर–नौकरानी पार्वती की मूर्च्छित देह को खींच अन्दर ले गए। दूसरे दिन उसकी मूर्च्छा टूटी, लेकिन वह कुछ न बोली। एक नौकरानी से सिर्फ इतना पूछा, "रात में वे आए थे न? सारी रात..."

उसके बाद चुप रह गई।

अब, इतने दिनों में पार्वती का क्या हाल हुआ, कैसी है वह, नहीं जानता। खोज–पूछ को जी नहीं चाहता। सिर्फ़ देवदास के लिए बड़ा अफसोस होता है।

आप लोग जो भी इस कहानी को पढ़ेंगे, हम–से ही ग़मगीन होंगे। तो भी कभी अगर देवदास जैसे बदनसीब, असंयमी और पापी से परिचय हो तो उसके लिए प्रार्थना कीजिएगा। प्रार्थना कीजिएगा कि और चाहे जो भी हो, उसके जैसी मौत किसी की न हो। मरने का कोई गम नहीं, लेकिन कोई स्नेह–स्पर्श उस समय उसके ललाट तक पहुंचे–एक भी करुणा–विगलित, स्नेहमय मुखड़ा देखते हुए इस जीवन का अन्त हो। मरते वक़्त जिससे वह किसी की आंख में आंसू की एक बुंद देखकर मर सके।

कहानियां

मन्दिर

एक गांव में नदी के किनारे कुम्हारों के दो घर थे। उनका काम था नदी में से मिट्टी उठाकर सांचे में ढालकर खिलौने बनाना और हाट में ले जाकर उन्हें बेच आना। हमेशा से उनके यहां यही काम होता आया है और इसी से उनके ओढ़ने–पहरने, खाने–पीने आदि की गुज़र होती रही है। औरतें भी काम करती हैं; पानी भरती हैं, रसोई बनाकर पति–पुत्र आदि को खिलाती हैं और आवां ठंडा होने पर उसमें से पके खिलौने निकाल–निकालकर उन्हे आंचल सें झाड़–पोंछकर चित्रित करने के लिए मरदों के आगे रख दिया करती हैं।

शक्तिनाथ ने इन्हीं कुम्हार–परिवारों के बीच आकर अपने लिए एक स्थान बना लिया था। यह रोगक्लिष्ट ब्राह्मणकुमार अपने बन्धु–बान्धव, खेल–कूद, पढ़ना–लिखना–सबकुछ छोड़–छाड़कर, एक दिन सहसा इन मिट्टी के खिलौनों पर झुक पड़ा। वह खपची की छुरी धो देता, सांचे के भीतर से मिट्टी साफ़ कर देता और उत्कंठित और असन्तुष्ट चित्त से देखता रहता कि खिलौनों का चित्रांकन कैसी असावधानी से हुआ करता हैं। स्याही से खिलौनों की भौंहें, आंखें, होंठ आदि अंकित कर दिए जाते थे; किसी की भौंहें मोटी हो जातीं तो किसी की आधी ही बनतीं, किसी के होंठ के नीचे स्याही का दाग लग जाता तो किसी के कुछ। शक्तिनाथ अधीर उत्सुकता के साथ प्रार्थना करता, "सरकार भइया, ऐसी लापरवाही से क्यों रंग रहे हो?" सरकार भइया, यानी कारीगर, स्नेह के साथ हंसता हुआ जवाब देता, "महाराजजी, अच्छी तरह रंगने में पैसे लगते हैं, उतना देता कौन है, बोलो? एक पैसे का खिलौना चार पैसे में तो नहीं बिकेगा?"

इस सहज बात की काफ़ी आलोचना करने पर भी शक्तिनाथ सिर्फ़ आधी ही बात समझ सका। एक पैसे का खिलौना ठीक एक ही पैसे में बिकेगा, चाहे उसकी भौंहें पूरी हों, या आधी ही हों! दोनों आंखें समान, असमान, चाहें जैसी हों वही एक पैसा! फिजूल कौन इतनी मेहनत करे? खिलौने खरीदेंगे लड़के,–दो घड़ी उससे प्यार करेंगे, सुलाएंगे, गोद में लेंगे,–उसके बाद तोड़–फोड़कर फेंक देंगे,–बस यही तो?

शक्तिनाथ घर से सवेरे जो मूड़ी[1]–मुड़की[2] धोती में बांध लाया था, उसका कुछ हिस्सा अब भी बंधा हुआ है। उसको खोलकर बहुत ही अनमना–सा होकर चबाते–चबाते और बखेरते–बखेरते वह अपने टूटे–फूटे मकान के आंगन में आ खड़ा हुआ। घर में कोई नहीं था। भग्न–स्वास्थ्य वृद्ध पिता जमींदार के यहां मदनमोहन भगवान की पूजा करने गए थे। वहां से वे भीजे अरवा चावल, केले, मूली आदि चढ़ाया हुआ नैवेद्य बांध लाएंगे, उसके बाद रांधकर पुत्र को खिलाएंगे। घर का आंगन कुन्द, कनेर और हरसिंगार के पेड़ों से भरा हुआ है। गृहलक्ष्मी–हीन मकान में चारों तरफ़ जंगल दिखाई देता है, किसी तरह का सिलसिला नहीं, किसी चीज़ में सजावट नहीं। वृद्ध भट्टाचार्य मधुसूदन किसी तरह दिन काटते हैं! शक्तिनाथ फूल तोड़ता, डालें हिलाता और पत्तियां नोंचता हुआ सारे आंगन में अन्यमनस्क भाव से घूमने–फिरने लगता।

रोज़ सवेरे शक्तिनाथ कुम्हारों के घर जाया करता है। आजकल उसे खिलौनों पर रंग चढ़ाने का अधिकार मिल गया है। उसका सरकार भइया बड़े जतन के साथ सबसे अच्छा खिलौना छांटके उसके हाथ में देता और कहता, "लो महाराजजी, इसे तुम रंगो।" महाराजजी दोपहर तक उसी खिलौने को रंगते रहते। शायद खूब अच्छा रंगा जाता; फिर भी एक पैसे से ज़्यादा कोई नहीं देता। परन्तु सरकार भइया घर आकर कहता, "महाराजजी का रंगा हुआ खिलौना दो पैसे में बिका!"–सुनकर शक्तिनाथ मारे खुशी के फूले नहीं समाता।

इस गांव के जमींदार कायस्थ हैं। देव–द्विज पर उनकी भक्ति बहुत ही बढ़ी–चढ़ी है। गृह–देवता मदनमोहन की प्रतिमा कसौटी की है; पास ही

1. भूने हुए नमकीन चावल 2. गुड़ में पगी खीलें।

सुवर्णरंजित श्री राधा हैं,–अतिशय ऊंचे मन्दिर में रौप्य–सिंहासन पर उन्हीं के द्वारा प्रतिष्ठित। वृन्दावन–लीला के कितने ही अपूर्व सुन्दर चित्र दीवारों पर सुशोभित हैं, ऊपर कीमखाब का चन्दोवा है जिसके बीच में सैकड़ों शाखावाला झाड़ लटक रहा है। एक तरफ़ संगमरमर की वेदी पर पूजा की सामग्री सजी हुई है, और नित्यनिवेदित पुष्प–चन्दन के घन–सौरभ से मन्दिर–भर सुरभित हो रहा है। शायद स्वर्गमुख और सौन्दर्य की याद दिलाने के लिए ये पुष्प और यह सुगन्ध पूजा का प्रथम उपचार बने हुए हैं, और उनकी सुकोमल सुरभि ने वायु के स्तर–स्तर में संचित होकर इस मन्दिर की वायु को निविड़ बना रखा है।

बहुत दिनों की बात कह रहा हूं। जमींदार राजनारायण बाबू ने जब प्रौढ़ता की सीमा में पांव रखते ही पहले–पहल समझा कि इस जीवन की छाया क्रमशः दीर्घ और अस्पष्ट होती आ रही है, जिस दिन सवेरे पहले–पहल समझा कि इस जमींदारी और धन–ऐश्वर्य के भोग की मियाद प्रतिदिन घटती ही जा रही है, पहले–पहल जिस दिन मन्दिर के एक ओर खड़े–खड़े उन्होंने आंखों से अनुताप के आंसू बहाए–मैं उसी दिन की बात कह रहा हूं। तब उनकी एकमात्र सन्तान कन्या अपर्णा पांच वर्ष की बालिका थी। पिता के पैरों के पास खड़ी होकर एकाग्रचित्त से देखा करती, मधुसूदन भट्टाचार्य मन्दिर के उस काले खिलौने को चन्दन से चर्चित कर रहे हैं, फूलों से सिंहासन वेष्टित कर रहे हैं और उसकी स्निग्ध सुगन्ध आशीर्वाद की भांति मानो उसे स्पर्श करती फिरती है। उसी दिन से प्रतिदिन वह बालिका सन्ध्या के बाद अपने पिता के साथ देवता की आरती देखने आया करती और मंगलोत्सव के बीच में वह अकारण ही विभोर होकर देखती रह जाती।

धीरे–धीरे अपर्णा बड़ी होने लगी। हिन्दू घराने की लड़की जिस ईश्वर की धारणा हृदयगंम किया करती है, वह भी वैसे ही करने लगी। इस मन्दिर को पिता की अत्यन्त आदर की सामग्री जानकर उसे वह अपने ही हृदय–शोणित के समान समझने लगी, और अपने प्रत्येक काम और खेलकूद में यही बात प्रमाणित करने लगी। दिन–भर उसी मन्दिर के आसपास बनी रहती, और एक भी सूखी घास का तिनका या सूखा फूल मन्दिर के भीतर

पड़ा रहने देना उसे सहन नहीं होता। एक बूंद पानी कहीं गिर गया तो उसे वह अपने आंचल से पोंछ देती। राजनारायण बाबू की देव–निष्ठा को लोग ज़्यादती समझते थे, परन्तु अपर्णा की देव–सेवा परायणता उस सीमा को भी अतिक्रम करने लगी। पुराने पुष्पपात्र में अब फूल नहीं समाते,–दूसरा एक बड़ा मंगाया गया है। चन्दन की पुरानी कटोरी बदल दी गई है। भोज्य और नैवेद्य का परिणाम पहले से बहुत बढ़ गया है। यहां तक कि नित्य नूतन नाना प्रकार की पूजा का आयोजन और उसकी निर्दोष व्यवस्था के झंझट में पड़कर वृद्ध पुरोहित तक घबरा उठे हैं। ज़मींदार राजनारायण बाबू यह सब देख–सुनकर भक्ति और स्नेह से गद्गद कंठ से कहते,–"देवता ने मेरे घर स्वयं अपनी सेवा के लिए लक्ष्मी को भेज दिया है,–तुम लोग कोई कुछ बोलो मत।"

यथासमय अपर्णा का विवाह हो गया। इस आशंका से कि मन्दिर छोड़कर अब उसे अन्यत्र कहीं जाना पड़ेगा, उसके चेहरे की हंसी असमय में ही सूख गई। दिन सुधवाया जा रहा है, उसे ससुराल जाना होगा। भरपूर बिजली छाती में दबाए वर्षा के घने काले बादल जैसे अवरुद्ध गौरव के गुरुभार से स्थिर होकर कुछ देर तक आकाश में वर्षणोन्मुख होकर खड़े रहते हैं, उसी तरह स्थिर होकर अपर्णा ने एक दिन सुना कि वह सुधवाया हुआ दिन आज आ गया है। उसने पिता के पास जाकर कहा, "बाबूजी, मैं भगवान की सेवा का जो बन्दोबस्त किए जाती हूं, उसमें किसी तरह का फ़र्क न आने पावे।"

वृद्ध पिता रो पड़े, बोले, "सो तो, बिटिया, नहीं, कोई फ़र्क नहीं आएगा।"

अपर्णा चुपचाप चली आई। उसके मां नहीं है, वह रो नहीं सकी। वृद्ध पिता की दोनों आंखों में आंसू भरे हैं,–वह गुस्सा कैसे हो सकती है? इसके बाद, योद्धा जिस तरह अपने व्यथित क्रन्दोमुख वीर हृदय को पौरुष–शुष्क हंसी से ढंककर झटपट घोड़े पर सवार होकर चल देता है, उसी तरह अपर्णा पालकी में चढ़के गांव छोड़कर अनजाने कर्तव्य के शासन को सिर–माथे रखकर चली गई। अपने उच्छवसित आंसू पोंछते हुए उसे याद आया कि पिता के आंसू तो पोंछ ही नहीं पाई। उसका हृदय रो–रोकर लगातार न जाने कितनी शिकायतें करने लगा। एक तो वैसे ही उसका हृदय सैकड़ों व्यथाओं से व्यथित था, उस

पर न जाने कहां किस ग्रामान्तर के मन्दिर में जब सन्ध्या के शंख–घंटा बज उठे, तो वह आजन्म–परिचित आरती का आह्वान–शब्द उसके कानों के भीतर से मर्म तक नैराश्य का हाहाकार पहुंचाने लगा। छटपटाकर अपर्णा ने पालकी का द्वार खोल डाला; वह सन्ध्या के अन्धकार में से देखने लगी और छाया–निबिड़ ऊंची एक–एक देवदारु की चोटी पर एक परिचित मन्दिर के समुन्नत शिखर की कल्पना करके वह उच्छ्वसित आवेग से रो उठी। ससुराल की एक दासी उसके पीछे ही चली आ रही थी। उसने झटपट पास आकर कहा, "छि: बहूजी, इस तरह क्या रोना चाहिए? ससुराल कौन नहीं जाता?"

अपर्णा ने दोनों हाथों से मुंह ढंककर रोना बन्द करके पालकी के किवाड़ बन्द कर लिए।

ठीक इसी समय मन्दिर के भीतर खड़े होकर पिता राजनारायण मदनमोहन भगवान के सामने धूप के धूम्र और अश्रुओं से अस्पष्ट एक देवी–मूर्ति के अनिन्द्य सुन्दर मुख पर प्रियतमा दुहिता की मुखच्छवि देख रहे थे।

अपर्णा पति के घर रहती है। यहां उसके इच्छाहीन पति–सम्भाषण में ज़रा भी आवेग और ज़रा–सा चांचल्य तक प्रकट न हुआ। प्रथम प्रणय का स्निग्ध संकोच और मिलन की सलज्ज उत्तेजना,–कोई भी उसके म्लान चक्षु की पूर्व दीप्ति वापस न ला सकी। प्रारम्भ से ही स्वामी और स्त्री, दोनों ही जैसे परस्पर एक–दूसरे के सामने किसी दुर्बोध अपराध के अपराधी बन रहे हैं; और उसी की क्षुब्ध वेदना कुलप्लाविनी उच्छ्वसिता तटिनी की भांति एक दुर्लंघ्य व्यवधान खड़ा करके बहती चले जाने लगी।

एक दिन बहुत रात बीते अमरनाथ ने धीरे–से पुकारकर कहा, "अपर्णा, तुम्हें यहां रहना अच्छा नहीं लगता?"

अपर्णा जाग रही थी, बोली, "नहीं।"

अमर–मायके जाओगी?

अपर्णा–जाऊंगी।

अमर–कल जाना चाहती हो?

अपर्णा–हां, जाना चाहती हूं।

क्षुब्ध अमरनाथ जवाब सुनकर अवाक रह गया। कुछ देर चुप रहकर

बोला–और अगर जाना न हो सके?

अपर्णा ने कहा–तो जैसे हूं वैसे ही रहूंगी।

फिर कुछ देर दोनों ही चुप रहे। अमरनाथ ने बुलाया–अपर्णा!

अपर्णा ने अन्यमनस्क भाव से कहा–क्या है?

"मेरी क्या तुम्हें कोई ज़रूरत ही नहीं?"

अपर्णा ने कपड़े से सर्वांग अच्छी तरह ढंककर आराम से सोते हुए कहा, "इन सब बातों से बड़ा झगड़ा होता है, ये सब बातें मत करो।"

"झगड़ा होता है,–कैसे जाना?"

"जानती हूं, मेरे मायके में मंझले भइया और मंझली भाभी में इसी बात पर रोज खटक जाया करती है। मुझे कलह–लड़ाई अच्छी नहीं लगती।"

सुनकर अमरनाथ उत्तेजित हो उठा। अंधेरे में टटोलता हुआ मानो वह इसी बात को अब तक ढूंढ़ रहा था, सहसा आज मानो वह हाथ में आ लगी; कहने लगा, "आओ अपर्णा, हम भी झगड़ा करें! इस तरह रहने की अपेक्षा तो लड़ाई–झगड़ा लाख गुना अच्छा।"

अपर्णा ने स्थिर भाव से कहा, "छि: झगड़ा क्यों करने चलें? तुम सो जाओ।"

इसके बाद इस बात को, कि अपर्णा सोई या जागती रही, अमरनाथ सारी रात जागते हुए भी न समझ सका।

भोर से लेकर शाम तक अपर्णा का सारा दिन काम–काज और जप–तप में ही बीत जाता है। यह देखकर कि रस–रंग और हास्य–कौतुक में वह ज़रा भी प्रवेश नहीं करती, उसकी बराबरी की मज़ाक़ में उसे न जाने क्या–क्या कहती रहतीं, ननदें उसे 'गुसाईं जी' कहकर हंसी उड़ातीं, फिर भी वह उनके दल में मिल–जुल न सकी; बार–बार यही सोचने लगी कि दिन व्यर्थ ही बीते जा रहे हैं। और यह जो अलक्ष्य आकर्षण से उसका प्रत्येक शोणित–बिन्दु उस पितृप्रतिष्ठित मन्दिर की ओर भाग जाने के लिए पूर्णिमा के उद्वेलित सिन्धुवारि की तरह हृदय के कूल–उपकूल पर दिन–रात पछाड़ें खा रहा है, उसको कैसे रोका जाए? घर–गिरस्ती के काम से या छोटे–मोटे हास्य–परिहास से? उसका क्षुब्ध अस्वस्थ चित्त जो एक भारी भ्रान्ति को सिर पर लादे हुए आप ही आप चक्कर खाकर मर रहा है, उसके पास तक पति का लाड़–प्यार और स्नेह, परिजन–वर्ग का प्रीति–सम्भाषण कैसे पहुंचे? किस तरह वह समझे कि कुमारी

को देव–सेवा के द्वारा नारीत्व के कर्तव्य का सारा परिसर परिपूर्ण नहीं किया जा सकता?

अमरनाथ के समझने की भूल है,–वह उपहार लेकर स्त्री के पास आया है। दिन के करीब नौ–दस बजे होंगे। नहाने के बाद अपर्णा पूजा करने जा रही थी। जहां तक हो सका, गले का स्वर मधुर करके अमरनाथ ने कहा, "अपूर्णा, तुम्हारे लिए कुछ उपहार लाया हूं, दया करके लोगी क्या?"

अपर्णा ने मुस्कराते ते हुए कहा, "लूंगी क्यों नहीं?"

अमरनाथ के हाथ में चांद आ गया। वह आनन्द के साथ शौकीन रूमाल में बंधे हुए एक सूफियाने बाक्स का ढककन खोलने बैठ गया। ढक्कन के ऊपर सुनहरे अक्षरों में अपर्णा का नाम लिखा हुआ है। अब उसने अपर्णा का चेहरा देखने के लिए एक बार उसकी तरफ़ देखा; परन्तु देखा कि आदमी कांच की बनी नकली आंख लगाकर जैसे देखते है, उसी तरह अपर्णा उसकी तरफ़ देख रही है। यह देखकर उसके सारे उत्साह में एक निमेष ने बुझकर मानो अर्थहीन एक बूंद सूखी हंसी में अपने को छिपाना चाहा। शरम के मारे गड़ जाने पर भी उसने बाक्स का ढक्कन खोलकर कुन्तलीन आदि की कई एक शीशियां और न जाने क्या–क्या निकालना शुरू किया, परन्तु अपर्णा ने बाधा देते हुए कहा, "यही सब क्या मेरे लिए लाए हो?"

अमरनाथ के बदले गोया और किसी ने जवाब दिया, "हां, तुम्हारे ही लिए लाया हूं। दिलखुश की शीशियां–"

अपर्णा ने पूछा, "बाक्स भी मुझे दे दिया गया क्या?"

"ज़रूर।"

"तो फिर क्यों यों ही सब बाहर निकाल रहे हो? बाक्स में ही रहने दो सब।"

"अच्छा रहने दो। तुम लगाओगी न?"

अकस्मात अपर्णा की भौंहें सिकुड़ गईं। सारी दुनिया से लड़ाई करके उसका क्षतविक्षत हृदय परास्त होकर वैराग्य–ग्रहण–पूर्वक चुपचाप एकान्त में जा बैठा था, सहसा उस पर इस स्नेह के अनुरोध ने कुत्सित उपहास का आघात किया, चंचल होकर उसने उसी वक्त प्रतिघात किया; कहा, "नष्ट नहीं होगा,

रख दो। मेरे सिवा और बहुत लोग इस्तेमाल करना जानते हैं।" इतना कहकर उत्तर के लिए ज़रा भी प्रतीक्षा किए बिना, अपर्णा पूजाघर में चली गई और अमरनाथ विह्वल की तरह उस अस्वीकृत उपहार पर हाथ रखे हुए उसी तरह बैठा रहा। पहले उसने मन ही मन हज़ार बार अपने को निर्बोध कहकर तिरस्कृत किया। फिर, बहुत देर बाद उसने एक गहरी सांस भरकर कहा, "अपर्णा, तुम पाषाणी हो!" उसकी आंखों में आंसू भर आए–वह वहीं बैठा–बैठा बराबर आंखें पोंछने लगा। अपर्णा यदि स्पष्ट भाषा में अस्वीकार करती तो बात कुछ और ही तरह का असर लाती। वह जो अस्वीकार किए बिना ही अस्वीकार की पूरी जलन उसकी देह पर पोत गई है, उसका प्रतिकार वह कैसे करे? क्या वह अपर्णा को उसके पूजा के आसन से खींचकर उसी के सामने उसके उपेक्षित उपहार को ख़ुद ही लात मारकर तोड़–फोड़ डाले और सबके सामने भीषण प्रतिज्ञा करे कि अब वह उसका मुंह न देखेगा, वह क्या करे, कितना और क्या कहे, कहां लापता होकर चला जाए, क्या भस्म रमाकर साधु–संन्यासी हो जाए और कभी अपर्णा के दुर्दिनों में अकस्मात कहीं से आकर उसकी रक्षा करे? इस प्रकार सम्भव–असम्भव न जाने कितने तरह के उत्तर–प्रत्युत्तर और वाद–प्रतिवाद उसके अपमान–पीड़ित मस्तिष्क में अधीरता के साथ उत्पन्न होने लगे। नतीजा यह हुआ कि वह उसी तरह बैठा रहा, और वैसे ही रोने लगा। परन्तु किसी भी तरह उसके इन शुरू से आख़ीर तक के विश्रृंखल संकल्पों की लम्बी सूची पूरी न हो सकी।

उसके बाद दो दिन और दो रातें बीत गईं, अमरनाथ घर सोने नहीं आया। मां को मालूम पड़ने पर उन्होंने बुलाकर बहू को थोड़ा–बहुत डांटा–फटकारा और पुत्र को बुलाकर समझाया–बुझाया। ददिया सास भी इस बीच ज़रा मज़ाक़ उड़ा गई। इस तरह सात–पांच में बात हल्की पड़ गई। रात को अपर्णा ने पति से क्षमा की भिक्षा मांगी, कहा, "अगर मन में कष्ट पहुंचा हो तो मुझे क्षमा करो।" अमरनाथ बात नहीं कर सका। पलंग के एक किनारे बैठकर बिछौने की चादर को बार–बार खींचकर उसे साफ़ करने लगा। सामने ही अपर्णा खड़ी थी, चेहरे पर उसके म्लान मुस्कुराहट थी; उसने फिर कहा, "क्षमा नहीं करोगे?"

अमरनाथ ने सिर झुकाए हुए ही कहा, "क्षमा किसलिए? और क्षमा करने

का मुझे अधिकार ही क्या है?"

अपर्णा ने पति के दोनों हाथ अपने हाथ में लेकर कहा, "ऐसी बात मत कहो। तुम मेरे स्वामी हो, तुम नाराज़ रहोगे तो मेरी कैसे गुज़र होगी? तुम क्षमा न करोगे तो मैं खड़ी कहां हूंगी? क्यों ग़ुस्सा हो गए हो, बताओ।"

अमरनाथ ने आर्द्र होकर कहा, "ग़ुस्सा तो नहीं हुआ।"

"नहीं हुए तो?"

"नहीं।"

अपर्णा को कलह अच्छा नहीं लगता; इसलिए विश्वास न होते हुए भी उसने विश्वास कर लिया और कहा, "तो ठीक है।"

इसके बाद वह बिल्कुल बेफिक्र होकर बिस्तर के एक तरफ़ सो रही।

परन्तु अमरनाथ को इससे भारी आश्चर्य छआ। दूसरी तरफ मुंह फेरकर बराबर वह मन ही मन यही तर्क–वितर्क करने लगा कि इस बात पर उसकी स्त्री ने विश्वास कैसे कर लिया? मैं जो दो दिन आया नहीं, मिला नहीं, फिर भी मैं ग़ुस्सा नहीं हुआ, यह क्या विश्वास करने की बात है? इतनी बड़ी घटना इतनी जल्दी मिटकर व्यर्थ हो गई। इसके बाद जब उसने समझा कि अपर्णा सचमुच ही सो गई है, तब वह एकबारगी उठकर बैठ गया और बिना किसी दुविधा के जोर से पुकार बैठा, "अपर्णा, तुम क्या सो रही हो?–ओ अपर्णा!"

अपर्णा जाग गई, बोली, "बुला रहे हो?"

"हां, मैं कलकत्ते जाऊंगा!" "कहां, यह बात तो पहले नहीं सुनी! इतनी जल्दी तुम्हारे कालेज की छुट्टी निबट गई? और भी दो–चार दिन नहीं रह सकते?"

"नहीं, अब रहना नहीं हो सकता।"

अपर्णा ने ज़रा कुछ सोचकर फिर पूछा, "तब क्या तुम मेरे ऊपर ग़ुस्सा होकर जा रहे हो?"

बात सच थी, अमरनाथ भी जानता है, पर वह इस बात को मंजूर न कर सका। संकोच में आकर गोया उसकी धोती का छोर पकड़ के उसे लौटा लिया।

आशंका हुई कि कहीं वह अपना निकम्मापन प्रमाणित करके अपर्णा के सम्मान की हानि न कर बैठे;–इस तरह इस कुतूहल-विमुख नारी की निश्चेष्टता ने उसे अभिभूत कर डाला। पतित्व का जितना तेज उसने अपने

स्वाभाविक अधिकार से ग्रहण किया था, उस सबको अपर्णा ने इन चार ही पांच महीनों में धीरे–धीरे खींचकर निकाल लिया है, अब वह क्रोध प्रकट करे तो किस बिरते पर! अपर्णा ने फिर कहा, "नाराज़ होकर कहीं मत जाना, नहीं तो मेरे मन को बड़ी चोट पहुंचेगी।"

अमरनाथ झूठ और सच मिलाकर जितना बनाके कह सका, उसके मानी थे और वह नाराज़ नहीं हुआ और उसके प्रमाण–स्वरूप वह और भी दो दिन रहकर जाएगा। रहा भी दो दिन। परन्तु रोकर विजयी होने की एक लज्जाजनक बेचैनी उसके मन में बनी ही रही।

एक साथ ज़ोर की वर्षा आ जाने में एक भलाई है,–उससे आकाश निर्मल हो जाता है। परन्तु बूंदाबांदी से बादल तो साफ़ होते ही नहीं उल्टे पैरों तले कीचड़ और चारों तरफ़ निरान्दमय भाव बढ़ जाता है। अपने घर से जो कीचड़ .– लपेटकर अमरनाथ कलकत्ते आया, धो डालने के लिए इतनी बड़ी विराट नगरी में उसे ज़रा–सा पानी तक ढूंढ़े न मिला। यहां उसके पूर्व–परिचित जितने भी मुख थे, उनके सामने अपने कीचड़ से सने पैर निकालने में भी उसे शरम मालूम होने लगी। न तो पढ़ने–लिखने में उसका मन लगता और न हंसने–खेलने में ही तबीयत जमती। यहां रहने की भी इच्छा नहीं होती और घर जाने को भी तबीयत नहीं करती। उसकी छाती पर मानो दुस्सह यन्त्रणा का भार–सा लदा हुआ है, और उसे ढकेल फेंकने के लिए व्याकुल हृदय की पसलियां आपस में टकरा रही हैं । परन्तु सारी चेष्टाएं व्यर्थ।

इसी तरह अन्तर्वेदना को लिए हुए एक दिन वह बीमार पड़ गया। समाचार पाकर माता–पिता दौड़े आए, किन्तु अपर्णा को साथ नहीं लाए। यह बात नहीं थी कि अमरनाथ ने भी ठीक ऐसी ही आशा की हो, फिर भी उसका दिल बैठ गया। बीमारी उत्तरोत्तर बढ़ने ही लगी। ऐसे समय में स्वभावत: ही उसे अपर्णा को देखने की इच्छा होती पर मुंह खोलकर उस बात को वह कह नहीं सका। पिता–माता भी समझ न सके। सिर्फ़ दवा, पथ्य और डाक्टर–वैद्य। अन्त में उसने इन सबके हाथ से मुक्ति प्राप्त की,–एक दिन उसका देहान्त हो गया।

विधवा होकर अपर्णा सुन्न हो गई। सारे शरीर में रोमांच हो आया और

एक भयंकर सम्भावना उसके मन में उदित हुई कि यह शायद उसी की कामना का फल है! शायद वह इतने दिनों से मन ही मन यही चाहती थी–अन्तर्यामी ने इतने दिनों बाद उसकी क़ामना पूरी है! बाहर से सुनाई दिया, उसके पिता ज़ोर-ज़ोर से रो रहे हैं। यह क्या स्वप्न है?

वे कब आए? अपर्णा ने जंगला खोला और झांककर देखा, सचमुच ही राजनारायण बाबू बच्चों की तरह धूल में लोटकर रो रहे हैं। पिता की देखादेखी वह अब घर के भीतर लौट पड़ी और आंसुओं से ज़मीन भिगोने लगी।

शाम होने में अब देर नहीं। पिता ने आकर अपर्णा को छाती से लगाते हुए कहा, "बिटिया! अपर्णा!"

अपर्णा ने रोते–रोते कहा, "बाबूजी।"

"तेरे मदनमोहन ने तुझे बुलाया है बिटिया!"

"चलो बाबूजी, वहीं चलें।"

"तेरा वहां सबकुछ काम पड़ा हुआ है बिटिया!"

"चलो बाबूजी, घर चलें।"

"चलो बिटिया, चलो।" कहते हुए पिता ने स्नेह से बिटिया का माथा चूमा, साथ ही सारा दुःख छाती से पोंछकर मिटा दिया, और फिर लड़की का हाथ पकड़कर दूसरे दिन उसे अपने घर ले आए। उंगली से दिखाते हुए बोले, "वह रहा बिटिया तेरा मन्दिर! वे हैं तेरे मदनमोहन!"

निराभरणा अपर्णा वैधव्य–वेश में कुछ और तरह की दिखाई देती है। मानो सफ़ेद वस्त्र और रूखे बालों से वह और भी अच्छी लगने लगी है। उसने पिता की बात पर बहुत ज़्यादा विश्वास किया, सोचने लगी, देवता के आह्वान से ही वह लौट आई है। भगवान के मुंह पर मानो इसीलिए हंसी है, मन्दिर में मानो इसीलिए सौ–गुना सौरभ है! उसे मालूम होने लगा, मानो वह इस पृथ्वी से बहुत ऊंचा पहुंच गई है।

जो स्वामी अपने मरण से पृथ्वी से इतना ऊंचा रख गए हैं, उन मृत स्वामी को सौ बार प्रणाम करके अपर्णा ने उनके लिए अक्षय स्वर्ग की कामना की।

शक्तिनाथ एकाग्रचित्त से प्रतिमा बना रहा था। पूजा करने की अपेक्षा प्रतिमा

बनाना उसे अधिक पसन्द है। कैसा रूप, कैसी नाक, कैसे कान और कैसी आंखें होनी चाहिए, कौन-सा रंग ज़्यादा खिलेगा,-यही उसके आलोच्य विषय थे। किस चीज़ से पूजा करनी चाहिए और किस मन्त्र का जप करना चाहिए,-इन सब छोटे विषयों पर उसका लक्ष्य नहीं था। देवताओं के सम्बन्ध में वह अपने आपको प्रमोशन देकर सेवक के स्थान से पिता के स्थान पर चढ़ गया था। फिर भी पिता ने उसे आदेश दिया, "शक्तिनाथ, आज मुझे बुखार ज्यादा है, जमींदार के घर तुम्हीं जाकर पूजा कर आओ।"

शक्तिनाथ ने कहा, "अभी प्रतिमा बना रहा हूं।"

वृद्ध असमर्थ पिता ने ग़ुस्से में आकर कहा, "लड़कों का खेल अभी रहने दो बेटा, पहले काम निबटा आओ।"

पूजा के मन्त्र पढ़ने में उसकी ज़रा भी तबीयत नहीं लगती, फिर भी उठकर जाना पड़ा। पिता की आज्ञा से स्नान करके चद्दर और अंगोछा कन्धे पर डालकर वह देव-मन्दिर में आ खड़ा हुआ है। इससे पहले भी वह कई बार इस मन्दिर में पूजा करने आया हे, परन्तु ऐसी अनोखी बात उसने कभी नहीं देखी। इतनी पुष्प-सुगन्धि, इतना धूप, सुगन्धि का आडम्बर, भोज्य और नैवेद्य की इतनी बहुलता! उसे बड़ी चिन्ता हुई, इतना सब लेकर वह करेगा क्या? किस तरह किस-किसकी पूजा करेगा? सबसे ज्यादा आश्चर्य हुआ उसे अपर्णा को देखकर! यह कौन कहां से आई है? इतने दिनों तक कहां थी?

अपर्णा ने पूछा, "तुम भट्टाचार्य के लड़के हो?"

शक्तिनाथ ने कहा, "हां।"

"तो पांव धोकर पूजा करने बैठो।"

पूजा करने बैठा तो शक्तिनाथ शुरू से ही सबकुछ भूल गया, एक मन्त्र उसे याद नहीं रहा। उधर उसका मन भी नहीं, विश्वास भी नहीं। सिर्फ़ यही सोचने लगा,-यह कौन हे, क्यों इतना रूप है, किसलिए बैठी है, इत्यादि। पूजा की पद्धति में उलट-फेर होने लगा।-विज्ञ परीक्षक की भांति पीछे बैठी अपर्णा सबकुछ समझ गई कि घंटा बजाकर, कभी पुष्प डालकर, कभी नैवेद्य पर जल छिड़ककर यह अज्ञ पुरोहित सिर्फ़ पूजा का ढोंग कर रहा है। हमेशा से देखते-देखते इन सब बातों को अपर्णा अच्छी तरह समझती थी, शक्तिनाथ भला उसे कंसे धोखा दे सकता था? पूजा समाप्त होने पर कठोर स्वर में अपर्णा ने कहा, "तुम ब्राह्मण के पुत्र हो, पूजा करना नहीं जानते?"

शक्तिनाथ ने कहा, "जानता हूं।"

"खाक जानते हो!"

शक्तिनाथ ने विह्वल की भांति उसके मुंह की तरफ देखा, फिर वह चलने को तैयार हो गया। अपर्णा ने उसे रोका, कहा, "महाराज, यह सब सामग्री बांध ले जाओ,–पर कल फिर मत आना। तुम्हारे पिता अच्छे हो जाएं, तब वे ही आएंगे।"

अपर्णा ने स्वयं उसकी चद्दर और अंगोछे में सब बांधकर उसे विदा कर दिया। मन्दिर के बाहर आकर शक्तिनाथ बार–बार कांप उठा।

इधर अपर्णा ने फिर से नए सिरे से पूजा का आयोजन करके दूसरे ब्राह्मण को बुलाकर पूजा सम्पन्न कराई।

एक मास बीत गया। आचार्य यदुनाथ ज़मींदार राजनारायण बाबू को समझाकर कह रहे हैं, "आप तो सबकुछ समझते हैं बड़े मन्दिर की यह बृहत पूजा मधु भट्टाचार्य के लड़के से हरगिज़ नहीं हो सकती।" राजनारायण बाबू ने अनुमोदन करते हुए कहा, "बहुत दिन हुए अपर्णा ने भी ठीक यही बात कही थी।"

आचार्य ने अपने मुखमंडल को और भी गम्भीर बनाकर कहा, "सो तो कहा होगा ही। वे ठहरीं साक्षात लक्ष्मीस्वरूपा! उनसे कुछ अगोचर थोड़े ही है।"

ज़मींदार बाबू का भी ठीक ऐसा ही विश्वास है। आचार्य कहने लगे, "पूजा चाहे मैं करूं, या और कोई भी करे, अच्छा आदमी होना चाहिए। मधु भट्टाचार्य जब तक जीवित थे तब तक उन्होंने पूजा की है, अब उनके पुत्र को ही पुरोहिताई करना उचित है, परन्तु वह तो आदमी नहीं। वह तो सिर्फ़ पट रंगना जानता है, खिलौने बना सकता है, पूजा–पाठ करना नहीं जानता।"

राजनारायण बाबू ने अनुमति दे दी, "पूजा आप करें, पर अपर्णा को एक बार पूछ देखूं।"

पिता के मुंह से यह बात सुनकर अपर्णा ने सिर हिलाया, बोली, "ऐसा भी कहीं होता हे? ब्राह्मण का लंड़का निराश्रय ठहरा, उसे कहां विदा कर दिया जाए? जेसे जानता है, वैसे ही पूजा करेगा। भगवान् उसी से सन्तुष्ट होंगे।"

पुत्री की बात सुनकर पिता को चैतन्य हुआ। बोले, "मैंने इतना

सोच–समझकर नहीं देखा था। बेटी, तुम्हारा मन्दिर है, तुम्हारी ही पूजा है, तुम्हारी जैसी इच्छा हो वैसा करो। जिसे चाहो उसी को सौंप दो"

इतना कहकर पिता चले आए। अपर्णा ने शक्तिनाथ को बुलाकर उसी को पूजा का भार सौंपा। फटकार खाने के बार फिर वह इधर नहीं आया था। इसी बीच में उसके पिता की मृत्यु हो गई, और अब वह स्वयं रुग्ण है। उसके सूखे चेहरे पर दुःख के शोक–चिहन देखकर अपर्णा को दया आ गई, बोली, "तुम पूजा करना,–जैसे जानते हो, वैसे ही करना। उसी से भगवान तृप्त होंगे।"

ऐसा स्नेह का स्वर सुनकर उसको साहस आ गया। सावधान होकर मन लगाकर वह पूजा करने बैठा। पूजा समाप्त होने पर अपर्णा ने अपने हाथ से वह जितना खा सकता था, उतना बांधकर कहा, "बहुत अच्छी पूजा की है। महाराज, तुम क्या अपने हाथ से रांधकर खाते हो?"

"किसी दिन बना लेता हूं, किसी दिन–जिस दिन बुखार आ जाता है, उस दिन नहीं बना सकता।"

"तुम्हारे क्या और कोई नहीं है?"

"नहीं।"

शक्तिनाथ के चले जाने पर अपर्णा ने उसके प्रति कहा, "बेचारा!" इसके बाद देवता के समक्ष हाथ जोड़कर उसकी तरफ़ से प्रार्थना की, "भगवान, इसकी पूजा से तुम सन्तुष्ट होना, अभी लड़का ही है, इसका दोष–अपराध न लेना।"

उसी दिन से रोज अपर्णा दासी के जरिए ख़बर लेती रहती,–वह क्या खाता है, क्या करता है, उसे किस चीज़ की ज़रूरत है। उस निराश्रय ब्राह्मणकुमार को उसने अज्ञात रूप से आश्रय देकर उसका सारा भार स्वेच्छा से अपने ऊपर ले लिया–और उसी दिन से इन दोनों किशोर और किशोरी ने अपनी भक्ति, स्नेह और भूल–भ्रान्ति सबको एक करके, इस मन्दिर का आश्रय लेकर जीवन के बाक़ी कामों को अपने से अलग–पराया कर डाला। शक्तिनाथ एजा करता है, अपर्णा बता दिया करती है। शक्तिनाथ स्तव पढ़ता है, अपर्णा मन ही मन उसका सहज अर्थ देवता को समझा दिया करती है। शक्तिनाथ सुगन्ध–पुष्प हाथ से उठाता है, अपर्णा अंजुली से दिखा–दिखाकर बताती जाती है, "महाराज, आज इस तरह सिंहासन सजाओ तो देखें, बहुत अच्छा लगेगा।" इसी तरह इस बृहत मन्दिर का बृहत कार्य चलने लगा। देख–सुनकर आचार्य ने कहा, "लड़कों का खिलवाड़ हो रहा है!"

वृद्ध राजनारायण ने कहा, "किसी भी तरह हो, लड़की अपनी अवस्था को भूली रहे तो अच्छा।"

थियेटर के स्टेज पर जैसे पहाड़–पर्वत, आंधी–मेह एक क्षण में गायब होकर वहां एक विशाल राजप्रासाद कहीं से आ जुटता है, और लोगों की सुख–सम्पदा के बीच दुःख–दैन्य का चिह्न तक विलुप्त हो जाता है, शक्तिनाथ के जीवन में भी मानो वैसा ही हुआ है। पहले तो उसे मालूम ही नहीं हुआ कि वह जाग रहा था और अब सोकर सुख–स्वप्न देख रहा था, या निद्रा में दुःस्वप्न देख रहा था और अब सहसा जाग उठा है। फिर भी, उसके पहले के वे विक्षिप्त खिलौने बीच–बीच में उसे इस बात की याद दिलाया करते हैं कि इस दायित्वहीन देव–सेवा की सोने की सांकल ने उसके सम्पूर्ण शरीर को जकड़कर बांध लिया है और रह–रहकर वह झनझना उठती है। बह अपने मृत पिता की याद किया करता और अपनी स्वाधीनता की बात सोचा करता। मालूम होता, मानो वह बिक गया है, अपर्णा ने उसे ख़रीद लिया है। इस तरह अपर्णा के स्नेह ने क्रमशः मोह की भान्ति धीरे–धीरे उसे आच्छन्न कर डाला।

अकस्मात एक दिन शक्तिनाथ का ममेरा भाई वहां पर पहुंचा। उसकी क़ी बहिन का विवाह था। मामा कलकत्ते में रहते हैं। अभी समय अच्छा है, लिहाजा सुख के दिनों में भानजे की याद आई है। जाना होगा। यह बात शक्तिनाथ को बहुत अच्छी लगी कि कलकत्ते जाना होगा। सारी रात वह भइया के पास बैठा–बैठा कलकत्ते की आराम की कहानी, शोभा की बातें, समृद्धि का वर्णन सुनता रहा और सुनते–सुनते मुग्ध हो गया। दूसरे दिन मन्दिर जाने की उसकी इच्छा नहीं हुई। सवेरा होते देख अपर्णा ने उसे बुलाया। शक्तिनाथ ने जाकर कहा, "आज कलकत्ते जाऊंगा–मामा ने बुलाया है।"

इतना कहकर वह ज़रा संकुचित होकर खड़ा हो गया। अपर्णा कुछ देर तक चुप रही, फिर बोली, "कब तक वापस आ जाओगे?"

शक्तिनाथ ने डरते हुए कहा, "मामा कह देंगे तभी चला आऊंगा।"

अपर्णा ने फिर कुछ नहीं पूछा। फिर वही यदुनाथ आचार्य आकर पूजा करने लगे। फिर उसी तरह अपर्णा पूजा देखने लगी, परन्तु कोई बात कहने की उसे ज़रूरत नहीं हुई, और इच्छा भी नहीं थी।

कलकत्ते आकर विविध वैचित्र्य में आनन्द से दिन बीतने पर भी कुछ दिन बाद शक्तिनाथ का मन घर जाने के लिए फड़फड़ाने लगा। लम्बे और आलसी दिन अब उससे बिताए नहीं बीतते। रात को वह स्वप्न देखने लगा, अपर्णा उसे बुला रही है, और अब जवाब न पाकर ग़ुस्सा हो रही है। आख़िर एक दिन उसने अपने मामा से कहा, "मैं घर जाऊंगा।"

मामा ने मना किया, "वहां जंगल में जाकर क्या करोगे? यहीं रहकर पढ़ो–लिखो, मैं तुम्हारी नौकरी लगा दूंगा।"

शक्तिनाथ सिर हिलाकर चुप हो गया। मामा ने कहा, "तो जाओ।"

बड़ी बहू ने शक्तिनाथ को बुलाकर कहा, "लालाजी, कल क्या घर चले जाओगे?"

शक्तिनाथ ने कहा, "हां, जाऊंगा।"

"अपर्णा के लिए मन फड़फड़ा रहा है, न?"

शक्तिनाथ ने कहा, "हां।"

"वह तुम्हारी ख़ूब ख़ातिर करती है, न?"

शक्तिनाथ ने सिर झुकाते हुए कहा, "ख़ूब ख़ातिर करती हैं।"

बड़ी बहू भीतर ही भीतर मुस्कुराई; अपर्णा की बातें उसने पहले ही सुन ली थीं और ख़ुद शक्तिनाथ ने ही कही थीं। बोलीं, "तो लाला जी, ये दो चीज़ें लेते जाओ; उसे दे देना, वह और भी प्यार करेगी।" इतना कहकर उसने एक शीशी का डाट खोलकर थोड़ा–सा 'दिलख़ुश' सेंट उसकी देह पर छिड़क दिया। उसकी सुगन्ध से शक्तिनाथ पुलकित हो उठा और दोनों शीशियों को चादर के छोर में बांधकर दूसरे ही दिन घर लौट आया।

शक्तिनाथ ने मन्दिर में प्रवेश किया। पूजा समाप्त हो चुकी थी। चादर में एसेंस की शीशियां बंधी हैं, पर इन कई दिनों में अपर्णा उसके पास से इतनी ज़्यादा दूर हट गई है कि देने की हिम्मत नहीं होती। वह मुंह खोलकर किसी तरह कह ही न सका कि तुम्हारे लिए बड़ी साध से कलकत्ते से ये लाया हूं। सुगन्ध से तुम्हारे देवता तृप्त होते हैं, तुम भी होगी। ख़ैर, सात दिन इसी तरह बीत गए, रोज़ वह चादर में शीशियां बांधकर ले जाता, रोज़ वापस आता, और फिर उन्हें जतन से दूसरे दिन के लिए उठाकर रख देता। पहले की तरह एक दिन

भी अगर अपर्णा उसे बुलाकर कोई बात पूछती तो शायद वह अपना उपहार उसे दे डालता; परन्तु वैसा मौक़ा फिर आया नहीं।

आज दो दिन से उसे ज्वर आ रहा है, फिर भी डरते–डरते वह पूजा करने आ जाता है। किसी अज्ञात आशंका से वह अपनी पीड़ा की बात भी न कह सका। परन्तु अपर्णा ने पता लगा लिया कि दो दिन से शक्तिनाथ ने कुछ खाया नहीं है, फिर भी पूजा करने आता है। अपर्णा ने पूछा, "महाराज, तुमने दो दिन से कुछ खाया नहीं?"

शक्तिनाथ ने सूखे मुंह से कहा, "रात को रोज़ बुखार आ जाता है।"

"बुखार आता है? तो फिर नहा–धोकर पूजा करने क्यों आते हो? तुमने कहा क्यों नहीं?"

शक्तिनाथ की आंखों में पानी भर आया। क्षण–भर में वह सब बात भूल गया, और चद्दर की गांठ खोलकर दोनों शीशियां निकालकर बोला, "तुम्हारे लिए लाया हूं।"

"मेरे लिए?"

"हां, तुम सुगन्ध पसन्द करती हो न?"

गरम दूध जैसे ज़रा–सी आग की गरमी पाते ही बुलबुले देकर खौलने लगता है, अपर्णा के सारे शरीर का खून उसी तरह खौल उठा। शीशियां देखकर ही वह पहचान गई थी। उसने गम्भीर स्वर में कहा, "दो–" और हाथ में लेकर मन्दिर के बाहर, जहां पूजा के चढ़े हुए फूल पड़े सूख रहे थे, दोनों शीशियां फेंक दीं। मारे आतंक के शक्तिनाथ की छाती का खून जम गया! कठोर स्वर में अपर्णा ने कहा, "महाराज! तुम्हारे भीतर ही भीतर इतना भरा है! अब तुम मेरे सामने मत आना, मन्दिर की छाया भी न मंझाना।" इसके बांद अपर्णा ने अपनी चम्पक–अंगुली से बाहर का रास्ता दिखाकर कहा, "जाओ..."

आज तीन दिन हुए शक्तिनाथ को गए। यदुनाथ आचार्य फिर पूजा करने लगे, फिर म्लान मुख से अपर्णा पूजा देखने लगी,–यह मानो और किसी की पूजा हो और कोई आकर समाप्त कर रहा है! समाप्त करके अंगोछे में नैवेद्य बांधते–बांधते आचार्य महाशय ने गहरी सांस लेकर कहा, "लड़का बिना इलाज के मर गया!"

आचार्य के मुंह की तरफ देखकर अपर्णा ने पूछा, "कौन मर गया?"

"तुमने नहीं सुना क्या? कई दिन ज्वर में पड़े–पड़े वही अपना मधु

भट्टाचार्य का लड़का आज सवेरे मर गया।"

अपर्णा फिर भी उनके मुंह की तरफ़ देखती रही। आचार्य ने द्वार के बाहर आकर कहा, "आजकल पाप के फल से मृत्यु हो रही है,–देवता के साथ क्या दिल्लगी चल सकती है, बेटी?"

आचार्य चले गए। अपर्णा द्वार बन्द करके जमीन पर माथा पटक–पटककर रोने लगी और हज़ार बार रो–रोकर पूछने लगी, "भगवान यह किसके पाप से?"

बहुत देर बाद वह उठकर बैठ गई और आंखें पोंछकर उन सूखे पत्तों के भीतर से उस स्नेह के दान को उठाकर उसने सिर से लगा लिया। फिर मन्दिर के भीतर प्रवेश करके देवता के चरणों के पास रखकर वह रोती हुई बोली, "भगवान मैं जिसे नहीं ले सकी, उसे तुम ले लो। अपने हाथों से मैंने कभी पूजा नहीं की, आज कर रही हूं,–तुम स्वीकार करो, तृप्त होओ, मेरी _ और कोई कामना नहीं है।"

बाल्य–स्मृति

नामकरण–संस्कार के समय, या तो मैं ठीक तौर से तैयार नहीं हो पाया था या फिर बाबा का ज्योतिष–शास्त्र में विशेष दख़ल न था– किसी भी कारण से हो, मेरा नाम 'सुकुमार' रखा गया। बहुत दिन न लगे, दो ही चार साल में बाबा समझ गए कि नाम के साथ मेरा कोई मेल नहीं मिलता। अब मैं बारह–तेरह वर्ष बाद की बात कहता हूं। हालांकि मेरे आत्म–परिचय की सब बातें कोई अच्छी तरह समझ नहीं सके–फिर भी–

सुनिए, हम लोग गंवई–गांव के रहनेवाले हैं। बचपन से मैं वहीं रहता आया हूं। पिताजी पछांह में नौकरी करते थे। मेरा वहां बहुत कम जाना होता है,–नहीं के बराबर। मैं दादी के पास गांव ही में रहा करता। घर में मेरे ऊधम की कोई हद न थी। एक वाक्य में कहा जाए तो यों कहना चाहिए कि मैं एक छोटा–सा रावण था। बूढ़े बाबा जब कहते, 'तू कैसा हो गया है? किसी की बात ही नहीं मानता! अब मैं तेरे बाप को चिट्ठी लिखता हूं।' तो मैं ज़रा हंसकर कहता, 'बाबा, वे दिन अब लद गए, बाप की तो चलाई क्या, अब मैं बाप के बाप से भी नहीं डरता।' और कहीं दादी मौजूद रहतीं, तो फिर डरने ही क्यों लगा?

बाबा को वे ही कहतीं, 'क्यों, कैसा जवाब मिला?–और छेड़ोगे उसे?' बाबा अगर नाराज़ होकर बाबूजी को चिट्ठी भी लिखते, तो उसी वक़्त उनकी अफीम की डिबिया दुबका देता। फिर जब तक उनसे चिट्ठी फड़वाकर फिंकवा न देता, तब तक अफीम की डिबिया न निकालता। इन सब औठ–पावों के डर से, ख़ासकर नशे की तलब में खलल पड़ जाने से, फिर वे मुझसे कुछ नहीं कहते। मैं भी मौज करता।

पर, सभी सुखों की आख़िर एक सीमा है। मेरे लिए भी वही हुआ।

बाबा के चचेरे भाई गोविन्द बाबू इलाहाबाद में नौकरी करते और वहीं रहते थे। अब वे पेंशन लेकर गांव में आकर रहने लगे। उनके नाती श्रीमान रजनीकान्त भी बी.ए. पास करके उनके साथ आए। मैं उन्हें 'संझले भइया!' कहता। पहले मुझसे उनका विशेष परिचय नहीं था। वे इस तरफ़ बहुत कम आते थे और उनका मकान भी अलग था,–कभी आते भी, तो मेरी ओर ज़्यादा ध्यान नहीं देते। कभी सामना हो जाता तो, 'क्यों रे, क्या करता है,– क्या पढ़ता है' के सिवा और कुछ नहीं कहते।

अबकी बार जो वे आए, तो गांव में जमकर बैठे और मेरी ओर ज़्यादा ध्यान देने लगे। दो–चार दिन की बातचीत से ही उन्होंने मुझे ऐसा बस में कर लिया कि उन्हें देखते ही मुझे डर–सा हो जाता, मुंह सूख जाता, छाती धड़कने लगती,–जैसे मैंने कोई भारी कसूर किया हो, और उसकी न जाने कितनी सज़ा मिलेगी! और इसमें तो कोई शक़ ही न था कि उन दिनों मुझसे अक्सर कसूर हुआ करता। हर वक़्त कुछ–न–कुछ शरारत मुझसे होती ही रहती। दो–चार करने के काम और दो–चार औठ–पाव किए बिना मुझे चैन कहां?

इतना डरने पर भी भइया को मैं चाहता खूब था। भाई भाई को इतना मान सकता है, यह मुझे पहले नहीं मालूम था। वे भी मुझे खूब प्यार करते थे। उनके निकट भी मैं कितनी ही शरारतें, कितने ही कुसूर करता था,–किन्तु, वह कुछ कहते नहीं थे; और कुछ कहते भी, तो मैं समझता कि बड़े भइया ठहरे, थोड़ी देर बाद भूल जाएंगे,–उन्हें याद थोड़े ही रहता है।

अगर वह चाहते, तो शायद मुझे सुधार सकते; पर, उन्होंने कुछ भी नहीं किया। उनके देश आ जाने से मैं पहले की तरह स्वाधीन तो न रहा; पर, फिर भी जैसा हूं, मजे में हूं।

रोज़ बाबा की तमाखू चुराकर पी जाता। बूढ़े बाबा बेचारे कभी खाट के सिरहाने, कभी तकिये की खोली के भीतर,–कभी कहीं, कभी कहीं, तमाखू छिपा रखते, पर बन्दा ढूंढ़–ढांढकर निकाल ही लेता और पी जाता। खाता–पीता मस्त रहता, मौज से कटती। कोई झंझट नहीं,–पढ़ना–लिखना तो एक तरह से छोड़ ही दिया समझो। बाग़ में जाकर चिड़ियां मारता, गिलहरियां मारकर भूनके खाता, जंगल में जाकर गड्ढों–गड्ढों में ख़रगोश ढूंढ़ता फिरता,–यही मेरा काम था। न किसी का कोई डर न कोई फिकर।

पिताजी बक्सर में नौकरी करते। वहां से न मुझे वे देखने आते, और

न मारने आते। बाबा और दादी का हाल मैं पहले ही कह चुका हूं। लिहाजा, एक वाक्य में यों कहना चाहिए कि 'मैं मजे में था।'

एक दिन दोपहर को घर आकर दादी के मुंह से सुना कि मुझे संझले भइया के साथ कलकत्ते में रहकर पढ़ना–लिखना पड़ेगा। आराम से भरपेट खा–पीकर हुक्का भरकर मैं बाबा के पास पहुंचा और बोला, "बाबा, मुझे कलकत्ते जाना पड़ेगा?"

बाबा ने कहा, "हां।"

मैंने पहले ही से सोच रखा था कि यह सब बाबा की चालाकी है। इसलिए, कहा–"यदि जाऊंगा तो आज ही जाऊंगा।"

बाबा ने हंसते हुए कहा, "इसके लिए चिन्ता क्यों करते हो बेटा! रजनी आज ही कलकत्ते जाएगा। मकान ठीक हो गया है, सो आज ही तो जाना होगा।"

मैं आग–बबूला हो उठा। एक तो उस दिन बाबा की छिपाई हुई तमाखू ढूंढ़ने पर भी नहीं मिली,–जो एक चिलम मिली थी वह मेरी एक फूंक के लिए भी नहीं थी,–उस पर यह चालाकी! परन्तु, मैं ठगा गया था अपने आप क़बूल करके, फिर पीछे कैसे हटूं? लिहाजा, उसी दिन मुझे कलकत्ते के लिए रवाना होना पड़ा। चलते वक़्त बाबा के पैर छुए, और मैं मन ही मन बोला–भगवान करें, कल ही तुम्हारे कारज में घर लौट आऊं। उसके बाद फिर मुझे कौन कलकत्ते भेजता है, देख लूंगा।

कलकत्ते में मैं पहले–ही–पहल आया। इतना बड़ा शहर मैंने पहले कभी नहीं देखा था। मैंने मन–ही–मन सोचा,–अगर मैं गंगा की छाती पर तैरते हुए इस लकड़ी–लोहे के पुल पर ऐसी भीड़ में, या वहां,–जहां झुंड के झुंड मस्तूलदाले बड़े–बड़े जहाज खड़े हैं,–खो गया तो फिर कभी घर पहुंच सकूंगा, इसकी कोई उम्मीद ही नहीं। कलकत्ता मुझे ज़रा भी अच्छा नहीं लगा। इतनी दहशत में भला कोई चीज़ अच्छी लग सकती है? आगे कभी लगेगी, इसका भी भरोसा नहीं कर सका।

कहां गया हमारा वह नदी का किनारा,–वे बांसों के भिड़े, बेल के झाड़, मित्र–परिवार के बगीचे के कोने का वह अमरूद,–कुछ भी तो नहीं है! यहां तो सिर्फ़ बड़े–बड़े ऊंचे मकान, गाड़ी–घोड़े, आदमियों की भीड़–भड़क्का,

लम्बी–चौड़ी सड़कें ही दिखाई देती हैं,–मकान के पीछे ऐसा एक बाग़–बग़ीचा भी तो नहीं; जहां छिषकर एक चिलम तमाखू पी सकूं। मुझे रोना आ गया। आंसू पोंछकर मन–ही–मन कहने लगा,–भगवान ने जीवन दिया है तो भोजन भी वे ही देंगे,–'जिसने दिया है तन को, वही देगा कफन को।'

कलकत्ते आया हूं, स्कूल में भरती किया गया हूं, अच्छी तरह पढ़ता–लिखता हूं; लिहाजा आजकल मैं 'अच्छा लड़का' हो गया हूं। देश में ज़रूर मेरा नाम जाहिर हो गया था,–खैर, उस बात को जाने दो।

भइया के आत्मीथ मित्रों ने मिलकर एक 'मेस' बना लिया है, जिसमें हम चार आदमी रहते हैं–भइया, मैं, राम बाबू और जगन्नाथ बाबू। राम बाबू और जगन्नाथ बाबू संझले भइया के मित्र हैं। इनके सिवा एक नौकर और एक ब्राह्मण रसोइया भी है।

गदाधर रसोइया मुझसे तीन–चार वर्ष बड़ा था। ऐसा भला आदमी मैंने पहले कभी नहीं देखा। मुहल्ले के किसी भी लड़के से मेरी बातचीत नहीं हुई और न किसी से मेल–जोल ही हुआ। मगर गदाधर, बिल्कुल भिन्न प्रकृति का आदमी होने पर भी, मेरा अन्तरंग मित्र हो गया। मेरे साथ उसकी ख़ूब घुटती –कितनी गप–शप उड़ती, इसका कोई ठिकाना नहीं। वह मेदिनीपुर जिले के एक गांव का रहनेवाला था। वहां की बातें और उसका बाल्य इतिहास आदि मुझे बड़ा अच्छा लगता था। उसके गांव की बातें मैंने इतनी बार सुनी हैं कि मुझे अगर उसके गांव में आंखों पर पट्टी बांधकर अकेला छोड़ दिया जाए, तो शायद मैं तमाम गांव में और उसके आसपास मजे में घूम–फिर सकता हूं। इतवार को मैं उसके साथ किले के मैदान में घूमने जाया करता। शाम को रसोईघर में बैठकर 'कोट–पीस' खेला करता। रोटी खाने के बाद चौका उठ जाने पर उसके छोटे हुक्के से दोनों मिलकर तमाखू पी लिया करते। सभी काम हम दोनों मिलकर एक साथ करते। मुहल्ले–पड़ोस में और किसी से मेरी जान–पहचान नहीं हुई। मेरा तो साथी–संगी, यार–दोस्त,–गांव का भोला, मुन्नी, लल्लू–जो कुछ है, सब वही है। उसके मुंह से मैंने कभी,–'छोटे मुंह बड़ी बात' नहीं सुनी। झूठ–मूठ ही सब उसका निरादर करते। इससे मेरा जी जलने लगता; पर, वह अपनी जबान से कभी किसी को जवाब न देता,–जैसे वास्तव में वह दोषी ही हो।

सबको खिला–पिलाकर सबसे पीछे जब वह रसोईघर के एक कोने में

छिपकर छोटी–सी पीतल की थाली में खाने बैठता, तो मैं हज़ार काम छोड़कर वहां पहुंच जाता। बेचारे की तकदीर ही ऐसी थी कि पीछे से उसके लिए कुछ बचता न था; और तो क्या, भात तक कम पड़ जाता और किसी के खाने के समय मैं कभी उपस्थित नहीं रहा; परन्तु ऐसा तो मैंने कभी नहीं देखा कि मुझे खाते वक़्त रोटी, दाल, भात, घी, तरकारी कम पड़ी हो। इससे मुझे बड़ा बुरा मालूम होता था।

छोटेपन में मैंने दादी के मुंह से सुना है, वे मेरे लिए कहा करती थीं, 'लड़का आधा पेट खा–खाकर सूख के कांटा हो गया है,–कैसे बचेगा?' मगर मैं दादी–कथित 'भरपेट' कभी नहीं खा सकता था। सूख जाऊं चाहे कांटा हो जाऊं, मुझे 'आधा पेट' खाना ही अच्छा लगता था। अब कलकत्ते आने के बाद समझा कि उस आधे पेट और इस आधे पेट में कितना अन्तर है! इस बात का मुझे कभी अनुभव नहीं हुआ कि किसी को भर–पेट खाना न मिले, तो आंखों से आंसू आ जाते हैं! पहले मैंने न जाने कितनी बार बाबा की थाली में पानी डालकर उन्हें खाने नहीं दिया है, दादी के ऊपर कुत्ते के बच्चे को छोड़कर उन्हें नहाने–धोने के लिए बाध्य किया है। फिर, उनका खाना नहीं हुआ; मगर, उनकी आंखों में आंसू कभी नहीं आए। दादी, बाबा, अपने घर के लोग,–मेरे पूज्य, जो मुझे खूब प्यार करते थे, उनके लिए मुझे कभी दुःख नहीं हुआ; बल्कि, जान–बूझकर उन्हें अध–भूखा और बिल्कुल भूखा रखकर मुझे परम सन्तोष हुआ है। और इस गदाधर को देखो –न कुनबे का न गोत का–इसके लिए मेरी आंखों में बिना बुलाए पानी आ जाता है।

कलकत्ते आकर तुझे यह हो क्या गया, मेरी कुछ समझ में नहीं आता। आख़िर आंखों में इतना पानी आता कहां से है, कुछ पता नहीं। मुझे किसी ने रोते कभी नहीं देखा। किसी बात पर ज़िद पकड़ जाने पर पाठशाला के पंडितजी ने मेरी पीठ पर साबुत की साबुत खजूर की छड़ियां तोड़ दीं हैं; फिर भी वे मुझे कभी रुला नहीं सके। लड़के कहते, "सुकुमार की देह पत्थर की है।" मैं मन–ही–मन कहता, "देह नहीं, बल्कि मन पत्थर का है। मैं नन्हे बच्चे की तरह रोने नहीं लगता।" दरअसल रोने में मुझे बड़ी शरम मालूम होती थी,–अब भी होती है; पर अब सम्हाले सम्हलता नहीं। छिपकर, जहां कोई देख न सके, रो लिया करता हूं। ज़रा रोकर चटपट आंखें पोंछ–पांछके सम्हल जाता हूं। जब स्कूल जाता हूं तो रास्ते में सैकड़ों भिखारी भीख मांगते

नज़र आते हैं। किसी के हाथ नहीं हैं, किसी के पैर नहीं हैं, कोई अन्धा है,–इस तरह न जाने कितने तरह के दुखी देखता हूं। मैं तो तिलक लगाकर खंजरी बजाकर जो 'जय राधे' कहकर भीख मांगते हैं, उन्हें ही जानता था। फिर ये सब भिखारी किस तरह के हैं, मैं भीतर–ही–भीतर बहुत दुःखित होकर कहता, 'भगवान, इन्हें मेरे गांव में भेज दो।'

ख़ैर, अभागे भिखारियों की बात जाने दो, अब मैं अपनी बात कहता हूं। देखते–देखते आंखें इसकी आदी हो गईं; पर, मैं 'विद्यासागर' न बन सका। बीच–बीच में हमारे देश की माता सरस्वती न जाने कहां से आकर मेरे सिर पर सवार हो जाती, मैं नहीं कह सकता। उनकी आज्ञा से कभी–कभी मैं ऐसा सत्कर्म कर डालता था कि अब भी मुझे उन सरस्वतीजी से नफ़रत हो जाया करती है। डेरे पर किसका कौन–सा अनिष्ट किया जा सकता है,–रात–दिन मैं इसी फ़िकर में रहता। एक दिन की बात है, राम बाबू ने घंटे–भर मेहनत करके अपनी धोती चुनकर रखी; वे शाम को घूमने जाएंगे,–तब पहनकर जाएंगे। मैंने, मौक़ा पाकर, उसे खोलकर सीधा करके रख दिया। शाम को आकर धोती की हालत देखते ही बेचारे तकदीर ठोककर बैठ गए। मेरी ख़ुशी का क्या ठिकाना! फूला नहीं समाया।–जगन्नाथ बाबू का आफिस जाने का समय हो गया है, जल्दी–जल्दी खा–पीकर किसी तरह आफ़िसतक पहुंचना चाहते हैं। मैंने ठीक मौक़े से उनकी अचकन के बटन काटकर फेंक दिए। स्कूल जाने से पहले जरा झांककर देख गया –बेचारे चिल्लाकर रोने की तैयारी कर रहे हैं। मैं ख़ुशी के मारे रास्ते–भर हंसता रहा। शाम को आफिस से लौटकर बोले, 'मेरे बटन कम्बख़्त गदाधर ने चुराकर बेच डाले हैं, निकाल दो नालायक को ।' जगन्नाथ बाबू के बटनहरण के मामले पर भइया और राम बाबू भी भीतर ही भीतर ख़ूब हंसने लगे। भइया ने कहा, "कितने तरह के चोर होते हैं, कोई ठीक है, पर बटन तोड़कर बेच खानेवाला चोर तो आज ही सुना!" जगन्नाथ बाबू भइया की इस चुटकी से और भी बबूला हो गए। बोले, "नालायक ने सवेरे नहीं लिए, शाम को नहीं लिए, रात को नहीं लिए, ठीक आफ़िस जाते वक़्त,–बदमाशी तो देखो? दुर्गति की हद कर दी।"–उन्हें एक काला फटा कुरता पहनकर आफ़िस जाना पड़ा।

सब हंस पड़े, जगन्नाथ बाबू को भी हंसना पड़ा। पर,मैं नहीं हंस सका, मुझे डर हो गया,–कहीं गदाधर को सचमुच ही न निकाल दें। वह बेचारा

बिल्कुल बेवक़ूफ़ है, शायद कुछ कहेगा भी नहीं, चुपचाप सारा कसूर अपने ऊपर ले लेगा। अब?

भइया शायद समझ गए कि किसने बटन लिए हैं। ग़रीब गदाधर पर कोई जुल्म नहीं किया गया। पर, मैंने भी उस दिन से प्रतिज्ञा कर ली कि अब ऐसा काम कभी न करूंगा, जिससे मेरे बदले दूसरे की कोई आफत आए।

ऐसी प्रतिज्ञा मैंने पहले कभी नहीं की; और कभी करता भी या नहीं, नहीं कह सकता। सिर्फ़ गदाधर के कारण ही मुझे अपने मार्ग से विचलित होना पड़ा। मुझे उसने मिट्टी कर दिया।

इस बात को कोई नहीं कह सकता कि किस तरह किसका चरित्र सुधर जाता है। पंडितजी, बाबा,–और भी कितने ही महाशयों के लाख कोशिश करने पर भी जिस बात की प्रतिज्ञा मैंने कभी नहीं की,–और न शायद करता,–एक गदाधर महाराज का चेहरा देखकर उस बात की प्रतिज्ञा कर बैठा। उसके बाद इतने दिन बीत गए,–इस बीच में कभी मेरी प्रतिज्ञा भंग हुई या नहीं, मैं नहीं कह सकता। मगर, इतना ज़रूर है कि मैंने कभी जान–बूझकर कोई प्रतिज्ञा भंग नहीं की।

अब, और एक आदमी की बात कहता हूं। यह था हम लोगों का नौकर रामा। रामा जाति का कायस्थ या ग्वाला ऐसा ही कुछ था। कहां का रहनेवाला था, सो भी मैं नहीं कह सकता। उस जैसा फुर्तीला और होशियार नौकर मेरे देखने में नहीं आया। अगर फिर कभी उससे भेंट हो गई, तो उसके गांव का पता ज़रूर पूछ लूंगा।

सभी कामों में रामा चरखे की तरह घूमता रहता–अभी देखा कि रामा कपड़े धो रहा है, तुरन्त देखता हूं कि भइया नहाने बैठ हैं तो वह उनकी पीठ रगड़ रहा है। उसके बाद ही देखा तो पान लगाने में व्यस्त है। इस तरह, वह हर वक़्त दौड़–धूप करता रहता। भइया का वह 'फेवरिट'–बड़ा काम था, प्यारा नौकर था। पर मुझे वह देखे न सुहाता। उस नालायक के लिए अक्सर मुझे भइया से खरी–खोटी सुननी पड़ती। ख़ासकर गदाधर को वह अक्सर तंग किया करता। मैं उससे बहुत चिढ़ गया था। मगर, इससे क्या होता,–वह ठहरा भइया का 'फेवरिट'! राम बाबू भी उसे फूटी आंखों न देख सकते थे। वे उसे 'रूज' (रंगा–स्यार) कहा करते थे। उस समय इस शब्द की व्याख्या वे ख़ुद न कर सकते थे; मगर, हम यह ख़ूब समझते थे कि रामा दरअसल "रूज़' है। उनके

चिढ़ने के कारण थे। मुख्य कारण यह था कि रामा अपने को 'राम बाबू' कहा करता था। भइया भी कभी-कभी उसे 'राम बाबू' कहकर पुकारा करते थे। मगर राम बाबू को यह सब अच्छा न लगता था। ख़ैर, जाने दो इन व्यर्थ की बातों को।

एक दिन शाम को भइया एक नया लैम्प खरीद लाए। बहुत बढ़िया चीज़ थी, क़रीब पचास-साठ रुपये दाम होंगे। शाम को जब सब घूमने चले गए, तब मैंने गदाधर को बुलाकर उसे दिखाया। गदाधर ने ऐसी बत्ती कभी नहीं देखी थी। वह बहुत ही खुश हुआ, और दो-एक बार उसने उसे इधर-उधर करके देखा भाला। इसके बाद वह अपने काम से चला गया। पर मेरी 'क्यूरियासिटी' (कुतूहल) शान्त नहीं हुई। मैं उसकी चिमनी खोलकर देखना चाहता था कि कैसे खुलती है। देखूं, कि उसके भीतर कैसी मशीन है-बहुत खोलकर हिलाया-डुलाया, इधर-उधर किया, घुमाने-फिराने की कोशिश की; पर, खोल न सका। बहुत 'आब्जर्वेशन' (देखभाल और सोच-विचार) के बाद मैंने देखा कि नीचे एक स्क्रू है, लिहाजा मैंने घुमाया। घुमा ही रहा था कि चट से उसका नीचे का हिस्सा अलग हो गया और जल्दी में मैं उसे थाम न सका, नतीजा यह हुआ कि उसका शीशा टेबिल से नीचे गिरकर चकनाचूर हो गया।

उस दिन बहुत रात बीते मैं लौटा। पर आकर देखा,-वहां बड़ी हाय-तोबा मची हुई है। गदाधर को चारों तरफ़ से घेरकर सब लोग बैठे हैं। गदाधर से जिरह की जा रही है। भइया ख़ूब बिगड़ रहे हैं।

गदाधर की आंखों से टपटप आंसू गिर रहे थे। वह कह रहा था, "बाबूजी, मैंने इसको ज़रा छुआ ज़रूर था, पर तोड़ा नहीं; सुकुमार बाबू ने मुझे दिखाया, मैंने सिर्फ़ देखा, उसके बाद ये घूमने चले गए, मैं भी रसोई बनाने चला गया।"

किसी ने उसकी बात पर विश्वास नहीं किया। प्रमाणित हो गया कि उसी ने चिमनी तोड़ी है। उसकी तनख़ा बाक़ी थी, उसमें से साढ़े तीन रुपया काटकर नई चिमनी मंगाई गई। शाम को जब बत्ती जलाई गई, तो सब बहुत ख़ुश हुए; सिर्फ़ मेरी दोनों आंखें जलने लगीं। हर वक़्त मन में यही ख़याल आने लगा, मानो मैंने उसकी मां के साढ़े तीन रुपये चुरा लिए।

तब मुझसे वहां रहा नहीं गया। रो–बिलखकर किसी तरह भइया को राजी करके में गांव पहुंच गया। सोचा था, दादी से रुपये लाकर चुपके से साढ़े तीन की जगह सात रुपये गदाधर को दूंगा। मेरे पास उस वक़्त रुपये बिल्कुल न थे। सब रुपये भइया के पास थे। इसीलिए रुपयों के लिए मुझे देश आना पड़ा। सोचा था कि एक दिन से अधिक नहीं ठहरूंगा। मगर हुआ कुछ और ही। यद्यपि बाबा के कारज में अब भी बहुत दिन बाक़ी थे, फिर भी, सात–आठ दिन वहां बीत ही गए।

सात–आठ दिन बाद फिर कलकत्ते पहुंचा। मकान में पैर रखते ही पुकारा, 'गदा!' किसी ने जवाब नहीं दिया। फिर बुलाया, 'गदाधर महाराज!' अबकी बार भी जवाब नदारद! फिर कहा, 'गदा!' कि रामा ने आकर कहा, "छोटे बाबू, अभी आ रहे हैं क्या?"

"हां, हां, अभी चला ही आ रहा हूं। महाराज कहां है?"

"महाराज तो नहीं है।"

"कहां गया है?"

"बाबू ने उसे निकाल दिया।"

"निकाल दिया–क्यों?"

"चोरी की थी, इसलिए।"

पहले बात मेरी ठीक से समझ में नहीं आई, इसी से कुछ देर तक मैं रामा का मुंह देखता रहा। रामा मेरे मन का भाव ताड़ गया; ज़रा मुस्कुराकर बोला, "छोटे बाबू, आप ताज्जुब कर रहे हैं! मगर उसे आप लोग पहचानते न थे, इसी से इतना चाहते थे, वह छुपी हुई डाइन जैसा था बाबू, उस भीगी बिल्ली को मैं ही अच्छी तरह जानता था।"

किस तरह वह छुपी डाइन था, और क्यों मैं उस भीगी बिल्ली को नहीं पहचान सका,–यह मेरी समझ में कुछ न आया। मैंने पूछा, "किसके रुपये चुराए थे उसने?"

"बड़े बाबू के।"

"कहां थे रुपये?"

"कोट की जेब में।"

"कितने रुपये थे।"

"चार रुपये।"

"देखा किसने था?"

"आंखों से तो किसी ने नहीं देखा, पर देखा ही समझिए।"

"क्यों?"

"इसमें पूछने की कौन–सी बात है? आप घर में थे नहीं, राम बाबू ने लिए नहीं, जगन्नाथ बाबू ले नहीं सकते, मैंने लिए नहीं; तो फिर गए कहां? लिए किसने?"

"अच्छा, तो तूने उसे पकड़ा है?"

रामा ने हंसते हुए कहा, "और नहीं तो कौन पकड़ता!"

ठनठनिया का जूता आप आसानी से खरीद सकते हैं। ऐसा मजबूत जूता शायद और कहीं नहीं बनता।–उसी से मैंने उसकी खूब...

मैं रसोई में जाकर रो पड़ा। उसका वह छोटा–सा काला हुक्का एक कोने में पड़ा था, उस पर धूल जम गई थी। आज चार–पांच रोज़ से उसको किसी ने छुआ भी नहीं, किसी ने पानी तक नहीं बदला। दीवार पर एक जगह कोयले से लिखा हुआ है, 'सुकुमार बाबू, मैंने चोरी की है, अब मैं यहां से जाता हूं। अगर जिन्दा रहा, तो फिर कभी आऊंगा।'

मैं तब लड़का ही तो था। बिल्कुल बच्चे की तरह उस हुक्के को छाती से लगाकर फूट–फूटकर रोने लगा। क्यों? इसकी वजह मुझे नहीं मालूम।

फिर मुझे उस मकान में अच्छा नहीं लगने लगा। शाम को घूम–फिरकर एक बार रसोई में जाता और दूसरे रसोइया को खाना बनाते देख चुपचाप लौट आता। अपने कमरे में आकर किताब खोलकर पढ़ने बैठ जाता। कभी–कभी मुझे भइया भी देखे नहीं सुहाते। रोटी तक मुझे कडुवी मालूम होने लगती।

बहुत दिनों बाद एक रोज़ मैंने भइया से कहा, "बड़े भइया, क्या किया तुमने?"

"किसका क्या किया?"

"गदा ने तुम्हारे रुपये कभी नहीं चुराए। सभी जानते हैं, मैं गदाधर महाराज को बहुत चाहता था।"

भइया ने कहा–"हां, काम तो अच्छा नहीं हुआ, सुकुमार। पर, अब तो जो होना था सो हो गया। लेकिन, रामा को तूने इतना मारा क्यों था?"

"अच्छे मारा था, क्या मुझे भी निकाल दोगे?"

भइया ने मेरे मुंह से कभी ऐसी बात नहीं सुनी। मैंने फिर पूछा, "तुम्हारे

जाने पर उनके मित्रों ने कहा, "चालीस–इकतालीस क्या कोई उमर में उमर है! तुम दूसरा ब्याह करो।" शत्रु पक्ष के लोग सुनकर हंसने लगे। बोले, "चालीसी तो शिवचरण की चालीस वर्ष पहले ही पार हो चकी है!" मतलब यह है कि दोनों में से कोई भी बात सच नहीं। असल बात यह थी कि बड़े बाबू का दिव्य गोरा हृष्टपुष्ट शरीर था, भरे हुए चेहरे पर लोभ का चिह्नमात्र न था। यथासमय दाढ़ी–मूंछें न पैदा होने से कुछ सहूलियत तो हो सकती है, पर अड़चनें भी काफ़ी होती हैं! उमर का अन्दाजा लगाने के बारे में जो नीचे की तरफ़ नहीं जाना चाहते, ऊपर की ओर वे गिनती के किस कोठे में जाकर ठहरेंगे, इसकी उन्हें स्वयं ही कुछ थाह नहीं मिलती। ख़ैर, कुछ भी हो, धनवान पुरुष का ब्याह किसी भी देश में उमर के पीछे नहीं रुकता, फिर बंगाल में तो रुकने ही क्यों लगा! क़रीब डेढ़ महीना तो शोक–ताप और 'नहीं–नहीं' करते–कराते बीत गया, उसके बाद शिवचरण हरिलक्ष्मी को ब्याह कर अपने घर ले आए। कारण शत्रुपक्ष के लोग चाहे कुछ भी क्यों न कहते रहें, यह बात माननी ही पड़ेगी कि प्रजापति[1] सचमुच ही उन पर अत्यन्त प्रसन्न थे। उन लोगों ने गुपचुप बातचीत की, 'यह बात नहीं कि वर की तुलना में नववधू की उमर बिल्कुल ही असंगत हो मगर हां, दो–एक बाल–बच्चे लेकर घर आती तो फिर कहने–सुनने की कोई बात ही न रह जाती।' लेकिन, इस बात को सभी ने स्वीकार किया कि वह सुन्दरी है, मतलब यह कि साधारणतः बड़ी उमर की लड़कियों से भी लक्ष्मी की उमर कुछ ज़्यादा हो गई थी, शायद उन्नीस से कम न होगी। उसके पिता आधुनिक विचार के सुधारक आदमी हैं, उन्होंने बड़े जतन से लड़की को ज़्यादा उमर तक शिक्षा देकर मैट्रिक पास कराया था। उनकी इच्छा तो कुछ और ही थी, सिर्फ़ व्यापार फेल हो जाने और आकस्मिक दरिद्रता आ जाने के कारण ही उन्हें ऐसे सुपात्र को कन्या अर्पण करने के लिए लाचार होना पड़ा था।

लक्ष्मी शहर की लड़की ठहरी; पति को उसने दो ही चार दिन में पहचान लिया। उसके लिए मुश्किल यह हुई कि आत्मीय–स्वजन–मिश्रित अनेक परिजनों से घिरे हुए इस बड़े घर में वह जी खोलकर किसी से हिल–मिल न सकी। उधर शिवचरण के प्रेम का तो कोई अन्त ही न था। सिर्फ़ वृद्ध की तरुणी–भार्या होने के कारण ही नहीं, उसे तो मानो एकबारगी ही अमूल्य

1. विवाह के देवता।

निधि मिल गई। घर के लोग–नौकर–चाकर और औरतें, कुछ ठीक न कर सके कि कैसे उनकी मिजाजपुरसी करें; पर एक बात वह अक्सर सुना करती थी,–अब मंझली बहू के मुंह पर कालिख लग गई। रूप में, गुण में, विद्या–बुद्धि में,–हर एक बात में अब उसका गर्व चूर हो गया।

मगर इतना करने पर भी कुछ न हो सका, दो महीने के अन्दर लक्ष्मी बीमार पड़ गई। इस बीमारी की हालत में ही एक दिन मंझली बहू के साथ उसकी भेंट हुई। मंझली बहू से मतलब है विपिन की स्त्री से। बड़े घर की नई बहू के बुखार की ख़बर सुनकर वह देखने आई थी। उमर में वह शायद दो–तीन साल बड़ी होगी। इस बात को मन ही मन लक्ष्मी ने भी स्वीकार किया कि वह सुन्दरी है, परन्तु इस उमर में भी उसके सारे शरीर पर दरिद्रता की भीषण मार के चिहन स्पष्ट दिखाई दे रहे थे। साथ में छः–सात साल का लड़का था, वह भी दुबला–पतला। लक्ष्मी आदर के साथ अपने बिछौने पर एक तरफ़ बैठने के लिए स्थान कर कुछ देर तक चुपचाप उसकी ओर देखतीं रही। हाथ में दो–दो चूड़ियों के सिवा सारे अंग पर कोई और गहना नहीं। पहनावे में अधमैली लाल किनारी की धोती है, शायद वह उसके पति की होगी। गांव की प्रथा के अनुसार लड़का दिगम्बर नहीं था, उसकी भी कमर में एक रंगी हुई छोटी धोती थी।

लक्ष्मी ने मंझली बहू का हाथ धीरे–से अपनी तरफ़ खींचते हुए कहा, "सौभाग्य से बुखार आ गया, तभी तो आपसे मुलाकात हो सकी। मगर रिश्ते में जेठानी होती हूं, मंझली बहू। सुना है कि मंझले देवरजी इनसे बहुत छोटे हैं।"

मंझली बहू ने सहास्य मुख से कहा, "रिश्ते में छोटी होने पर क्या 'आप' कहा जाता है?"

लक्ष्मी ने कहा, "बस, पहले दिन जो कहा, सो कह दिया; नहीं तो 'आप' कहनेवाली मैं नहीं हूं। मगर तुम भी मुझे 'जीजी' नहीं कह सकतीं, यह मुझसे बरदाशत न होगा। मेरा नाम लक्ष्मी है।"

मंझली बहू ने कहा, "नाम बताने की ज़रूरत नहीं, जीजी, आपको देखते ही मालूम हो जाता है। ओर मेरा नाम न मालूम किसने मज़ाक़ में रख दिया था कमला।" कहकर वह कुतुहल के साथ ज़रा हंस दी।

हरिलक्ष्मी के जी में आया कि वह भी प्रतिवादस्वरूप कहे कि तुम्हारी

तरफ़ देखने से ही तुम्हारा नाम मालूम हो जाता है; परन्तु वह इस डर से कह न सकी कि ऐसा कहना नक़ल की तरह सुनाई देगा। बोली, "हम दोनों के एक ही माने हैं। लेकिन मंझली बहू, मैं तुमसे 'तुम' कह सकी, पर तुमसे तो 'तुम' कहते नहीं बना?"

मंझली बहू ने हंसते हुए जवाब दिया, "चट से निकलता नहीं मुंह से जीजी। एक उमर के सिवा आप सभी बातों में मुझसे बड़ी हैं। अभी दो–चार दिन जाने दो,–ज़रूरत पड़ने पर बदलने में कितनी देर लगती है?"

हरिलक्ष्मी के मुंह पर सहसा इसका प्रत्युत्तर तो नहीं आया, पर वह मन–ही–मन समझ गई कि यह औरत पहले दिन के परिचय को अधिक घनिष्ठ नहीं करना चाहती। मगर उसके कुछ कहने के पहले ही मंझली बहू उठने की तैयारी करके बोली, "तो अब उठती हूं जीजी, कल फिर–"

हरिलक्ष्मी आश्चर्यान्वित होकर बोली, "अभी से चली जाओगी कैसे, ज़रा बैठो।"

मंझली बहू ने कहा, "आप हुक्म करेंगी तो बैठना पड़ेगा; पर आज जाने दीजिए, जीजी, उनके आने का समय हो गया है।" इतना कहकर वह उठकर खड़ी हो गई और लड़के का हाथ पकड़कर जाने के पहले हंसती हुई बोली, "चलती हूं जीजी। कल ज़रा सिदौसी चली आऊंगी, क्यों?" यह कहकर वह धीरे से बाहर निकल गई।

विपिन की स्त्री के चले जाने पर हरिलक्ष्मी उसी तरफ़ देखती हुई चुपचाप पड़ी रही। अब बुखार नहीं था, पर उसकी ग्लानि बनी हुई थी। फिर भी कुछ देर के लिए वह सबकुछ भूल गई। अब तक गांव–भर की इतनी बहू–बेटियां आई हैं, जिनका शुमार नहीं, परन्तु बगलवाले गरीब घर की इस बहू के साथ उनकी कोई तुलना ही नहीं हो सकती। वे अपने–आप आईं और उठना ही नहीं चाहती थीं। और बैठने के लिए कहा गया, तो फिर कहना ही क्या! उनमें कितनी प्रगल्भता थी, कितनी वाचालता थी, मनोरंजन करने के लिए कितना लज्जाजनक प्रयास था उनका। बोझ से दबा हुआ उनका मन बीच–बीच में विद्रोही हो उठा है, परन्तु उन्हीं में से अकस्मात यह कौन आकर, उसकी रोग–शय्या के पास कुछ क्षणों के लिए, अपना ऐसा परिचय दे गई? उसके मायके की बात पूछने का समय नहीं मिला, परन्तु बिना पूछे ही लक्ष्मी न जाने कैसे समझ गई कि उसकी तरह वह कलकत्ते की लड़की हरगिज़ नहीं।

इसके लिए विपिन की स्त्री की प्रसिद्धि है कि गांव की रहनेवाली होने पर भी पढ़ी–लिखी है। लक्ष्मी ने सोचा, मुमकिन है कि मंझली बहू स्वर के साथ रामायण–महाभारत पढ़ सकती हो, पर इससे ज़्यादा और कुछ नहीं। जिस पिता ने विपिन जैसे दीन–दुःखी के हाथ अपनी लड़की सौंपी है उसने कोई घर पर मास्टर रखकर और स्कूल में पढ़ाकर पास कराके कन्यादान नहीं किया होगा। उज्ज्वल श्याम वर्ण है,–पर गोरा नहीं कहा जा सकता। रूप की बात छोड़ दो,–शिक्षा, संस्कार, अवस्था, किसी भी बात में तो विपिन की स्त्री उसके सामने टिक नहीं सकती। परन्तु एक बात में लक्ष्मी ने अपने को मानो उससे छोटा समझा। वह था उसका कंठस्वर। मानो वह संगीत हो, और बात करने का ढंग तो मानो बिल्कुल मधु से भरा हुआ था। ज़रा भी जड़ता नहीं; इतनी सहज–सरल बातचीत थी उसकी। बातें मानो वह अपने घर से कंठस्थ कर लाई हो। परन्तु, सबसे ज़्यादा जिस चीज़ ने उसे बांध डाला, वह थी उसकी दूरी। इस बात को कि वह ग़रीब घर की बहू है, मुंह से न कहने पर भी इस ढंग से प्रकट करके गई कि मानो यही उसके लिए स्वाभाविक है, मानो इसके सिवा और कुछ उसे शोभा नहीं देता। यह बताने के सिवा और किसी उद्देश्य का उसमें लेशमात्र भी नहीं था कि वह ग़रीब है, पर कंगाल नहीं। एक भले घर की बहू दूसरे घर की एक बीमार बहू को देखने आई है। शाम को जब पति देखने आए, तब हरिलक्ष्मी ने और–और बातचीत होने के बाद कहा, "उसकी घर की मंझली बहू से आज भेंट हुई थी।"

शिवचरण ने कहा, "किससे? विपिन की बहू से?"

हरिलक्ष्मी ने कहा, "हां, मेरे भाग्य अच्छे थे जो इतने दिनों के बाद ख़ुद ही मुझे देखने आई थी। पर पांचेक मिनट से ज्यादा ठहरी नहीं; काम था, इसलिए चली गई।"

शिवचरण ने कहा, "काम! अरे, उन लोगों के घर कोई नौकर–नौकरानी थोड़े ही है। बासन मांजने से लगाकर बटलोई चढ़ाने तक सभी काम अपने हाथ से करने पड़ते हैं। भला तुम्हारी तरह पड़े–पड़े बैठे–बैठे आराम कर तो ले कोई! एक गिलास पानी तक तो तुम्हें अपने हाथ से भरकर पीना नहीं पड़ता।"

अपने सम्बन्ध में ऐसा मन्तव्य हरिलक्ष्मी को बहुत ही बुरा मालूम हुआ; पर यह समझकर वह ग़ुस्सा नहीं हुई कि बात तो उसकी बड़ाई करने के

लिए ही कही गई थी, अपमान करने के लिए नहीं। बोली, "सुना है कि मंझली बहू को बड़ा घमंड है, अपना घर छोड़कर कहीं आती-जाती नहीं?"

शिवचरण ने कहा, "जाएगी कैसे? हाथों में दो-दो चूड़ियों के सिवा खाक-पत्थर कुछ पास में है भी, मारे शरम के मुंह नहीं दिखा सकती।"

हरिलक्ष्मी ने ज़रा हंसकर कहा, "इसमें शरम काहे की? दुनिया के लोग क्या उसकी देह पर जड़ाऊ गहने के लिए व्याकुल हो रहे हैं, जो न देखेंगे तो छि:छि: करते डोलेंगे?"

शिवचरण ने कहा, "जड़ाऊं गहने मैंने तुम्हें दिए हैं, किसी साले के बेटे ने वैसे आंखों से देखे भी हैं? अपनी स्त्री को आज तक दो चूड़ियों के सिवा और कुछ बनवाकर न दे सका। हुं:हुं:, बाबू, रुपये का ज़ोर बड़ा ज़ोर है! जूता मारूंगा और-"

हरिलक्ष्मी क्षुण्ण और अत्यन्त लज्जित होकर बोली, "छि: छि:, ऐसी बात क्यों कह रहे हो?"

शिवचरण ने कहा, "नहीं-नहीं, हमारे पास दबी-छिपी बात नहीं, जो कुछ कहूंगा सो साफ़-साफ़ कह दूंगा।"

हरिलक्ष्मी चुपचाप आंखें मींचे पड़ी रही। कहने को और था ही क्या? ये लोग कमज़ोरों के विरुद्ध अत्यन्त असभ्य बात कठोर और कर्कश स्वर में कहने को ही स्पष्टवादिता समझते हैं। शिवचरण शान्त न रहा; कहने लगा, "ब्याह में जो पांच सौ रुपये उधार लिए थे, उसके ब्याज-असल मिलाकर सात सौ हो गए, उसका भी कुछ ख़याल है? ग़रीब है,-एक किनारे से पड़ा है, पड़ा रहे। अरे मैं चाहूं तो कान पकड़के निकाल बाहर कर सकता हूं। जो दासी के लायक नहीं, वह मेरी स्त्री के सामने घमंड दिखलाती है!"

हरिलक्ष्मी करवट बदलकर सो रही। एक तो बीमार, उस पर विरक्ति और लज्जा से सारे शरीर में भीतर से मानो कंपकंपी आने लगी!

दूसरे दिन दोपहर को घर में मृदु शब्द सुनकर हरिलक्ष्मी ने आंख खोलकर देखा तो विपिन की स्त्री चुपके से बाहर जा रही है। उसने बुलाकर कहा, "मंझली बहू, चली जा रही हो जो?"

मंझली बहू ने शरमाते हुए लौटकर कहा, "मैंने सोचा कि आप सो रही हैं। आज कैसी तबीयत है जीजी?"

हरिलक्ष्मी ने कहा, "आज बहुत अच्छी हूं। कहां, तुम अपने लल्ला को

तो नहीं लाईं?"

मंझली बहू ने कहा, "आज वह अचानक सो गया, जीजी।"

"अचानक सो गया, इसका मतलब?"

"आदत खराब हो जाएगी, इसलिए दिन में मैं उसे सोने ही नहीं देती, जीजी।"

हरिलक्ष्मी ने पूछा, "धाम में ऊधम करता नहीं फिरता?"

मंझली बहू ने कहा, "करता क्यों नहीं फिरता? मगर दोपहर को सोने की अपेक्षा वह कहीं अच्छा।"

"तुम ख़ुद शायद नहीं सोती?"

"मंझली बहू ने हंसते हुए सिर हिलाकर कहा, "नहीं।"

हरिलक्ष्मी ने सोचा था, स्त्रियों के स्वभाव के अनुसार अबकी बार शायद वह अपने अनवकाश की लम्बी सूची सुनाने बैठ जाएगी, मगर उसने ऐसी कोई बात नहीं की। इसके बाद और–और बातें होने लगीं। बात–बात में हरिलक्ष्मी ने अपने मायके की बात, भाई–बहन की बात, मास्टर साहब की बात, स्कूल की बात,–यहां तक कि अपने मैट्रिक पास करने की भी बात–कह डाली। बहुत देर बाद जब उसे होश आया, तब उसने स्पष्ट देखा कि मंझली बहू श्रोता के लिहाज से चाहे जितनी अच्छी क्यों न हो, वक्ता के लिहाज से वह कुछ भी नहीं। अपनी बात प्राय: कुछ कही ही नहीं। पहले तो लक्ष्मी को शरम मालूम हुई, पर उसी वक़्त उसे मालूम हुआ कि गपशप करने लायक उसके पास है ही क्या! मगर कल जैसे इस बहू के विरुद्ध उसका मन अप्रसन्न हो उठा था, आज वैसे ही उसे भारी तृप्ति–सी मालूम हुई।

दीवार पर टंगी हुई क़ीमती घड़ी में नाना प्रकार के बाजों के साथ तीन बजे। मंझली बहू उठ खड़ी हुई और विनय के साथ बोली, "जीजी, अब चलती हूं।"

लक्ष्मी ने कुतूहल के साथ कहा, "बहिन, तुम्हारी क्या तीन बजे तक ही छुट्टी रहती हैं? लालाजी क्या घड़ी देखकर ठीक टाइम से घर आते हैं?"

मंझली बहू ने कहा, "आज वे घर पर ही हैं।"

"फिर आज जल्दी काहे की, और थोड़ा बैठो न!"

मंझली बहू बैठी नहीं, लेकिन जाने के लिए पैर भी नहीं बढ़ा सकी। आहिस्ता से बोली, "जीजी, आपने कितनी शिक्षा पाई है, कितना पढ़ा–लिखा

है, और मैं ठहरी गंवई–गांव की–"

"तुम्हारा मायका क्या गांव में है?"

"हां जीजी, बिल्कुल देहात में। बिना समझे कल क्या कहते क्या कह दिया हो,–पर असम्मान करने के लिए नहीं, आप मुझे जैसी भी कसम खाने को कहेंगी जीजी,–''

हरिलक्ष्मी दंग रह गई, बोली, "ऐसा क्यों कहती हो मंझली बहू, तुमने तो कल ऐसी कोई भी बात नहीं कही।"

मंझली बहू ने उसके जवाब में फिर कोई बात नहीं कही। परन्तु 'चल दी' कहकर जब वह फिर से विदा लेकर धीरे–धीरे जाने लगी, तब उसका कंठ–स्वर अकस्मात कुछ और ही तरह का सुनाई दिया।

रात को शिवचरण जब घर में आए, तब हरिलक्ष्मी चुपचाप लेटी हुई थी। शरीर अपेक्षाकृत स्वस्थ, मन भी शान्त और प्रसन्न था।

शिवचरण ने पूछा, "कैसी तबीयत है, बड़ी बहू?"

लक्ष्मी उठ बैठी, बोली, "अच्छी है।"

शिवचरण ने कहा, "सवेरे की बात मालूम हुई? बच्चू को बुलवाकर सबके सामने ऐसा झाड़ दिया है कि जन्म–भर न भूलेगा। मैं बेलपुर का शिवचरण चौधरी हूं, हां!"

हरिलक्ष्मी डर गई, बोली, "किसे जी?"

शिवचरण ने कहा, "विपिन को बुलाकर कह दिया, तुम्हारी स्त्री मेरी स्त्री के पास आकर शान दिखाके उसका अपमान कर गई, इतनी हिमाकत उसकी! पाजी, नालायक, ओछे घर की लड़की कहीं की! उसके बाल कटवाकर मुंह काला करके गधे पर चढ़ाकर गांव से निकाल बाहर कर सकता हूं, जानता है!"

हरि लक्ष्मी का रोग–क्लिष्ट चेहरा एक बारगी सफ़ेद फक पड़ गया; वह बोली "तुम कहते क्या हो जी?"

शिवचरण अपनी छाती ठोंककर गर्व के साथ कहने लगा, "इस गांव में जज समझो, मजिस्ट्रेट समझो, और दरोगा या पुलिस समझो,–सबकुछ यही बन्दा है! यही बन्दा! मारने की लकड़ी, जिलाने की,–सब मेरी मुट्ठी में है। तुम कहो तो कल ही अगर विपिन की बहू आकर तुम्हारे पैर न दबाए, तो मैं लाटू चोधरी की पैदाइश ही नहीं। मैं–"

इस तरह विपिन की बहू को सबके सामने अपमानित और लांछित करने के वर्णन और व्याख्यान में लाटू चौधरी के पुत्र ने अपशब्द और कुशब्दों के व्यय में कोई कसर नहीं रखी। और उसके सामने स्तब्ध निर्निमेष दृष्टि से देखती हुई हरिलक्ष्मी का मन कहने लगा–धरती माता, फट पड़ो!

दूसरी बार की तरुणी भार्या के शरीर की रक्षा के लिए शिवचरण सिर्फ़ एक अपनी देह के सिवा और सबकुछ दे सकता था। हरिलक्ष्मी वह देह बेलपुर में न संभाल सकी। डाक्टरों ने यह सलाह दी कि हवा–पानी बदलना चाहिए। शिवचरण ने अपने साढ़े पन्द्रह आने की हैसियत के अनुसार बड़े ठाठ–बाट से हवा बदलने जाने की तैयारियां शुरू कर दीं। यात्रा के शुभ मुहूर्त के दिन गांव के लोग टूट पड़े, सिर्फ़ आया नहीं तो एक विपिन और उसकी स्त्री। बाहर शिवचरण न कहने लायक बातें कहने लगा, और भीतर बड़ी बुआ ने उग्र रूप धारण कर लिया। बाहर भी 'स्थायी' में स्वर मिलानेवालों की कमी न रही और भीतर भी उसी तरह बुआ के चीत्कार को बढ़ानेवाली स्त्रियां काफ़ी जुट गईं। सिर्फ़ कुछ नहीं बोली तो एक हरिलक्ष्मी! मंझली बहू के प्रति उसके क्षोम और अभिमान की मात्रा किसी से भी कम न थी; वह मन ही मन कहने लगी–मेरे बर्बर पति ने कितना भी अन्याय क्यों न किया हो, मैंने ख़ुद तो कुछ नहीं कहा! परन्तु घर की और बाहर की औरतें जो कुछ आज चिल्ला रही थीं, उनके साथ किसी तरह स्वर से स्वर मिलाने में उसे घृणा मालूम होने लगी। जाते समय पालकी का दरवाज़ा हटा के लक्ष्मी ने उत्सुक दृष्टि से विपिन के टूटे–फूटे घर की खिड़की की ओर देखा, परन्तु किसी की छाया तक उसे दिखाई नहीं दी।

काशी में मकान ठीक कर लिया गया था। वहां की आब–हवा के गुण से लक्ष्मी के नष्ट स्वास्थ्य की पुन: प्राप्ति में देर न हुई। चार महीने बाद जब वह लौटकर आई, तब उसके शरीर की कान्ति देखकर स्त्रियों की गुप्त ईर्ष्या का ठिकाना न रहा।

हेमन्त ऋतु आ रही है। दोपहर को मंझली बहू बैठी अपने चिर–रुग्ण पति के लिए एक ऊनी गुलबन्द बुन रही थी, पास ही लड़का बैठा खेल रहा था। वह देखकर चिल्ला उठा, "मां, ताई जी!"

मां ने हाथ का काम जहां का तहां छोड़कर चटपट उठकर नमस्कार किया और बैठने के लिए आसन बिछा दिया। फिर खिले हुए चेहरे से कहा, "तबीयत ठीक हो गई जीजी!"

लक्ष्मी ने कहा, "हां, हो गई। मगर ठीक नहीं भी तो हो सकती थी। ऐसा भी तो हो सकता था कि फिर लौटकर ही न आती, फिर भी जाते समय तुमने ज़रा भी खोज-ख़बर नहीं ली; रास्ते-भर तुम्हारी खिड़की की तरफ़ देखती हुई गई, ज़रा एक बार छाया तक न दिखाई दी। मरीज बहिन चली जा रही है, ज़रा मोह भी न हुआ, मंझली बहू! ऐसी पत्थर की बनी हो तुम!"

मंझली बहू की आंखें डबडबा आईं, पर मुंह से कोई उत्तर न निकला।

लक्ष्मी ने कहा, "मुझमें और चाहे जो कुछ भी दोष हो, मंझली बहू, मेरा मन तुम्हारी तरह कठोर नहीं है। भगवान न करें, मगर ऐसे मौक़े पर मैं तुम्हें बिना देखे न रह सकती थी।"

मंझली बहू ने इस आरोप का भी कुछ जवाब नहीं दिया, वह चुपचाप खड़ी रही!

लक्ष्मी इसके पहले यहां और कभी नहीं आई, पहले-पहल आज ही उसने इस घर में पैर रखा था। वह इधर-उधर फिरकर सब कोठरियां देखने लगी। सौ साल का पुराना टूटा-फूटा मकान है, उसमें सिर्फ़ तीन कोठरियां किसी कदर रहने लायक हैं। दरिद्रता का आवास है,-असबाब तो नहीं के बराबर है, दीवारों का चूना झरता जा रहा है, मरम्मत कराने की ताक़त नहीं; फिर भी अनावश्यक गन्दापन कहीं ज़रा देखने को भी नहीं। छोटे-छोटे बिछौने हैं, पर साफ़-सुथरे। दो-चार देवी-देवताओं के चित्र टंगे हैं, और हैं मंझली बहू के अपने हाथ की शिल्पकला के कुछ नमूने। ज्यादातर ऊन और सूत के काम की चीज़ें हैं। उनमें न तो कोई नौसिखिए के हाथ का लाल चोंचवाला तोता ही है ओर न पंचरंगी बिल्ली की सूरत। क़ीमती फ्रेम में जड़े हुए लाल, नीले, बैंगनी, सफ़ेद आदि रंगों के ऊन से बुने हुए 'वेलकम', 'स्वागतम' या ग़लत उच्चारण के गीता के श्लोक भी नहीं। लक्ष्मी ने आश्चर्य के साथ पूछा, "यह किसकी तस्वीर है मंझली बहू? पहिचाना हुआ-सा चेहरा मालूम होता है?"

मंझली बहू ने शरमाते हुए हंसकर कहा, "तिलक महाराज की तस्वीर देख-देखकर बनाने की कोशिश की थी, जीजी, पर कुछ बनी नहीं।" यह कहते हुए उसने उंगली उठाकर सामने की दीवार पर टंगे हुए भारत के कौस्तुभ

लोकमान्य तिलक का चित्र दिखा दिया।

लक्ष्मी बहुत देर तक उस तरफ़ देखती रही, फिर आहिस्ता से बोली, "पहिचान नहीं सकी, यह मेरा ही कसूर है मंझली बहू, तुम्हारा नहीं। मुझे सिखा दोगी बहिन? यह विद्या अगर सीख सकी तो तुम्हें गुरु मानने में कोई ऐतराज न होगा।"

मंझली बहू हंसने लगी। उस दिन तीन–चार घंटे बाद लक्ष्मी जब लौटी तब यह बात तय कर गई कि वह शिल्पकला सीखने के लिए कल से रोज़ आया करेगी।

आने भी लगी, परन्तु, दस–पन्द्रह दिन में वह साफ़ समझ गई कि वह विद्या सिर्फ़ कठिन ही नहीं, बल्कि सीखने में भी काफ़ी लम्बा समय लेगी। एक दिन लक्ष्मी ने कहा, "मंझली बहू, तुम मुझे खूब ध्यान से नहीं सिखाती हो।"

मंझली बहू ने कहा, "इसमें तो काफ़ी समय लगेगा, जीजी, इससे अच्छा है कि आप और–और बुनावटें सीखें।"

लक्ष्मी भीतर–ही–भीतर ग़ुस्सा हो गई पर इसे छिपाते हुए उसने पूछा, "तुम्हें सीखने में कितने दिन लगे थे, मंझली बहू?"

मंझली बहू ने जवाब दिया, "मुझे तो किसी ने सिखाया नहीं, जीजी, अपनी कोशिश से ही थोड़ा–थोड़ा करके–"

लक्ष्मी ने कहा, "इसी से। नहीं तो, दूसरे से सीखतीं तो तुम भी समय का हिसाब रखतीं।"

मुंह से चाहे वह कुछ भी कहे, पर मन–ही–मन उसने बिना किसी सन्देह के अनुभव किया कि मेधा और तीक्ष्ण बुद्धि में इस मंझली बहू के सामने वह खड़ी नहीं हो सकती। आज उसके सीखने का काम बढ़ न सका और समय से बहुत पहले ही वह सुई–डोरा और पैटर्न लपेटकर चल दी। दूसरे दिन आई नहीं, और रोज़ के आने में यह पहले–पहल नागा हुआ।

तीन–चार दिन के बाद फिर एक दिन हरिलक्ष्मी अपने सुई–डोरे का बाक्स लेकर मंझली बहू के घर पहुंची। मंझली बहू तब अपने लड़के को रामायण से तस्वीरें दिखा–दिखाकर उसकी कथा सुना रही थी। लक्ष्मी को देखते ही उठकर उसने आसन बिछा दिया। उद्विग्न कंठ से पूछने लगी, "दो–तीन दिन आईं नहीं, तबीयत ठीक नहीं थी क्या?"

लक्ष्मी ने गम्भीर होकर कहा, "नहीं तो, ऐसे ही पांच–छ: दिन नहीं आ सकी।"

मंझली बहू ने आश्चर्य प्रकट करते हुए कहा, "पांच–छ: दिन नहीं आई? शायद इतने दिन हो गए होंगे। पर आज दो घंटे ज़्यादा रखकर नागों की कसर निकाल लेना चाहती हूं।"

लक्ष्मी ने कहा, "हूं। लेकिन मान लो, मेरी तबीयत ही ख़राब हुई होती, मंझली बहू, तुम्हें एक बार तो ख़बर लेनी चाहिए थी?"

मंझली बहू ने शरमाते हुए कहा, "लेनी ज़रूर चाहिए थी, पर घर–गिरस्ती के बहुत तरह के काम–धन्धे हैं– अकेली ठहरी, किसे भेजती बताइए? पर मैं मानती हूं, कसूर हुआ है जीजी।"

लक्ष्मी मन–ही–मन खुश हुई। पिछले कई दिन वह अत्यन्त अभिमान के कारण ही नहीं आई थी, और साथ ही, 'जाऊंगी–जाऊंगी' करके ही उसने दिन काटे हैं। इस मंझली बहू के सिवा सिर्फ़ घर ही में नहीं, बल्कि गांव–भर में ऐसी कोई नहीं है जिससे जी खोलकर वह हिल–मिल सके!

लड़का अपने मन से तस्वीरें देख रहा था। हरिलक्ष्मी ने उसे बुलाकर कहा, "निखिल, यहां मेरे पास आना, बेटा!"

उसके पास आने पर लक्ष्मी ने अपना बाक्स खोलकर एक पतली सोने की जंजीर निकालकर उसके गले में पहना दी, और कहा, "जाओ खेलो जाकर।"

मां का चेहरा गम्भीर हो गया; उसने पूछा, "आपने जंजीर क्या उसे दे ही?"

लक्ष्मी ने खिले हुए चेहरे से जवाब दिया, "और नहीं तो!"

मंझली बहू ने कहा, "आपके देने से ही वह ले लेगा?"

लक्ष्मी शर्मिन्दा हो उठी, बोली' "ताई क्या एक जंजीर भी नहीं दे सकती?"

मंझली बहू ने कहा, "सो में नहीं जानती जीजी, पर इतना ज़रूर जानती हूं कि मां होकर मैं लेने नहीं दे सकती।– निखिल, उसे उतारकर अपनी ताई जी को दे दो। जीजी, हम लोग ग़रीब हैं, पर भिखारी नहीं। यह बात नहीं कि कोई एक क़ीमती चीज़ अचानक मिले तो दोनों हाथ पसारकर लेने दौड़ें।"

लक्ष्मी दंग होकर बैठी रही। आज भी उसका मन कहने लगा–पृथ्वी फट पड़ो!

जाते समय उसने कहा, " लेकिन यह बात तुम्हारे जेठजी के कानों तक पहुंचेगी मंझली बहू।"

मंझली बहू ने कहा, " उनकी बहुत–सी बातें मेरे कानों तक आती हैं, मेरी बात उनके कानों तक पहुंच जाएगी तो कान अपवित्र नहीं हो जाएंगे!"

लक्ष्मी ने कहा, "अच्छी बात है, आजमा देखने से ही मालूम हो जाएगा।"

फिर ज़रा ठहरकर बोली, "ख्वाहमख्वाह अपमानित करने की ज़रूरत नहीं थी, मंझली बहू, मैं भी सज़ा देना जानती हूं।

मंझली बहू ने कहा, "यह आपकी नाराज़ी की बात है। नहीं तो, मैंने आपका अपमान नहीं किया, बल्कि सिर्फ़ आपको अपने पति का अपमान करने नहीं दिया–इतना समझने की शिक्षा आपको मिली है।"

लक्ष्मी ने कहा, "सो मिली है, नहीं मिली है तो सिर्फ़ तुम जैसी गंवई–गांव की औरतों से झगड़ने की शिक्षा।"

मंझली बहू ने इस कटूक्ति का जवाब नहीं दिया, चुप बनी रही।

लक्ष्मी चलने की तैयारी करके बोली, "इस जंजीर की क़ीमत चाहे कुछ भी हो, मैंने लड़के को प्यार से ही दी थी– तुम्हारे पति के कष्ट दूर करने के खयाल से क़तई नहीं। मंझली बहू, तुमने बस इतना ही सीख रखा है कि बड़े आदमी–मात्र ही ग़रीबों का अपमान करते फिरते हैं–वे प्यार भी कर सकते हैं, यह तुमने नहीं सीखा। सीखना ज़रूरी है...मगर फिर जाकर हाथ–पैर छूती मत फिरना।" इसके जवाब में मंझली बहू ने सिर्फ़ ज़रा मुस्कुराकर कहा, "नहीं जीजी, इसकी चिन्ता तुम मत करो।"

बाढ़ के दबाव से मिट्टी का बांध टूटना शुरू होता है, तब उसकी मामूली–सी शुरुआत देखकर कल्पना भी नहीं की जा सकती कि लगातार चलनेवाली पानी की धारा इतने कम समय के अन्दर ही उस टूटन को इतना भयंकर और ऐसा विशाल बना देगी। ठीक यही बात हरिलक्ष्मी के बारे में हुई। पति के पास जब उसने विपिन और उसकी स्त्री के विरुद्ध आरोप की बातें ख़त्म कीं, तब उसके परिणाम की कल्पना करके वह स्वयं ही डर गई। झूठ कहने का उसका स्वभाव नहीं, और कहना भी चाहे तो उसकी शिक्षा और मर्यादा उसमें बाधक होती है; परन्तु इस बात को वह ख़ुद भी न समझ पाई कि दुर्निवार जल–स्रोत

की तरह जो बातें झोंक में उसके मुंह से ज़बरदस्ती निकल गई, इनमें से बहुत–सी सच्ची नहीं थीं, पर इस बात को समझना भी उसे बाक़ी न रहा कि उसकी गति को रोकना उसके बूते के बाहर की बात थी। सिर्फ़ एक विषय में वह ठीक इतना नहीं जानती थी, यानी अपने पति के स्वभाव से वह पूरी तरह परिचित नहीं थी! उसके पति का स्वभाव जैसा निष्ठुर था, वैसा ही प्रति–हिंसा–परायण और उतना ही बर्बर। इस बात को मानो वह जानता ही नहीं कि किसी को कष्ट देने की सीमा कहां तक है। आज शिवचरण उछला–कूदा नहीं, सब सुन–सुनाकर सिर्फ़ इतना ही बोला, "अच्छा, पांच–छः महीने बाद देखना। यही ठीक समझ लेना, दूसरा साल न आने पाएगा।"

अपमान और लांछना की आग हरिलक्ष्मी के हृदय में जल रही थी–इस बात को वह वास्तव में चाहती थी कि विपिन की स्त्री को ख़ूब अच्छी तरह सज़ा मिले। परन्तु शिवचरण के बाहर चले जाने पर उसके मुंह की इस मामूली–सी बात को मन ही मन दुहराने से हरिलक्ष्मी के मन में शान्ति नहीं मिली। उसे ऐसा मालूम होने लगा, जैसे कहीं कुछ बड़ी भारी ख़राबी हो गई है।

कुछ दिन बाद किसी बातचीत के सिलसिले में हरिलक्ष्मी ने पति से मुस्कुराते हुए पूछा, "उन लोगों के बारे में कुछ किया–कराया क्या?"

"किन लोगों के बारे में?"

"विपिन लालाजी के बारे में?"

शिवचरण ने निस्पृह भाव से कहा, "क्या करता, और कर भी क्या सकता हूं? मैं मामूली आदमी जो ठहरा!"

हरिलक्ष्मी ने उद्विग्न होकर पूछा, "इसके मानी?"

शिवचरण ने कहा, "मंझली बहू कहा करती है न, कि राज्य तो जेठजी का नहीं है–अंगेज सरकार का है!"

हरिलक्ष्मी ने कहा, "ऐसा कहा है क्या? लेकिन, अच्छा–"

"अच्छा क्या?"

स्त्री ने ज़रा सन्देह प्रकट करते हुए कहा, "लेकिन मंझली बहू तो ठीक इस तरह की बात कभी कहती नहीं। बहुत चालाक है क्या? बहुत से लोग शायद बात बढ़ा–चढ़ाकर चुगली भी कर दिया करते हैं।"

शिवचरण ने कहा, "इसमें आश्चर्य की कोई बात नहीं। मगर यह बात

तो मैंने अपने कानों से सुनी है।"

हरिलक्ष्मी इस बात पर विश्वास न कर सकी। पर उस समय के लिए पति का मनोरंजन करने के ख़याल से सहसा ग़ुस्सा दिखाती हुई बोली, "कहते क्या हो, इतना घमंड! मुझे तो ख़ैर जो कुछ कहा, लेकिन जेठ लगते हो, तुम्हारी तो ज़रा इज्जत करनी चाहिए थी?"

शिवचरण ने कहा, "हिन्दुओं के घर ऐसा ही तो सब समझते हैं। पढ़ी-लिखी विद्वान औरत ठहरी न! इसी से। पर मेरा अपमान करके कोई भी बच नहीं सकता। बाहर जरा काम है, मैं जा रहा हूं।" इतना कहकर शिवचरण बाहर चल दिया। बात को जिस तरह हरिलक्ष्मी कहना चाहती थी, उस तरह न कह सकी; बल्कि वह उल्टी हो गई। पति के चले जाने पर रह-रहकर उसे इसी बात का ख़याल होने लगा।

बाहर की बैठक में जाकर शिवचरण ने विपिन को बुलाकर कहा, "पांच-सात साल से तुमसे कह रहा हूं विपिन, कि अपने मवेशियों को यहां से हटा लो, रात को सोना मेरे लिए हराम हो गया है-सो क्या तुमने मेरी बात न सुनना ही तय कर लिया है?"

विपिन ने आश्चर्यचकित होकर कहा, "कहां, मैंने तो एक बार भी नहीं सुना भइया?"

शिवचरण ने बड़ी आसानी के साथ कहा, "कम-से-कम दस बार तो मैंने अपने मुंह से कहा है तुमसे। तुम्हें याद न रहे तो कोई नुक़सान नहीं, पर इतनी बड़ी जमींदारी का जो शासन करता है, उसकी बात भूल जाने से काम नहीं चल सकता। ख़ैर, कुछ भी हो, तुम्हें ख़ुद इस बात की अक्ल होनी चाहिए थी कि दूसरे की जगह में कैसे इतने दिनों तक मवेशी बांधे जा सकते हैं? कल ही वहां से सब हटा-हुटू लेना। मुझे फ़ुरसत न मिलेगी, तुम्हें यह अन्तिम बार जता दिया मैंने।"

विपिन के मुंह से ऐसे ही बात नहीं निकलती, उस पर अकस्मात इस परम आश्चर्यकारी प्रस्ताव के सामने वह एकबारगी अभिभूत हो गया। अपने बाबा के ज़माने से उस जगह को वह अपनी ही समझता आ रहा है। इतनी बड़ी झूठी बात का वह प्रतिवाद तक न कर सका कि वह दूसरे की है, चुपचाप घर चला आया।

उसकी स्त्री ने सब बातें सुनकर कहा, "पर राज की अदालत तो खुली है।"

विपिन चुप रहा। वह चाहे भला आदमी क्यों न हो, इस बात को जानता था कि अंग्रेज़ी राज्य की अदालत का विशाल द्वार कितना भी खुला हुआ क्यों न हो, ग़रीबों के घुसने लायक रास्ता उसमें ज़रा-सा भी खुला नहीं। आख़िर वही हुआ जो होना था। दूसरे दिन बड़े बाबू के लोग आए और उन्होंने पुरानी टूटी-फूटी गोशाला को तोड़कर उस जगह को लम्बी दीवार से घेर दिया। विपिन थाने में जाकर ख़बर दे आया, मगर आश्चर्य है कि शिवचरण की पुरानी ईंटों की नई दीवार जब तक पूरी नहीं बन गई, तब तक एक भी लाल पगड़ी उसके पास नहीं फटकी। विपिन की स्त्री ने हाथ की चूड़ियां बेचकर अदालत में नालिश की पर उससे सिर्फ़ चूड़ियां ही चली गईं, और कुछ नहीं हुआ।

रिश्ते में विपिन की बुआ लगनेवाली एक शुभाकांक्षिणी ने इस विपत्ति में विपिन की स्त्री को हरिलक्ष्मी के पास जाने की सलाह दी थी, इस पर उसने शायद कह दिया था कि शेर के आगे हाथ जोड़कर खड़ा होने से फ़ायदा क्या बुआजी? प्राण तो जाने के हैं सो जाएंगे ही, ऊपर से अपमान और हाथ लगेगा।

यह बात जब हरिलक्ष्मी के कानों में पड़ी, तो वह चुप रही, किसी तरह का उत्तर देने की उसने कोशिश नहीं की।

काशी से हवा-पानी बदलकर आने के बाद एक दिन के लिए भी उसकी तबीयत बिल्कुल ठीक नहीं रही। इस घटना के महीने-भर बाद उसे फिर बुखार आने लगा। कुछ दिन तक गांव में ही इलाज होता रहा, मगर कोई फ़ायदा नहीं हुआ। तब डाक्टर की सलाह से उसे फिर बाहर जाने के लिए तैयारियां करनी पड़ीं।

अनेक प्रकार के काम-काजों के मारे अबकी शिवचरण का जाना न हो सका। वह गांव में ही रहा। जाते समय लक्ष्मी अपनें पति से एक बात कहने के लिए भीतर-ही-भीतर फड़फड़ाती रही, पर किसी तरह मुंह खोलकर उस आदमी के सामने वह बात कह नहीं सकी। उसे बार-बार ऐसा मालूम होने लगा कि इनसे अनुरोध करना व्यर्थ है, इसके मानी ये नहीं समझ सकते।

हरिलक्ष्मी के रोगग्रस्त शरीर को पूर्णतया नीरोग होने में अबकी कुछ लम्बा समय लगा। क़रीब एक साल के बाद वह बेलपुर वापस आई। वह सिर्फ़ जमींदार की लाड़ली स्त्री ही तो नहीं, इतने बड़े घर की मालकिन भी तो है, इसलिए मुहल्ले की औरतों के झुंड–के–झुंड उसे देखने आए। जो सम्बन्ध में बड़ी थीं, उन लोगों ने आशीर्वाद दिया और जो छोटी थीं, उन्होंने पांव छुए। आई नहीं तो सिर्फ विपिन की स्त्री। इस बात को हरिलक्ष्मी जानती थी कि वह नहीं आएगी। इस एक साल के अन्दर विपिन के घर के लोग किस तरह रहे; फौजदारी और दीवानी मामले जो उनके विरुद्ध चल रहे थे, उनका क्या नतीजा हुआ–इनमें से कोई भी ख़बर उसने किसी से जानने की कोशिश नहीं की। शिवचरण कभी घर पर और कभी पश्चिम में जाकर स्त्री के साथ रह आया करता था। जब–जब पति से भेंट हुई तभी–तब हरिलक्ष्मी के मन में सबसे पहले इन लोगों के बारे में जानने की इच्छा हुई, परन्तु फिर भी, एक दिन भी, उसने पति से कोई बात नहीं पूछी। पूछते हुए उसे डर लगता था। सोचती, इतने दिनों में कुछ–न–कुछ निबटारा हो ही गया होगा, और शायद इनके क्रोध में अब उतनी तेज़ी नहीं रही। इस आशंका से कि पूछताछ करने से फिर कहीं पहले का घाव ताज़ा न हो जाए, वह ऐसा भाव धारण किए रहती जैसे उन सब तुच्छ बातों की अब उसे याद ही नहीं। उधर शिवचरण भी अपनी तरफ़ से किसी दिन विपिन की बात नहीं छेड़ता। इस बात को वह हरिलक्ष्मी से छिपाए ही नहीं रखता कि अपनी स्त्री के अपमान की बात वह भूला नहीं है, बल्कि उसकी अनुपस्थिति में इसका काफ़ी इन्तज़ाम उसने कर रखा है। उसके मन में साध थी कि लक्ष्मी घर जाकर अपनी आंखों से ही सब देखभाल ले और तब मारे आनन्द के फूली न समाए।

ज्यादा दिन चढ़ने के पहले ही बुआजी की बारम्बार स्नेहपूर्ण ताड़ना से लक्ष्मी जब नहा–धोकर निश्चिन्त हुई, तो बुआजी ने उत्कंठा प्रकट करते हुए कहा, "अभी तुम्हारा शरीर कमजोर ठहरा बहूरानी, तुम अब नीचे न आओ– यहीं तुम्हारे लिए थाली परसवाकर मंगवाए देती हूं।"

लक्ष्मी ने आपत्ति करते हुए हंसकर कहा, "मेरा शरीर पहले जैसा ही ठीक हो गया है बुआजी, मैं नीचे रसोई में जाकर खा आऊंगी, ऊपर सब ढोकर लाने की ज़रूरत नहीं। चलो, नीचे ही चलती हूं।"

बुआजी ने 'शिबू की तरफ़से मनाई है' कहते हुए उसे रोक दिया।

उनका हुक्म पाकर नौकरानी जगह साफ़ करके आसन बिछा गई। दूसरे ही क्षण मिसरानी भोजन लेकर हाजिर हुई। उसके थाली रखकर चले जाने पर लक्ष्मी ने आसन पर बैठते हुए पूछा, "ये मिसरानी जी कौन-सी हैं बुआजी, पहले तो कभी नहीं देखा इन्हें।"

बुआजी ने हंसकर कहा, "पहिचान न सकीं बहूरानी, यह तो अपने विपिन की बहू है।"

लक्ष्मी स्तब्ध होकर बैठी रह गई। मन ही मन समझ गई, उसे एकाएक आश्चर्यचकित कर देने के लिए ही इतना षड्यन्त्र करके इस तरह छिपा रखा गया था। कुछ देर में अपने को सम्हालकर वह जिज्ञासु मुख से बुआजी की तरफ़ देखने लगी।

बुआजी ने कहा, "विपिन मर गया है, सुन लिया होगा?"

लक्ष्मी ने कुछ भी नहीं सुना था। परन्तु अभी तुरन्त जो थाली परस गई है, उसकी तरफ़ देखते ही यह बात मालूम हो जाती है कि वह विधवा है। उसने सिर हिलाकर कह दिया, "हां।"

बुआजी ने बाक़ी घटना का वर्णन करते हुए कहा, "जो कुछ बचा-खुचा था खाक-धूल, सो सब मुकदमेबाज़ी में स्वाहा करके विपिन तो मर गया। जब देखा कि बाक़ी रुपया चुकाने में मकान भी हाथ से जाता है, तब हम ही लोगों ने सलाह दी-'मंझली बहू, साल-दो साल अपनी देह से मेहनत करके रुपये चुका दे, जिससे तेरे लड़के के लिए कम-से-कम बैठने के लिए तो जगह बची रहे।"

लक्ष्मी अपने सफेद फक चेहरे से, उसी तरह पलकहीन नेत्रों से चुपचाप देखती रह गई। बुआजी ने सहसा गले का स्वर धीमा करके कहा, "फिर भी मैंने एक बार उसे अलग ले जाकर कहा था कि मंझली बहू, जो होना था सो हो गया, अब उधार-उधूर करके जैसे बने, एक बार काशी जाकर बड़ी बहू के पैरों पड़ आ! लड़के को उनके पैरों पर डालकर कहना-जीजी, इसका तो कोई कसूर नहीं, इसे बचाओ-"

बात करते-करते बुआजी आंखों से आंसू पोंछती हुई बोलीं, "मगर बन्दी सिर नीचा किए मुंह बन्द करके बैठी रही;- उसने हां-ना कुछ जवाब तक नहीं दिया।"

हरिलक्ष्मी समझ गई, इसका सारा-का-सारा पाप मेरे ही सिर पर आ

पड़ा है! उसके मुंह का अन्न–व्यंजन सब–का–सब कड़ुआ जहर हो गया, फिर वह एक गस्सा भी न निगल सकी। बुआजी किसी काम से थोड़ी देर के लिए कमरे से बाहर चली गई थीं, लौटकर जब उन्होंने लक्ष्मी की थाली की दशा देखी तो वे चंचल हो उठीं। ज़ोर से पुकारने लगीं, "विपिन की बहू! विपिन की बहू!" विपिन की बहू के दरवाज़े के बाहर आकर खड़ी होते ही वे ज़ोर से बिगड़ पड़ीं। इसके कुछ ही क्षण पहले करुणा के मारे उनकी आंखों में जो आंसू भर आए थे, तुरन्त ही न जाने कहां उड़ गए। तीक्ष्ण स्वर में कहने लगी, "ऐसी लापरवाही से काम करने से तो नहीं चल सकता, विपिन की बहू! बहूरानी एक दाना भी मुंह में न दे सकीं, ऐसी बुरी रसोई बनाई है!"

दरवाज़े के बाहर से इस तिरस्कार का कोई जवाब नहीं आया, परन्तु दूसरे के अपमान के भार से लज्जा और वेदना के मारे हरिलक्ष्मी का अपने कमरे के ही भीतर सिर नीचा हो गया।

बुआजी ने फिर कहा, "नौकरी करने चली हो, तो चीज़–बस्त की बिगाड़ से काम न चलेगा, बेटी! और भी पांच जनी जैसे काम करती हैं, तुम्हें भी वैसे ही करना चाहिए, सो कहे देती हूं।"

विपिन की स्त्री ने अबकी बार धीरे से कहा, "जी जान से कोशिश तो ऐसी ही करती हूं बुआजी, आज मालूम नहीं कैसे क्या हो गया।" इतना कहकर उसके नीचे चले जाने पर, लक्ष्मी के उठकर खड़े होते ही बुआजी 'हाय–हाय' कर उठीं। लक्ष्मी ने मुलायमियत के साथ कहा, "क्यों अफ़सोस कर रही हो बुआजी, मेरी तबीयत ठीक नहीं, इससे नहीं खा सकी। मंझली बहू की रसोई में कोई खराबी नहीं है।"

हाथ–मुंह धोकर हरिलक्ष्मी अपने एकान्त कमरे में गई, तो उसका दम–सा घुटने लगा। सब तरह का अपमान सहते हुए भी शायद विपिन की स्त्री का इस घर में नौकरी करना चल सकता है, पर आज के बाद गृहिणीपन का व्यर्थ श्रम करके इस घर में उसके दिन केसे बीतेंगे? मंझली बहू के लिए तो फिर भी एक सान्त्वना है–बिना कसूर के दुःख सहने की सान्त्वना, परन्तु स्वयं लक्ष्मी के लिए कहां क्या बाक़ी रह गया।

रात को लक्ष्मी पति के साथ बात क्या करती, उससे अच्छी तरफ़ उनकी तरफ़ देखा भी न गया। आज उसके मुंह के एक शब्द से विपिन की स्त्री का सब दुःख दूर हो सकता था, किन्तु निरुषाय अबला नारी से जो आदमी

इतना ज़बर्दस्त बदला ले सकता है–जिसके पौरुष में यह बात खटकती तक नहीं, उससे भीख मांगने की हीनता स्वीकार करने में लक्ष्मी की किसी क़दर प्रवृत्ति नहीं हुई। शिवचरण ने ज़रा हंसकर पूछा, "मंझली बहू से भेंट हुई? कहो, कैसी रसोई बनाती है?"

हरिलक्ष्मी जवाब न दे सकी। वह सोचने लगी, यही आदमी उसका पति है, और जिन्दगी–भर इसी के साथ रहकर घर–गृहस्थी चलानी होगी! सोचते–सोचते उसका मन कहने लगा–पृथ्वी, फट पड़ो!

दूसरे दिन, सवेरे उठते ही लक्ष्मी ने दासी के द्वारा बुआजी को कहला भेजा, उसे बुखार आ गया है, वह कुछ खाएगी नहीं।

बुआजी ने उसके कमरे में आकर जिरह करते–करते नाक में दम कर दिया। उसके चेहरे के रुख से और कंठ–स्वर से उन्हें न जाने कैसा एक सन्देह–सा हो गया– उनकी बहूरानी शायद कुछ छिपाने की कोशिश कर रही है। बोलीं, "लेकिन तुम्हें तो सचमुच बुखार आया नहीं, बहूरानी?"

लक्ष्मी ने सिर हिलाकर ज़ोर से कहा, "मुझे बुखार है, मैं कुछ न खाऊंगी।"

डाक्टर के आने पर उसे बाहर से ही विदा करते हुए कहा, "आप तो जानते हैं, आपकी दवा से मुझे कुछ फ़ायदा नहीं होता–आप जाइए।"

शिवचरण ने आकर बहुत–कुछ पूछा–ताछा, पर किसी भी बात का उसे उत्तर नहीं मिला।

और भी दो–तीन दिन जब इसी तरह बीत गया, तब घर के सभी लोग न जाने कैसी एक अज्ञात आशंका से उद्विग्न हो उठे।

उस दिन, दिन के क़रीब तीसरे पहर, लक्ष्मी गुसलखाने से निकलकर चुपचाप दबे पांव आंगन के एक किनारे के ऊपर आ रही थी, बुआजी रसोईघर के बरामदे से उसे देखकर चिल्ला उठीं, "देखो बहूरानी, विपिन की बहू की करतूत देखो! ऐं, मंझली बहू अन्त में चोरी करने पर उतर आई!"

हरिलक्ष्मी पास जाकर खड़ी हो गई। मंझली बहू ज़मीन पर चुपचाप नीचा मुंह किए बैठी थी, एक बरतन में कुछ खाना अंगोछे से ढंका रखा था। बुआजी ने उसे दिखाते हुए कहा, "तुम्हीं बताओ बहूरानी, इतना भात और तरकारी एक आदमी खा सकता है? घर लिए जा रही है लड़के के लिए!– जबकि बार–बार इसे मना कर दिया गया है। शिवचरण के कान में भनक

पड़ने पर फिर ख़ैर नहीं; गरदन पकड़कर निकाल बाहर करेगा। बहूरानी, तुम मालकिन हो, तुम्हीं इसका न्याय कर दो।" इतना कहकर बुआजी ने मानो अपना एक कर्तव्य समाप्त करके दम लिया।

बुआजी की चीत्कार सुनकर घर के नौकर, नौकरानी और भी लोग-बाग जो जहां थे, सब आकर इकट्ठे हो गए और लगे तमाशा देखने। उन सबके बीच में बैठी थी उस घर की मंझली बहू और उनकी मालकिन यानी इस घर की गृहिणी।

लक्ष्मी को इस बात का स्वप्न में भी ख़याल न था कि इतनी छोटी-इतनी तुच्छ चीज़ के बारे में इतना बड़ा भद्दा कांड हो सकता है। अभियोग का जवाब तो क्या देती, मारे अपमान, अभिमान और लज्जा के वह मुंह भी न उठा सकी। लज्जा और किसी के लिए नहीं, स्वयं अपने ही तईं थी। आंखों से उसके आंसू गिरने लगे। उसे मालूम होने लगा; इतने लोगों के सामने वही मानो पकड़ी गई है, और विपिन की बहू उसका विचार करने बैठी है।

दो-तीन मिनट तक इसी तरह रहकर सहसा बड़ी कोशिश से अपने को सम्हालकर लक्ष्मी ने कहा, "बुआजी, तुम सब लोग यहां से चले जाओ।"

उसका इशारा पाते ही जब सब लोग चले गए, तब लक्ष्मी धीरे से मंझली बहू के पास आकर बैठ गई। फिर हाथ से उसका मुंह उठाकर देखा, उसकी भी दोनों आंखों से टपटप आंसू गिर रहे थे। लक्ष्मी बोली, "मंझली बहू, मैं तुम्हारी जीजी हूं-" इतना कहकर उसने अपने आंचल से उसके आंसू पोंछ दिए।

●●●